DELILAH MARVELLE

Érase una vez un *Escándalo*

Editado por Harlequin Ibérica.
Una división de HarperCollins Ibérica, S.A.
Núñez de Balboa, 56
28001 Madrid

© 2011 Delilah Marvelle. Todos los derechos reservados. ÉRASE UNA VEZ UN ESCÁNDALO, N° 40 - 1.8.13
Título original: Once Upon a Scandal
Publicada originalmente por HQN.

Todos los derechos están reservados incluidos los de reproducción, total o parcial. Esta edición ha sido publicada con permiso de Harlequin Enterprises II BV.
Todos los personajes de este libro son ficticios. Cualquier parecido con alguna persona, viva o muerta, es pura coincidencia.
® Harlequin y logotipo Harlequin son marcas registradas por Harlequin Books S.A.
® y ™ son marcas registradas por Harlequin Enterprises Limited y sus filiales, utilizadas con licencia. Las marcas que lleven ® están registradas en la Oficina Española de Patentes y Marcas y en otros países.

I.S.B.N.: 978-84-687-3202-2
Depósito legal: M-16554-2013

Querido lector:

Siempre he querido crear una versión más osada y sensual de un cuento de hadas, semejante a las que desarrollaron los hermanos Grimm. Quería escribir un cuento de hadas realista que contuviera toda clase de emociones desgarradoras, pero sin esas soluciones facilonas que proporciona la magia. Así que me puse a inventar una versión muy retorcida de *La Cenicienta*, solo que sin hacer de Cenicienta la heroína. En lugar de eso, quería que la Cenicienta fuera él. Quería que el héroe fuera enormemente romántico, amable y bueno, y que buscara eternamente a su Princesa Azul, como había hecho Cenicienta. Así que lo doté de un gran corazón y le presenté a una madrastra que jamás le tuvo simpatía y que, en cambio, lo obligó a convertirse en un criado de otra especie. Después equilibré la balanza de sus penalidades dándole una hermanastra que lo adoraba y que intentaba protegerlo a cada paso. En lugar de un zapatito de cristal, pensé que un anillo de rubíes sería más adecuado para desarrollar mi cuento de hadas.

Ahora bien, a pesar de lo mucho que adoro Inglaterra y su historia, siempre he querido ambientar una de mis novelas en la bella Venecia. Así que empecé a hurgar en su fascinante historia y descubrí la figura del *cicisbeo*, conocido también como *cavalier servente*. Para quienes no sepan lo que es un *cicisbeo*, era esta una práctica muy extendida entre la nobleza italiana de los siglos XVIII y XIX, que permitía a una mujer casada tener un favorito durante un plazo de tiempo determinado, con el permiso de su marido. Se cuenta que el propio lord Byron fue durante una temporada el *cicisbeo* de la *contessa* Teresa Gamba Guiccioli y que su marido alardeaba de ello. Aunque los estudiosos no se ponen de acuerdo sobre si el *cicisbeo* era también el amante de la señora a la que servía (unos dicen que sí, otros que no), los límites son lo suficientemente imprecisos como para que la historia pueda decantarse hacia uno u otro lado. Dejo en tus manos, mi querido lector, la tarea de descubrir hacia qué lado me decanto yo.

Con mucho cariño,
Delilah Marvelle

Para mi madre, Urszula, que plantó arrebatadoras ideas románticas en mi cabeza mucho antes de saber yo siquiera lo que era eso. Te quiero y te echo de menos, y sé que volveré a verte cuando llegue al otro lado.

Prólogo

A un caballero auténtico se lo reconoce por su tendencia hacia el matrimonio, mientras que a un libertino auténtico se lo reconoce por su tendencia hacia el escándalo. Aunque una dama se crea capaz de diferenciar entre uno y otro, a veces resulta imposible.

Cómo evitar un escándalo
Anónimo

Bath, Inglaterra, 21 de agosto de 1824
Señorío de Linford, última hora de la tarde

Pese a que Jonathan Pierce Thatcher, vizconde de Remington, tenía ya diecinueve años y a ojos de la sociedad era por tanto un hombre hecho y derecho, una parte de su espíritu se había quedado para siempre, secretamente, en los doce años. Era esa parte de su espíritu la que aún creía en nociones tan absurdas como el amor cortés, la magia y el destino. Sabía que ni la magia ni el destino tenían cabida en la mente de un hombre de verdad tal y como lo definía el mundo real, pero para él no eran más que otras formas de llamar a la esperanza, y nadie podría convencerlo jamás de que la esperanza no existía. Porque existía.

Y, en ese instante, en el marco de un extenso jardín repleto de flores marchitas y luz mortecina, la esperanza le susurraba con ardor que por fin había llegado para él el momento de amar. Que la joven de rizos rubios y vaporoso vestido de damasco blanco que yacía lánguidamente recostada junto a su institutriz a la sombra de su parasol iba a cambiar su vida para siempre. Con tal de que consiguiera convencerla de que así lo hiciera.

Jonathan se refrenó para no murmurar extasiado el nombre de lady Victoria ni mirarla fijamente por entre la multitud de invitados que lo separaba de ella. Casi le había besado los pies a Grayson por invitarlo a casa de los Linford. Casi.

Hallarse tan cerca de Victoria durante dos semanas iba a permitirle al fin hacerla suya de corazón y de nombre. Solo necesitaba recordar que el anfitrión no era otro que su padre, el siempre ceñudo conde de Linford, que solía ponerse a vociferar como un loco cada vez que algo no era de su agrado. Por suerte, aquel cascarrabias le tenía simpatía y a menudo se jactaba de que Jonathan era para él como un hijo.

Conocía a Victoria desde hacía un año, y se sentía atraído hacia ella por algo casi sobrenatural. Había en aquellos ojos de color jade una hondura inefable, muy superior a la que correspondía a sus diecisiete años de edad. A pesar de que le hablaba con aplomo e ingenio, de un modo que parecía dar a entender que no necesitaba a nadie y menos a él, no había intentado engatusarlo con mentiras ni una sola vez. Jonathan notaba que, en el fondo, era tan romántica como él, o incluso más. Sencillamente, prefería negarlo.

Volviéndose hacia su amigo Grayson, Jonathan procuró que sus labios y sus palabras quedaran ocultos a los hombres y mujeres que disfrutaban de la fruta, los dulces y las tartas que se amontonaban sobre bandejas de plata colocadas en las mesas dispersas por el jardín.

–¿Cuándo crees que debo declararme? –preguntó–. ¿Antes de irme? ¿O a mi regreso de Venecia?

Grayson tomó el último trozo de tarta que quedaba en su plato de porcelana y se lo metió en la boca. Mientras masticaba con denuedo, sacudió la rubia cabeza y dirigió la mirada hacia Victoria, sentada al otro lado del jardín.

–Jamás recomiendo precipitarse –contestó mientras masticaba–, pero teniendo en cuenta el aprieto en que te hallas, no esperes. A juzgar por la dote de mi prima, a estas alturas media Europa debe de estar ya haciendo cola delante de la puerta de mi tío.

Jonathan asintió a medias, pero se le encogió el estómago al pensarlo.

–Ojalá ella sienta lo mismo.

Grayson suspiró y dejó su plato vacío en una esquina de la mesa cubierta con un mantel de hilo que había a su lado.

–Hagas lo que hagas, Remington, no seas bobo, no le digas que la quieres.

Jonathan se giró ligeramente y bajó la voz.

–¿Y por qué no? Da la casualidad de que es lo que siento.

–Lo que sientas no importa. Victoria es una Linford de la peor especie. En cuanto pronuncies la palabra «amor», te dará calabazas por ser un hipócrita.

–¿Un hipócrita? ¿Por decirle...?

–Sí. Por decírselo. Por si no lo has notado todavía, se

parece mucho a su padre, solo que ella no grita ni refunfuña. ¿Y quién puede reprochárselo, después de las cosas que le han pasado? Las estrellas no pueden brillar si las nubes tapan el cielo. No es nada personal, nada que tenga que ver contigo. Sencillamente, es así. Por eso te sugiero que seas muy sutil estas próximas dos semanas. No la agobies con tus estúpidas payasadas de enamorado, o huirá de ti, al margen de lo que sienta.

Jonathan respiró hondo y exhaló, reacio a escuchar nada, salvo lo que le decían sus entrañas. Y sus entrañas le decían que con sutilezas no lograría conquistar a la bella dama.

—Ve a distraer a su institutriz, ¿quieres? Necesito hablar con ella.

—¿Ahora? —preguntó Grayson.

—Sí, ahora. Ve, anda.

Grayson se inclinó hacia él y susurró:

—No te he invitado a venir para verte cometer un suicidio. Tienes que ser sutil. Y declararte teniendo a dos pasos a mi tío y a medio Londres no es precisamente sutil.

Jonathan puso los ojos en blanco.

—No pienso pedirle su mano aquí mismo. Solo quiero estar un rato a solas con ella, sin esa dichosa institutriz al lado. Ya sabes lo que opina de mí la señora Lambert. Esa bruja la tiene tomada conmigo.

—Porque para ella supones un obstáculo. A fin de cuentas, piensa venderle la mercancía a un duque. Y lamento poner de manifiesto la triste realidad, Remington, pero tú no eres duque. Ni marqués. Ni siquiera conde o...

—Ya basta —Jonathan lo miró con enfado—. ¿Vas a hacerme ese favor o no?

—Olvídalo. Con lo que ya he hecho por ti, merezco que les pongas mi nombre a todos tus hijos, chicos o chicas, da igual. Deberían llamarse todos «Grayson».

Jonathan se acercó para dejar bien claro que le sacaba una cabeza y varios centímetros de ancho.

—Teniendo en cuenta la cantidad de veces que me han dado un puñetazo por tu culpa, me debes esto y mucho más.

Grayson soltó un bufido.

—¿Y qué demonios esperas que haga? ¿Atar a la señora Lambert y meterla en un armario mientras todo el mundo mira como haces de Romeo?

—Sí, eso es exactamente lo que espero que hagas. Solo dispongo de dos semanas para conseguir que Victoria prometa casarse conmigo. Dos semanas. Necesito hasta el último segundo que pueda conseguir.

Grayson le clavó un dedo bajo la corbata.

—Tienes toda la vida por delante. Toda la vida. ¿A qué viene tanta prisa? ¿Eh? Por lo que he oído decir, las venecianas son muy ardientes. Disfruta primero un poco de aquello y vuelve luego a esto.

Jonathan suspiró. No se trataba de conocer a una mujer y pasar unas pocas noches de pasión. Se trataba de conocer a su media naranja y pasar una vida entera de pasión.

—Quince minutos.

Grayson sacudió la cabeza.

—¿Por qué siempre tienes que complicarte la vida y complicármela a mí? ¿Por qué?

—Vaya, ¿tú crees que yo te complico la vida? —bajó la voz—. No soy yo quien roba para pagar a mujeres que con toda probabilidad acabarán por costarte un ojo de la cara.

Grayson infló los carrillos y los desinfló de un solo soplido.

–No necesito otro padre que me diga todo lo que hago mal.

Jonathan refrenó el impulso de darle una colleja.

–Un solo padre no basta para hacerte ir por el buen camino. No bastarían ni seis. Tú desapruebas mi vida, Grayson, y yo desapruebo la tuya. Por eso hemos de convenir en que somos distintos. Ahora, ¿vas a hacerme ese favor o no?

Su amigo suspiró y observó el jardín.

–Te doy quince minutos si prometes no decirle a mi padre lo del dinero.

Jonathan sonrió y le dio un codazo en el brazo.

–Trato hecho.

Grayson le devolvió el codazo.

–Quédate aquí. Le diré a Victoria que venga y me ocuparé de la señora Lambert.

Jonathan lo señaló con el dedo.

–Tú sí que eres un buen amigo.

–Mejor de lo que lo serás tú nunca –Grayson sonrió mordazmente, rodeó la mesa y se alejó andando por el prado.

Jonathan se ajustó los puños de la levita y se acercó a la mesa más cercana cubierta de bandejas de plata. Encontró una casi vacía, se inclinó sobre ella y se sirvió de su bruñida superficie para ver si su cabello negro seguía presentando un aspecto decente. Se atusó un par de mechones rebeldes que el viento había apartado de su frente, se irguió y al retroceder miró hacia donde se había ido Grayson.

Pasó lady Somerville con su anciano marido, camino de la fuente. Levantó los ojos oscuros y miró fijamente a

Jonathan desde lejos. Inclinó la cabeza elegantemente al tiempo que una sonrisa se dibujaba en sus labios pintados, y luego siguió mirándolo por el rabillo del ojo con una expresión ansiosa y seductora que hizo que a Jonathan se le pusiera la piel de gallina.

Hizo caso omiso de aquel descarado coqueteo. ¿Por qué sería que solo las mujeres casadas lo encontraban atractivo? ¿Acaso llevaba grabado en la frente «juega conmigo si tienes más de treinta años»? Por amor de Dios, era tan joven que casi podía ser su hijo.

Se detuvo cuando una esbelta figura vestida de damasco blanco y muselina de la India apareció al otro lado de la mesa. Se le aceleró el pulso cuando Victoria apoyó su sombrilla sobre la manga abullonada de su vestido y contempló tranquilamente las bandejas llenas de comida.

«Dios te bendiga, Grayson», pensó para sí.

Respiró hondo para calmarse, agarró un plato vacío y rodeó la mesa para acercarse a ella. Se paró a su lado y se inclinó para ofrecerle el plato. Aunque deseaba expresarle todo lo que guardaba dentro, no pudo hacer otra cosa que ofrecerle el plato y esperar a que su mano enguantada lo tomara. Victoria se volvió rozando con sus faldas las piernas de Jonathan y levantó los ojos verdes hacia él. A Jonathan le dio un vuelco el corazón cuando aquellos labios carnosos, rosados y tersos se curvaron en una sonrisa radiante. Victoria retrocedió para poner entre ellos una distancia más respetable, pero no dejó de mirarlo a los ojos.

Estuvieron un rato sin decir nada. Jonathan siguió sosteniendo el plato tontamente mientras ella permanecía allí parada, como si él no le estuviera ofreciendo nada. No dijo nada, pero Jonathan sabía que se estaba limitando a cumplir el papel de una dama rodeada de miradas curiosas.

–La tarta de manzana merece infinitos encomios –comentó en tono banal, acercándole el plato–. Quizá quiera probar lo poco que queda antes de que me lo coma yo.

Ella bajó la barbilla, movió la sombrilla sobre su hombro y miró hacia las tartas partidas en raciones. Levantó una de sus rubias cejas.

–¿De veras piensa comerse las cuatro tartas? ¿Tan glotón es?

Jonathan soltó una risa forzada al caer en la cuenta de que todavía quedaban cuatro tartas de manzana en las bandejas. Carraspeó y señaló el plato que sostenía aún.

–Intentaba trabar conversación, eso es todo.

–¿Trabar conversación acerca de una tarta? Ya veo –recorrió la mesa a lo largo, dedicándole una sonrisa provocativa–. Haga lo que haga, milord, no hable del tiempo a continuación. Esta última media hora han sido seis personas las que me han hecho notar que no hay ni una sola nube en el cielo. Desde entonces no he dejado de rezar por que empiece a llover. Quizás así mejore la conversación.

Jonathan se rio y bajó la voz.

–En mi caso no tiene que preocuparse por la conversación. A decir verdad, ni siquiera me había fijado en el tiempo que hace, yendo usted vestida como lo está. ¿Me permite decirle lo increíblemente bella que está con ese vestido? Un ángel en su forma más pura. Es una pena que no haya nubes en el cielo para que se siente en una de ellas.

Victoria se rio y meneó la cabeza.

—¿Por qué será, milord, que la última vez que lo vi tenía usted cosas mucho más inteligentes que decir?

«Porque la última vez que te vi no iba a marcharme al extranjero». Alejó de sí aquella idea y procuró mostrarse sutil. Sutil, sutil, sutil...

—¿Cuántos meses faltan para que debute en sociedad? —preguntó a pesar de que ya sabía la respuesta.

Victoria suspiró.

—Siete. La señora Lambert no permite que lo olvide. Ni mi padre.

Siete meses. Él estaría fuera aquellos siete meses, quizás incluso ocho o diez, dependiendo de cuánto tiempo tardara en dejar instalada a su hermanastra en su nueva vida. Y luego estaba su madrastra. Confiaba en que no solo se quedara en Venecia, sino en que muriera allí.

La miró a los ojos y comprendió que, si esperaba para declararse, tendría que competir con una horda de hombres mucho más ricos y encopetados que él. Solo disponía de dos mil libras al año. Y aunque su renta podía procurarle una vida excelente y digna de envidia para la mayoría, solo le permitía tener una finca. El padre de Victoria, en cambio, tenía cinco.

Ella lo miró con expectación, como si lo animara en silencio a hacer algo más que mirarla intensamente. Jonathan sintió el deseo de agarrarla, besarla y declararse así.

—Me marcho a Venecia —balbució mientras toqueteaba el plato que sostenía todavía.

Ella asintió a medias y sus rizos recogidos se mecieron rozando sus mejillas.

—Sí, lo sé. Cuando pasen estos días. Me lo ha dicho Grayson —un suspiro suave escapó de sus labios—. Ojalá pudiera viajar yo. Pero, por desgracia, mi padre se niega a permitírmelo.

¿Aquel delicioso anhelo que sentía en su voz se debía a él, o al deseo de viajar?

−¿Puedo escribirle acerca de mis viajes?

Sus ojos verdes se iluminaron.

−Por supuesto que sí. ¿Quién si no usted puede salvarme del aburrimiento?

Aquello no iba a ninguna parte. Era la misma historia de siempre: se decía todo y nada. Con sutilezas no iba a conquistarla, a pesar de lo que creyera Grayson. Pero a decir verdad, para su amigo cortejar a una mujer consistía en levantarle la falda y silbar.

Rodeó la mesa y se acercó a ella sintiéndose como si los quince minutos de que disponía hubieran quedado reducidos a uno. Se inclinó, le ofreció de nuevo el plato y procuró no dejarse distraer demasiado por el olor irresistible a jabón y lavanda que emanaba de ella.

−Victoria −susurró escudriñando su cara para grabar en su memoria el arco de sus cejas rubias y la tersura de su piel de porcelana a la luz evanescente del atardecer−, tome el plato si me quiere.

Lo miró con sorpresa. Retrocedió y miró a lo lejos. Girando levemente la muñeca, tapó a ambos con la sombrilla, se inclinó hacia él y chasqueó la lengua.

−Veo que hoy se siente más amoroso que de costumbre.

−Perdóneme, pero hay ocasiones en que un hombre ha de serlo.

−¿Ah, sí? ¿Y qué ocasiones son esas? ¿El fin de los tiempos?

−Quiero asegurarme de su cariño.

Ella se rio suavemente.

–¿Ofreciéndome un plato?

«Ofreciéndote mi vida». Señaló el plato que sostenía.

–Este plato es solo una metáfora que representa todo cuanto soy. Pulido. Limpio. Capaz de presentar, sostener y aguantar lo que ponga usted sobre él, y al mismo tiempo de permitirle comer tanto por placer como por necesidad de alimento, aunque curiosamente sea también frágil en extremo. Si se cayera, se haría añicos y quedaría inservible. Le diría más cosas, pero no estamos solos y no puedo permitirme ser más vehemente sin correr el riesgo de estrecharla entre mis brazos.

Victoria se quedó mirándolo un momento y bajó la voz una octava.

–Entonces, si acepto el plato, ¿estaré en realidad aceptando su corazón? ¿Es eso lo que pretende decirme, milord?

Él respiró hondo, trémulo.

–Sí, exactamente.

–Qué ingenioso –sonrió, se inclinó y pasó juguetonamente el dedo enguantado por el borde pintado del plato–. Sáquele brillo y téngalo listo para cuando debute. Estoy segura de que podré encontrarle un lugar en mi mesa. Entre tanto, úselo para disfrutar de cuantas tartas sea capaz de engullir. Debo irme antes de que la señora Lambert se dé cuenta de que Grayson solo intenta distraerla –sonrió, giró airosamente la sombrilla y se alejó rápidamente.

Demonios. Aquello no era un no, ni un sí.

Jonathan suspiró, enfadado, y volvió a dejar el plato sobre la mesa. Se volvió para mirar aquellas hermosas y voluptuosas caderas que se mecían bajo la falda del vestido blanco. Victoria cruzó el prado verde pasando entre los invitados y se dirigió hacia la fuente que se veía a lo lejos.

Jonathan tenía dos semanas para convencerla de que su corazón solo latía por ella. Dos semanas. Porque si partía de Inglaterra sin haber extraído una promesa de matrimonio de aquellos labios, sabía que al volver la encontraría casada con algún malnacido con mucha suerte y que lamentaría por siempre lo que pudo ser y no fue.

Escándalo 1

Una dama jamás debe hacer promesas a un caballero sin el consentimiento de su mentora. Ello solo conduce a situaciones extremadamente comprometidas.

Cómo evitar un escándalo
Anónimo

Dos semanas después, pasada la medianoche
Casa de campo de los Linford

El restallido de un trueno sobresaltó a lady Victoria Jane Emerson, despertándola de su sopor. Abrió los ojos. La lluvia tamborileaba sobre las grandes y adornadas ventanas y resonaba en la serena penumbra de una habitación que no reconoció.

Gruñó. Estaba en la finca.

¡Ah, cuánto habría deseado que su padre les dejara quedarse en Londres! Aunque le tenía mucho cariño a Bath, detestaba cada palmo de su finca, fundada hacía ciento treinta años. Era un cementerio viviente, y no se trataba únicamente de una idea caprichosa suya: en aquella finca habían muerto muchos miembros de la familia Linford a lo largo de las décadas. De hecho, la ladera de la colina que había más allá de la carretera principal estaba salpicada de lápidas y criptas pertenecientes a miembros del linaje, entre los que se encontraban algunos de los más estimados y algunos de los más detestables. En aquella misma colina estaba enterrada su madre, muerta hacía cuatro años, y su hermano mellizo, fallecido hacía casi dos.

Un relámpago desgarró el cielo nocturno iluminando con un súbito resplandor blanco la gran chimenea que había frente a su cama. Se acurrucó al calor de la manta y se arrimó un poco más a su perro, que antes había sido el de su hermano. Pero en lugar de tocar su pelo suave y cálido, sus dedos solo sintieron el frescor de la sábana de hilo.

Palpó el espacio vacío que había a su lado.

–¿Flint? –se sentó y apartó la colcha.

Resonó otro trueno mientras comprendía, aterrorizada, que el perro no estaba entre las sábanas.

–¿Flint? –al levantarse vio que la puerta estaba entornada. El tenue resplandor de una vela se colaba por la rendija.

Otra vez no. ¿Quién iba a imaginar que un terrier paticorto pudiera ser tan andarín? Cruzó rápidamente la habitación y abrió del todo la puerta. Salió al pasillo con cautela. Las velas de las lámparas cercanas se estaban apagando y las sombras iban alargándose sobre los retratos de lejanos antepasados que colgaban de las paredes.

Notó un escalofrío de temor. Era tan tarde que dudaba que los criados estuvieran levantados para ayudarla. Claro que, si Flint se ponía a ladrar, todo el mundo se despertaría en un periquete, incluidos los veinte invitados que había en la casa. Y entonces su padre le echaría otro sermón acerca de lo absurdo de tener en casa a un chucho que no servía ni para cazar.

—Flint —siseó en la oscuridad—. ¡Flint!

No obtuvo respuesta. Lo que significaba que el perro no la oía desde donde estaba.

«Maldito sea». Soltó un soplido. Se resistía a salir de su habitación, pero se lo había prometido a su hermano, y una promesa era una promesa. Durante sus últimos días, Victor había insistido una y otra vez en que cuidara de Flint y lo defendiera del peligro. Sobre todo porque Flint era un perro muy bobo, conocido por morder cualquier cosa, y si no lo vigilaban de cerca, era muy probable que se muriera. Seguramente el muy necio estaría destrozando algo con los dientes en aquel mismo momento. Quizás incluso el mantel de su bisabuela, en el saloncito azul, al que había estado ladrando...

Se detuvo, con los ojos como platos. ¡Oh, no! ¡Su padre lo mandaría al taxidermista en menos de una semana!

Torció a la derecha y echó a correr por el pasillo. Sus medias de lana resbalaron varias veces sobre el liso suelo de mármol. Derrapando, se agarró a la pared, dobló la esquina y se dio de bruces con un cuerpo enorme.

Soltó un chillido mientras unas manos grandes y desnudas la agarraban de los hombros. Un intenso olor a pimienta de Jamaica asaltó sus sentidos. Parpadeó y se quedó mirando pasmada una camisa de hilo que colgaba abierta, dejando al descubierto un pecho musculoso y nervudo, salpicado de vello rizado y negro. Se apartó de él, consciente de quién se cernía sobre ella: el vizconde de Remington.

–O soy demasiado alto para usted, queridísima Victoria, o usted es demasiado baja para mí. ¿Qué opina usted?

Él apoyó un brazo contra la pared, a su lado, para impedirle el paso, y se inclinó hacia ella. Las puntas de su pelo negro, un poco más largo de lo debido, rozaron sus hermosos ojos azules. Al moverse, su camisa se abrió más aún y dejó ver parte de su vientre plano y fibroso.

Victoria apretó los labios, sabedora de que no debía juzgarlo y de que llevaba puesto un camisón de volantes sin bata y el pelo recogido en una trenza. No era en absoluto respetable permanecer en su presencia, pero la escasa luz de las velas, que danzaba sobre sus bellas facciones, parecía susurrarle que se quedara.

Siempre le había gustado Remington. Más que gustarle, en realidad. Sabía cómo hacer que se sintiera... feliz. Incluso cuando no estaba especialmente contenta.

El vizconde sonrió y un hoyuelo apareció en su tersa mejilla izquierda.

–Debo de estar soñando. Estaba pensando en usted. Y aquí está.

Ella se refrenó para no soltar un bufido.

–Teniendo en cuenta la cantidad de invitadas que lo acosan sin ningún sonrojo desde que entró en esta casa, dudo que haya tenido tiempo de pensar en nada.

Remington se rio.

–Veo que está celosa.

–¿Celosa? Nada de eso. Solo siento celos de los vestidos parisinos que llevan todas ellas.

Él fingió una mueca.

–Es usted como una de esas estatuas del jardín, hechas de piedra.

Victoria sonrió.

—Puede que sí. Bien... ¿Ha disfrutado de su estancia aquí?

Remington suspiró, mirándola.

—No. Lo cierto es que no. Confiaba en poder pasar más tiempo con usted, pero esa institutriz suya tan fastidiosa estaba siempre en medio. ¿Sabe que esta mañana le di a esa mujer una respetable misiva para que se la hiciera llegar y ella la rompió por la mitad y me dijo que estaba usted muy ocupada con un tal lord Moreland? Grayson lo niega, pero no me quedaré tranquilo hasta que lo oiga de sus propios labios. ¿Quién es ese Moreland y desde cuándo lo conoce?

Ella hizo una mueca y sacudió la cabeza.

—Lord Moreland es un amigo de la familia, nada más. La señora Lambert solo intentaba protegerme, como siempre. Tiene expectativas muy elevadas puestas en mí. Tan elevadas, que, según ella, no tengo por qué conformarme con menos que un duque. Y puesto que todos los duques que conozco tienen más de cincuenta años, cabe la posibilidad de que nunca me case.

Él la miró, divertido.

—Eso no podemos permitirlo. ¿Estaría dispuesta a conformarse con un simple vizconde? Dispongo de dos mil libras de renta anual, tengo una finca en West Sussex y estoy dispuesto a casarme en cuanto lo esté usted.

Victoria nunca había visto un coqueteo más descarado. Aunque en el fondo le encantaban sus conversaciones ingeniosas con Remington, sabía a qué jugaban los hombres. Y Remington no era el primero que la halagaba con la única intención de favorecer sus propios intereses. Ni sería el último.

Señaló su pecho desnudo.

—Confieso que jamás podría casarme con un hombre

que se pasea por mi casa con la camisa abierta como un pirata. Le ruego me perdone, capitán Ojos Azules, pero no estamos en el mar ni yo soy su sirena.

Él se apartó de la pared y se irguió en toda su estatura, más de un metro ochenta, elevándose imponente sobre su metro cincuenta y dos. Cerrándose la camisa con una mano, la miró como si estuviera sinceramente ofendido.

—Da la casualidad de que soy el mayor caballero que jamás tendrá el placer de conocer.

¿Por qué todos los hombres creían tontas a las mujeres? Victoria puso los ojos en blanco.

—Si me disculpa, tengo asuntos mucho más importantes que atender.

—¿De veras? —se acercó y el calor de su piel envolvió a Victoria—. Confío en que no vaya a la cocina a birlar una de las tartas de manzana de la señora Davidson, porque acabo de salir de allí y me he acabado hasta la última migaja.

Victoria soltó una risilla.

—¿Qué le pasa a usted con las tartas de manzana?

El vizconde se encogió de hombros.

—Como sabe, mañana me marcho a Venecia y, según me han dicho, allí solo se comen cítricos, sopa y macarrones. Por eso me estoy permitiendo más caprichos de lo normal —levantó una de sus cejas oscuras—. ¿Qué hacía usted rondando por aquí? ¿Mmm? ¿Debería preocuparme?

Victoria dio un paso atrás y levantó airosamente la barbilla, intentando demostrar que aunque estaba en camisón seguía siendo respetabilísima.

—Solo estaba buscando a mi perro, Flint.

—Ah, su perro —los largos dedos de Remington abrocharon el botón de marfil del cuello de su camisa–. Bien, pues el capitán Ojos Azules está más que dispuesto a ayudarla de cualquier manera que crea usted conveniente.

–No, no será necesario. Yo... –otro trueno la hizo saltar y acercarse a él. Respiró hondo para tranquilizarse y miró la oscuridad que los rodeaba–. Esto está espantosamente oscuro, milord. Y dado que es usted el más viejo de los dos, le pido humildemente que vaya delante.

–¿El más viejo? –soltó una risa–. ¿Desde cuándo? Ahora deje esa tontería de llamarme «milord» y llámeme Remington. Nos conocemos bastante bien.

La señora Lambert la había advertido sobre aquello: acerca de cómo los hombres intentaban bajar todas las barreras de la formalidad antes de pasar al asalto. Victoria se echó la rubia trenza sobre el hombro y lamentó no haber dejado el gorro de dormir en la habitación.

–Prefiero que sigamos tratándonos formalmente.

–¿Formalmente? –se quedó mirándola un momento–. ¿Me está diciendo, Victoria, que entre usted y yo no hay absolutamente nada, aparte de simple formalidad?

No pensaba entregarse a aquel juego a costa de su propia reputación. A pesar de que Remington le gustaba mucho más que ningún otro hombre, iba a tener que esperar y hacer cola, como los demás.

–Entre nosotros no puede haber nada hasta mi debut, milord. Sin duda usted, el mayor caballero que jamás tendré el placer de conocer, puede entenderlo.

Él movió la mandíbula sin dejar de mirarla intensamente y asintió a medias. Retrocedió, se apartó de ella y se alisó la pechera de la camisa con cuidado de que no se le abriera.

–Debería ir a buscar a ese perro –masculló–. De todos modos, esta noche no voy a poder pegar ojo –dio media vuelta y se alejó por el pasillo, hacia la gran escalera que llevaba al piso bajo de la casa.

Victoria parpadeó y miró hacia el largo pasillo. Las sombras parecían moverse malévolamente hacia ella, justo en el límite de la luz de las velas y de las altas ventanas cubiertas con cortinas. Tragó saliva y procuró no estremecerse. Echó a andar por el pasillo en dirección a la escalera, respirando entrecortadamente. Pasó la mano por la barandilla de madera al bajar. Se detuvo en el último escalón. Al oír el eco de los pasos de Remington, dobló una esquina en sombras a su izquierda y se apresuró tras él. Luego aminoró el paso y siguió caminando detrás de su fornida figura, muy cerca de él. Lo siguió a través de la biblioteca, hasta el salón de la cúpula, el saloncito azul y la sala de los tapices. Mientras tanto, silbaban suavemente y daban palmadas llamando a Flint. Pero, por alguna razón, el perro seguía sin responder, lo cual significaba que no podía estar en la casa. A pesar de lo bobo que era, siempre respondía.

¿Y si un criado lo había dejado salir y había olvidado hacerlo entrar? En una noche como aquella, o se habría ahogado o se lo habría comido algún zorro. Un zorro que llevaría varios días sin comer. Se le encogió el estómago. ¡Qué mala guardiana estaba resultando ser! Ni siquiera podía proteger del peligro al perro de su hermano.

Presa de la preocupación, adelantó a Remington y corrió hacia el vestíbulo norte. Descorrió el cerrojo de la enorme puerta de roble, la abrió y salió corriendo afuera. Pasó a toda prisa junto a los faroles de cristal que alumbraban la entrada emparrada y el pórtico de arenisca. Tropezó en el camino de grava e hizo una mueca cuando las piedras se le clavaron en los pies cubiertos con medias. Hacía frío para la estación y una ráfaga de lluvia y aire helado la azotó mientras entornaba los ojos para escudriñar la oscuridad. Avanzó un poco más por el extenso prado, más allá del camino de carruajes, y la lluvia empapó su camisón, su cara y su pelo en un instante.

–¡Flint! –gritó para imponerse al torbellino del viento mientras un torrente de lluvia seguía azotándola y pinchando su pie con sus puntas de aguja–. ¡Flint! ¿Dónde...?

Se quedó paralizada y contuvo la respiración, perpleja, cuando sus pies se hundieron en un charco de espeso y gélido barro que la clavó al suelo. La noche no podía empeorar. ¿Verdad?

–¡Victoria!

Se sobresaltó al oír aquella voz masculina e imperiosa.

–¿Qué demonios está haciendo?

Quizá sí pudiera empeorar, después de todo.

Victoria se acercó a Remington, cuya figura alta y delgada silueteaba la luz de los faroles en medio del aguacero. Tenía el pelo oscuro pegado a la frente y el cuello y su ondulante camisa de hilo había dejado de ondular y, casi transparente, se adhería a sus brazos musculosos y a su ancho pecho.

A ella, el camisón, debajo del cual solo llevaba una camisa, también empezaba a adherírsele al cuerpo. Y aunque no tenía los grandes pechos que solían ostentar las mujeres de su edad, los tenía lo suficientemente grandes como para ponerse colorada.

Cruzó los brazos.

–Debería entrar. Se está mojando.

—Nos estamos mojando los dos —Remington señaló las puertas abiertas debajo del pórtico—. Venga. El perrillo estará seguramente escondido en alguna parte, dentro de la casa.

Ella entornó los párpados. La lluvia le chorreaba por la cara.

—No. Nunca se esconde y siempre contesta cuando lo llamo. O sea, que tiene que estar fuera.

El vizconde se acercó a ella.

—No crea que puede oírnos con toda esta lluvia y este viento. Venga dentro. Confiaba en que pudiéramos hablar.

Qué lío. ¿Hablar? ¿A esas horas de la noche?

Victoria se apartó de él, hizo bocina con las manos y comenzó a gritar para hacerse oír entre el rugido del viento:

—¡Flint! ¿Dónde estás?

—Nos estamos calando hasta los huesos.

—Debería dejar de decir obviedades —hizo una pausa, respiró hondo y gritó a pleno pulmón—: ¡Flint!

La lluvia y el viento siguieron azotándola, y un frío espantoso comenzó a agarrotar sus miembros.

—Victoria, por favor, esto es ridículo. Es un perro. Tiene pelo para protegerse de los elementos. Usted en cambio...

—¡Flint! ¡Fliiiiiiiiint! —gritó asustada, y empezaron a temblarle las extremidades.

¿Dónde estaba el perro? ¿Por qué no respondía? Flint nunca se alejaba tanto de la casa. Nunca.

Se volvió en todas direcciones, preguntándose hacia dónde debía ir, pero llovía tanto y hacía tanto viento que no se veía nada.

—Victoria —Remington la agarró del brazo y tiró de

ella hacia atrás–. Prometo ayudarla a buscarlo por la mañana. Ahora venga.

Ella se desasió y avanzó tambaleándose hacia campo abierto. Las medias resbalaron por sus piernas, pegándose al lodo del suelo.

–No. No puedo dejarlo fuera toda la noche. ¡No puedo! No sabe cuidar de sí mismo.

–Igual que su ama –Remington se acercó a ella–. Le pido perdón, pero no me queda otro remedio –unas manos grandes y cálidas la asieron con firmeza por la cintura y la levantaron en vilo sacando sus pies del barro y al mismo tiempo de las medias, que quedaron pegadas al suelo.

Victoria dejó escapar un grito estrangulado cuando se vio elevada sin esfuerzo y apoyada sobre el hombro duro de Remington como un saco de cebada. Sus pies descalzos quedaron colgando delante de él y sus brazos y su larga trenza detrás, con el trasero en pompa. Remington la agarró con fuerza por las caderas y se encaminó a grandes zancadas al pórtico, haciéndola rebotar sobre su hombro.

–¿Qué hace? –gritó ella mientras golpeaba su trasero por encima de la camisa empapada. Pero se quedó paralizada al comprender que no debía tocar ninguna parte de su cuerpo, y menos aún sus nalgas. Se giró sobre su hombro–. ¡Mis medias! Esto... ¡esto es una indecencia! ¡Estoy en camisón!

–Ya lo he notado –contestó con sorna mientras seguía acarreándola hacia la casa.

Victoria se dejó caer sobre él y empezó a tramar un plan para escapar. Al cruzar la puerta, Remington la dejó por fin sobre el suelo de mármol del amplio vestíbulo. Ella resbaló en el charco de agua que se formó enseguida alrededor de sus pies descalzos y fríos y se tambaleó. El vizconde cerró las puertas y echó rápidamente el cerrojo, salpicando agua por todas partes. Se volvió y se recostó contra las puertas. Exhaló un suspiro, se quedó parado un momento y la miró con enfado. Su cara brillaba, mojada todavía por el agua que le chorreaba desde el pelo.

–¿No se da cuenta de que su padre, por no hablar de su primo, me habrían hecho responsable de lo que pudiera haberle pasado ahí fuera?

Como si a ella le importara...

–No pienso abandonar a Flint en una noche como esta –lo rodeó, intentando llegar a las puertas, pero él se apoyó contra los picaportes.

Victoria intentó empujarlo.

–No pienso moverme –anunció él, malhumorado.

–Apártese.

–No. No va a volver a salir con esta lluvia.

Ella volvió a empujarlo para que se apartara de los picaportes, pero sus pies resbalaban sobre el terso mármol. Rechinó los dientes, furiosa, cerró los puños y le asestó un golpe en el hombro.

Él la agarró de los brazos con fuerza, clavándole los dedos por encima de las mangas del camisón, la obligó a girarse y la atrajo hacia sí, de espaldas, para que no pudiera volver a golpearlo. Se inclinó sobre ella y la apresó entre sus brazos y su ancho pecho. Un torrente de agua helada corrió por el cuello y los brazos de Victoria, procedente de sus ropas empapadas. Ella se puso rígida y abrió los ojos de par en par al comprender que la tenía atrapada.

Remington se inclinó más aún, haciéndola combarse hacia delante y sujetándola con su peso.

—Deje de comportarse como una chiquilla impertinente —le ordenó, y su aliento cálido templó un lado de su mejilla helada—. A Flint no va a pasarle nada, pero a usted sí si sigue empapándose.

Victoria tembló entre sus brazos. El frío la había calado hasta los huesos.

—Es lo único que me queda de Victor. Si por eso soy una chiquilla, me da igual. Ahora suélteme. ¡Suélteme!

El vizconde la soltó y los dos se irguieron. Haciéndola volverse hacia él, la asió por los hombros y la atrajo hacia sí. Las pocas velas mortecinas que quedaban en los candelabros del vestíbulo alumbraban suavemente su rostro mojado. Frotó los hombros de Victoria.

—Perdóneme. Grayson me ha dicho ha menudo lo unida que estaba a su hermano.

Ella apartó la mirada. No quería dejarse llevar por emociones que era absurdo sentir. No cambiarían nada: su hermano había muerto, había sucumbido a la viruela después de que un criado lo expusiera a su contagio. A veces se preguntaba por qué no había sido ella.

Remington apretó suavemente sus omóplatos para hacerle comprender que no estaba sola. Ella, que no quería ni necesitaba su compasión, le apartó los brazos bruscamente y se limpió las gotas de agua que corrían por su cara y su barbilla.

—Victoria...

Lo miró.

—¿Qué quiere ahora?

—Yo... me marcho mañana a Venecia.

Suspiró, incapaz de ocultar su decepción. Sabía que no volvería a verlo hasta su debut en sociedad.

—Sí, lo sé.

–Puede que no regrese a tiempo para su debut. Por eso confiaba en que... –hizo una mueca.
Ella lo miró, alarmada por lo que podía decir.
–¿En qué confiaba?
Se encogió de hombros y desvió la mirada.
–Quería... quería darle una cosa, eso es todo. Algo que...
–Más vale que no me esté pidiendo un beso, Remington. Porque no voy a dárselo.
Él se aclaró la garganta y meneó la cabeza. Luego cuadró sus anchos hombros.
–No. A decir verdad, quería darle algo que ayudará a traer de vuelta a Flint.
Victoria suspiró.
–Si es un silbato, no servirá de nada. Ese perro odia los silbatos.
–No es un silbato –se acercó. Su cabello mojado brilló, negro como la noche. Se metió la mano en el bolsillo del pantalón empapado y sacó un fino anillo de oro y rubíes–. Tenga, es para usted.
Los hombres eran a veces unos perfectos inútiles. ¿A que sí?
–Creo que está usted insultando mi inteligencia. ¿Se puede saber cómo va a ayudar un anillo a traer de vuelta a mi perro?
Remington soltó una hosca carcajada, agarró su mano helada y la obligó a abrirla. Puso el anillo sobre su palma y volvió a cerrarle la mano. El agua de la manga de su camisa mojó su mano, y su piel fría volvió a erizarse.
El vizconde bajó la voz:
–Mi madre me lo dio poco antes de morir, hace ocho años. Estábamos muy unidos. Por lo que he oído contar,

se lo regaló una gitana. Lo único que necesita saber es que este anillo le será muy útil con el tiempo. Crea en su magia y le aseguro que todo saldrá bien. Se lo doy para que pueda pedirle todo lo que quiera o necesite mientras estoy fuera.

Victoria abrió la mano y miró el anillo parpadeando. Luego fijó la mirada en Remington.

−Será una broma.

−No.

−Tiene diecinueve años. No creerá de verdad en la magia, ¿verdad?

−La edad no lo cura a uno de la esperanza, que es lo que define la verdadera magia −cerró su mano sin apartar la mirada de sus ojos−. Póngase el anillo en el dedo, susúrrele a la piedra lo que más desea y se hará realidad. Le doy mi palabra.

Victoria soltó un bufido.

−¿Intenta darme gato por liebre? No existen los anillos mágicos.

Remington bajó la barbilla y se acercó. Acarició su mejilla y el calor de su mano la hizo estremecerse.

−¿Cómo lo sabe? −murmuró con los ojos fijos en sus labios−. ¿Les ha susurrado sus deseos más íntimos a todos los anillos que hay en el mundo?

−Bueno, no, pero... −se quedó quieta, consciente de que él se acercaba cada vez más.

Remington bajó la cabeza y se inclinó hacia ella. Victoria sofocó un gemido y se apartó de él apresuradamente, deslizando los pies por el frío suelo de mármol.

No quería que su padre la sorprendiera comportándose como una irresponsable, y menos aún faltando solo siete meses para su presentación en sociedad.

Se acercó a la escalera en penumbra mientras se decía para sus adentros que debía marcharse. Le tembló la mano en la que sujetaba aún el anillo, aunque no por el frío.

—Victoria, por favor... No se vaya. No se vaya aún. Necesito prolongar este instante con usted. Puede que pasen diez meses antes de que vuelva a verla.

El tono ronco y tierno de su voz la hizo derretirse de anhelo. No creía haber sentido aquello por nadie. Ni quería sentirlo, después de haber perdido a tanta gente.

Se detuvo, pero su orgullo se empeñó en que no se volviera o cedería al patético anhelo que sentía de abalanzarse sobre Remington como una ardilla sobre un montón de nueces.

Él carraspeó.

—No tengo por costumbre ir por ahí seduciendo a mujeres, si eso es lo que piensa que estoy haciendo. Pregunte a Grayson. Mi padre fue un auténtico caballero hasta el final, y desde su muerte yo me he mantenido fiel a su legado. Hasta tal punto, de hecho, que ni siquiera me he permitido besar a ninguna mujer.

Victoria se giró hacia él y lo miró a los ojos.

—¿Nunca ha besado a una mujer? ¿A su edad?

—No me diga que usted ya ha besado a algún canalla con mucha suerte, o me colgaré por haberle confesado lo que acabo de confesarle.

Ella contuvo la risa al darse cuenta de lo serio que estaba. Sacudió la cabeza y su trenza mojada se pegó a su hombro.

—Claro que no. Nunca he besado a un hombre.

—Bien, porque no me gusta compartir con otros.

Ella apretó el anillo que le había dado. Los lados de la piedra se clavaron en su palma.

—Yo no me preocuparía por eso. Ni siquiera se me

permite estar sola con un hombre que no sea un pariente. Ya lo sabe. Hasta esto se consideraría muy...
Remington se acercó.
—¿Muy qué?
—Indecente.
Él arrugó sus oscuras cejas.
—Las intenciones genuinas no pueden ser indecentes. Le juro por mi honor que jamás he perseguido a una mujer como la persigo a usted. Pero esto... usted... nosotros... Está escrito que así sea. Puedo sentirlo.
—¿Puede sentirlo? —preguntó ella con sorna—. Ay, Dios. Eso no es un buen síntoma. Quizá necesite sanguijuelas.
Remington la miró con enojo.
—Estoy hablando muy en serio.
Victoria soltó una risilla.
—Sí. Demasiado en serio, por lo que veo.
—Victoria... —bajó la voz y se inclinó hacia ella—. No soy un hipócrita. Solo estoy expresando lo que siento. Lo que he sentido siempre. El destino me ha estado susurrando su nombre desde la primera vez que nos vimos. No puedo dejarlo pasar. No puedo renunciar a usted. Hacerlo sería como dar la espalda a todo lo que siento.
Ella lo miró boquiabierta. Parecía creer de verdad en todas las pamplinas que contenían los libros de cuentos. Memeces como anillos mágicos y amores caballerescos capaces de superar a cualquier adversidad. Ella no creía en aquellas bobadas desde que tenía... trece años, cuando la muerte de su madre había hecho añicos no solo la vida de su padre, sino también la suya. Y al morir Victor había muerto también la poca felicidad verdadera que le quedaba. El amor podía sobreponerse a muchas cosas,

eso lo sabía, pero no podía vencer a la muerte. Por eso no iba a permitir que la conquistara a ella.

—¿Cómo puede el destino susurrarle nada? —preguntó, desafiante—. No sabe nada sobre mí, aparte de nuestras conversaciones banales.

—Sé bastante sobre usted.

—No es cierto.

—Querida mía, me he informado exhaustivamente sobre usted. Creo que sé más cosas de usted que de mí mismo.

—Conque sí, ¿eh?

—Sí, así es.

—Entonces, dígame, ¿cuándo y dónde nací?

Remington ladeó la cabeza y le apartó la trenza mojada del hombro. A ella se le aceleró el corazón al sentir su contacto y sintió que se inclinaba hacia él.

—Ese no es reto para mí, Victoria.

—Entonces no lo sabe.

—Sí lo sé.

Victoria señaló con el dedo su pecho mojado.

—Pues conteste.

Remington agarró su mano, impidiendo que le clavara el dedo en el pecho. Sonrió y se llevó el dedo a los labios. Sus labios carnosos y cálidos rozaron la piel helada, y un estremecimiento recorrió por completo el cuerpo de Victoria. Contuvo la respiración y su pulso pareció detenerse un momento.

Mirándola a los ojos, él frotó su mano con los dedos y contestó en tono indulgente:

—Victor y usted nacieron el nueve de abril de 1807, en el ala oeste de esta casa. Usted nació primero. Su hermano fue el segundo. Mientras que usted nació pletórica de salud, su hermano era muy frágil. Los médicos no esperaban que sobreviviera, pero sobrevivió, y debido a ello sus padres siempre se mostraron muy protectores con él. Con el tiempo, sin embargo, fue usted quien más protegió y mimó a Victor, como una segunda madre.

Ella parpadeó y apartó la mano. Aquello era demasiado íntimo para ser respetable.

—¿Quién le ha dicho eso?

—Grayson. Le pedí que me lo contara todo sobre usted. Y lo digo en serio: todo.

—¿Todo? —repitió ella.

—Todo.

—No puede saberlo todo.

—Claro que sí. Hágame otra pregunta.

—De acuerdo —hizo rodar el anillo sobre la palma de su mano y fijó la mirada en el pasamanos de madera que había junto a ellos, intentando dar con una pregunta—. ¿Cuál es mi escritor favorito?

—Daniel Defoe. Su libro preferido es *Vida y andanzas del muy honorable coronel Jacque*, y aunque ha intentado muchas veces que Grayson le preste un ejemplar de *Aventuras y desventuras de la célebre Moll Flanders*, Grayson sabe que es usted demasiado joven para verse expuesta a un libro de contenido tan escabroso.

Ella puso unos ojos como platos. Grayson iba a oírla.

—¿Qué más le ha contado mi primo sobre mí?

—Cosas que seguramente usted negaría, y que a mí sin embargo me resultan terriblemente enternecedoras —miró sus labios y se inclinó hacia ella. Su aliento calentó el aire entre ellos, y el olor a lluvia y a pimienta de Jamaica envolvió a Victoria—. Quiero que me bese. Necesito que me bese. Porque ahora mismo el destino me está diciendo que, si nos besamos, nuestras vidas no volverán a ser las mismas.

Ella contuvo la respiración. En el fondo ansiaba creer aquellas tonterías románticas. Quería creer que, si besaba a Remington y aceptaba lo que él le ofrecía, toda su vida se vería transformada y sus dudas acerca de las relaciones, las personas, la vida y la muerte se disiparían en medio de una lluvia de pétalos de rosa. ¿Podía cambiar un beso su vida entera, como una varita mágica que convirtiera una sola manzana en toda una tarta? Solo había una forma de averiguarlo.

—No se mueva —le advirtió.

—No me moveré —susurró él.

Victoria recorrió con la mirada el vestíbulo oscuro y silencioso. Sabía que seguramente iba a arrepentirse de una manera u otra, pero aun así se puso de puntillas, se agarró con una mano al cuello de Remington y lo atrajo hacia ella. Pegó los labios a su boca sorprendentemente cálida y suave. Los fornidos brazos del vizconde la rodearon y la apretaron contra su cuerpo empapado por la lluvia. Todo pareció mecerse y girar a su alrededor. Fue increíble.

Muy lentamente, sus labios unidos se abrieron al unísono. Pasado un momento de duda, sus lenguas se tocaron. A Victoria le dio un vuelco el corazón. Comprendió por su leve sabor a tarta dulce y especiada que, en efecto, Remington había estado en la cocina comiendo una de las tartas de la señora Davidson.

Él deslizó su lengua contra la de ella, ahondando el beso, y Victoria se deshizo, trémula, y se apretó contra su cuerpo, ansiosa por estar junto a él. Remington gruñó, bajó las manos hacia sus riñones y rozó su trasero a través del camisón húmedo.

Victoria sofocó un grito de sorpresa al darse cuenta

de que le estaba permitiendo demasiado y se apartó, desasiéndose de sus brazos. Aquello no había sido lo que esperaba. El beso la había hecho comprender que era capaz de sentir mucho más de lo que jamás había imaginado, y también de perder mucho más de lo que creía.

—Ya está —intentó parecer indiferente, a pesar de que su corazón latía con violencia y sentía un nudo en la garganta—. ¿Ya está contento el destino?

Remington dejó caer pesadamente las manos, pero mantuvo los ojos cerrados.

—El destino quiere que lo haga otra vez.

Victoria soltó una risa nerviosa y dio un paso atrás.

—Me parece que no. Mi padre me enviaría a Escocia si nos pillara haciendo esto. ¿Y entonces qué? No volveríamos a vernos.

Él abrió los ojos y se quedó mirándola. Su pecho subía y bajaba laboriosamente, enfatizando lo mojada que estaba su camisa y lo irresistibles que eran tanto él como su pecho.

—Entonces ¿quiere volver a verme? ¿Por qué?

Se puso colorada.

—Bueno... me... me gusta usted. Siempre me ha gustado. Ya lo sabe.

—¿Le gusto? —preguntó con voz gruñona—. A mí me gustan las tartas de manzana, pero no por eso voy a llevarlas al altar ni a darles mi nombre y mis hijos. Quiero saber qué siente de verdad por mí, Victoria. Dígamelo. ¿Siente algo, aparte de que le gusto? Ese beso me ha convencido de que hay mucho más que eso.

Ella lo miró parpadeando y comprendió de pronto que se había puesto en una situación muy comprometida. Remington intentaba extraer de ella una promesa. A la señora Lambert iba a darle un soponcio.

–No esperará usted que una dama revele a los cuatro vientos lo que siente.

–Si la señora Lambert y usted creen que mis intenciones son deplorables, es que ninguna de las dos me conoce –escudriñó su cara en la penumbra–. ¿Va a ponerse el anillo de mi madre en el dedo? ¿O va a negar lo que sé que siente?

Besarlo había sido un error espantoso, porque ahora parecía pensar que estaba enamorada de él. A pesar de su juventud, Victoria sabía que el apego a otra persona podía hacer que uno perdiera la noción de la realidad. Su padre la había perdido hacía años.

–Llevaré su anillo en el dedo solamente esta noche para que esté seguro de mi cariño y se lo devolveré por la mañana, antes de que se marche. Pero es lo único que estoy dispuesta a ofrecerle.

–No, le estoy pidiendo que lo lleve en el dedo hasta que regrese de Venecia.

–Guardarlo sería dar demasiado por sentado y no estoy en situación de concederle favores a usted ni a ningún otro hombre. Ahora, por favor, no le hable a nadie de esto. Ni siquiera a Grayson.

Remington levantó el dedo índice y se lo llevó a los labios.

–No se lo diré a nadie. De hoy en adelante, soy y seré siempre su defensor –bajó el dedo sin dejar de mirarla a los ojos. Era como si le estuviera anunciando en silencio que de allí en adelante era suya.

Solo suya.

Victoria tragó saliva.

–Si de veras quiere llevar esto hasta el final, Remington...

–Quiero. Créame que quiero. Dios mío, he estado...

–Entonces le sugiero que demuestre que así es dentro de siete meses. Ni un día antes. Buenas noches –sintiendo la piel estremecerse bajo el ardor de la mirada del vizconde, dio media vuelta y subió a toda prisa las escaleras.

Por extraño que pareciera, ni siquiera recordó cómo había llegado a su habitación. Cerró la puerta con manos temblorosas, se quitó la ropa mojada y se puso una camisa y un camisón secos. Se metió entre las sábanas, bajo la colcha de la cama, se tumbó de lado y estuvo tocando el anillo que sostenía aún.

Respiró hondo y exhaló mientras rezaba para que, si Flint estaba en efecto fuera, hubiera encontrado un lugar donde cobijarse. ¡Ojalá no se hubiera ahogado mientras ella disfrutaba de un beso maravilloso con un hombre increíble!

Llevándose el anillo a los labios, susurró al rubí pulido:

–Te suplico que demuestres tus poderes devolviendo a Flint a mi lado.

Contuvo el aliento y pestañeó, esperando que pasara algo. Como no pasó nada, ¿y por qué iba a pasar?, se puso el anillo, deseosa de creer en la magia y los cuentos de hadas, como antes de que la pérdida de aquellos a los que amaba destruyera su felicidad y le rompiera el corazón.

Última hora de la mañana, en la biblioteca

Sentada, miraba distraídamente su mano, posada sobre el libro cerrado que tenía sobre el regazo. El anillo de rubí de Remington brilló cuando movió la mano adelante y atrás. Su padre había abandonado a los últimos invitados que quedaban en la casa para ayudar a Remington a buscar a Flint por los campos cercanos. Llevaban fuera toda la mañana. Aquello no auguraba nada bueno.

–Se supone que está leyendo –dijo la señora Lambert con fingida paciencia, sentada en una silla de mimbre, frente a Victoria–. Aunque falte Flint, tiene responsabilidades que no puede dejar de lado. Una dama ha de irradiar refinamiento y templanza incluso en los momentos más difíciles.

–Sí, señora Lambert –«irradiar refinamiento y templanza». Ya. Fingir, adoptar poses superficiales, no era lo único que importaba en la vida. Su perro había desaparecido, cabía la posibilidad de que estuviera muerto, ¿y ni siquiera le permitían mostrarse afectada?

Resopló y abrió de mala gana el libro encuadernado en piel roja: *Cómo evitar un escándalo*.

–Las damas no resoplan –los ojos marrones de la señora Lambert se clavaron en ella, alarmados.

–Sí, señorita Lambert –Victoria bajó la cabeza y mantuvo el libro abierto con la pose refinada que se esperaba de ella. No entendía por qué la obligaban a leer un libro de etiqueta con vistas a su debut en sociedad, para el que todavía quedaban siete meses, no siete días.

Leyó la primera página:

Una dama puede ser dueña de un carácter excelente, un abolengo envidiable y una riqueza asombrosa, o una simple señorita sin otra cosa que su cara y su figura para abrirse paso en el mundo. Poco importa que sea una cosa u otra, puesto que la sociedad exige lo mismo de toda mujer: la perfección. Si esto suena desa-

lentador, el autor de estas líneas puede asegurar a sus lectoras que lo es, en efecto. La sociedad es un ente cruel e implacable que espera la perfección de todo cuanto hace una mujer y que sin embargo rara vez mide a los hombres por el mismo rasero. Este retorcido prejuicio engendra un desequilibrio perverso que permite a los hombres descarriarse de diversas maneras y deja a las mujeres en situación de desventaja. Dicha desventaja es lo que me impulsó a ofrecer a mis lectoras una guía para ayudarlas a conservar intactas su prudencia y su sensatez. Solo existe un motivo por el que una dama deba leer este libro, y es evitar que muerda el anzuelo...

Victoria arrugó la nariz. ¿Por qué de pronto le asustaba la sola idea de ser mujer? Del pasillo le llegaron varias voces masculinas seguidas por pasos pesados que parecían dirigirse hacia allí. Un ladrido agudo resonó en la casa. Le dio un vuelco el corazón. Cerró el libro, lo dejó sobre el brazo del sillón y se levantó de un salto, llena de incredulidad.

–¿Flint?

La señora Lambert también cerró su libro y suspiró. De pie en la puerta de la biblioteca, vestido con un gabán de lana, estaba Remington. El viento había revuelto su cabello negro y sedoso y sus botas estaban manchadas de barro, pero sostenía entre los brazos a Flint que, salpicado también de barro y con los ojos muy abiertos, parecía enfadado. El perrillo ladró otra vez al tiempo que agitaba su cuerpecillo peludo, intentando liberarse.

Los ojos azules de Remington se clavaron en los suyos.

—Lo he encontrado dentro de un barril volcado, al otro lado del campo. ¿Todavía lo quiere o vuelvo a echarlo fuera?

Victoria sonrió, pero no pudo moverse. Estaba tan hipnotizada por Remington que ni siquiera podía pensar. Era realmente divino. En muchos sentidos.

Su padre apareció detrás de Remington, un poco falto de resuello, con la corbata torcida y el lazo medio deshecho. Sacudió la cabeza rubia y canosa y sus severos ojos verdes volaron hacia ella.

—Tienes que asegurarte de que los criados no vuelvan a dejar salir a ese perro sin correa. Estoy cansado de ocuparme de tus responsabilidades a cada paso. Si eres incapaz de cuidar de ese maldito chucho, no puedes quedártelo.

La sonrisa de Victoria se desvaneció. Desde la muerte de su madre, había veces en que apenas reconocía a su padre.

—No son necesarias palabras tan duras, milord. Lady Victoria no se las merece —Remington se agachó rápidamente y dejó a Flint en el suelo.

El perrillo corrió hacia ella, tamborileando con las uñas sobre el suelo de madera y esparciendo barro a su alrededor. La señora Lambert soltó un chillido de protesta y retrocedió hacia la silla de la que se había levantado al tiempo que se recogía las faldas. Victoria cayó de rodillas y no le importó que Flint pusiera las patas embarradas sobre los pliegues de su vestido nuevo de color lila. Le encantaron los besos fríos y cenagosos que el perrillo le dio por toda la cara.

—¡Flint! —le susurró mientras acariciaba su cabeza mojada y sucia—. No eres tan tonto como nos habías hecho creer a todos. Has sobrevivido a una tormenta tú solito,

¿verdad que sí? Sí. Sí, claro que sí. Hasta encontraste un barril en el que esconderte. Estoy muy orgullosa de ti. Y Victor también lo estaría.

Apretó a Flint contra su pecho y el perro soltó un gemido. Agachando la cabeza, salió rápidamente de la biblioteca sin duda camino de la cocina, en busca de algo que comer.

Su padre suspiró y la miró con expresión suplicante.

—Por lo visto, Remington me aventaja en cuanto a buenos modales. No debería haberte hablado con tanta brusquedad. Es imperdonable.

Victoria sonrió, sintiéndose de nuevo en paz con su padre.

—No tienes por qué disculparte, papá. Flint es responsabilidad mía, no tuya.

—Bien. Me alegra saber que nos entendemos. Ahora sigue con tus lecciones, anda. Hablaremos cuando se hayan marchado el resto de los invitados. Quizá podamos jugar un poco al ajedrez, ¿no crees? —sonrió, dio media vuelta y salió de la biblioteca.

Ella miró a Remington, que seguía en la puerta. Se puso en pie y se alisó las faldas.

—Gracias.

El vizconde tenía siempre una forma asombrosa de arreglarlo todo.

Una sonrisa curvó sus labios y en su mejilla afeitada apareció un hoyuelo.

—Ya le dije que el anillo era infalible.

¿Cómo no iba a adorar a aquel hombre si no hacía otra cosa que mostrarse digno de adoración? Aparte de que había salido valerosamente en su defensa ante su padre, se había pasado toda la mañana recorriendo campos embarrados. Ni siquiera Grayson se había ofrecido a buscar a Flint, y su padre solo había salido por no ser menos que Remington.

Miró a la señora Lambert, que se había vuelto para recoger unos cuantos libros. Tenía que devolverle el anillo a Remington. Ya lo había llevado bastante.

Cruzó rápidamente la biblioteca, se detuvo ante él, se sacó el anillo del dedo y se lo tendió con la mano manchada de barro.

—Creo que la magia no reside en el anillo, sino en su dueño. Le deseo un viaje maravilloso y prometo escribirle si usted promete regresar a tiempo para mi debut —sonrió—. Necesitaré que alguien se interese por mí. Quizá sea usted el único.

La sonrisa de Remington se borró. La observó solemnemente un momento. Mirando hacia la señora Lambert, susurró con voz ronca:

—Vuelva a ponérselo en el dedo, por favor. Se acabaron los juegos. La veré a mi regreso.

Ella lo miró con perplejidad. Remington señaló hacia el pasillo con el dedo pulgar manchado de barro.

—Parto hacia Portsmouth dentro de una hora, y desde allí a Venecia. Grayson sabe dónde voy a alojarme. Pídale las señas —bajó la voz y su cara delgada se sonrojó cuando añadió casi sin emitir sonido—: Competiré por su mano a mi regreso, no le quede ninguna duda. Solo confío en que no esté ya prometida, porque después de lo de anoche no... —miró a la señora Lambert e hizo una mueca—. Tengo que irme —inclinó rápidamente la cabeza, giró sobre sus talones y desapareció.

Victoria abrió los ojos de par en par al mirar el anillo que todavía sostenía entre los dedos. Remington se proponía en serio competir por su mano. ¡Santo cielo! Aquello no era un simple capricho, ¿verdad? Le tenía cariño de veras. Ella lo había intuido desde el principio y, sin embargo, se había negado a darse por enterada, por miedo a que fuera una farsa y la condujera a algo que escapaba a su control.

Pero las cosas ya se le habían escapado de las manos, ¿no era cierto? Había besado a Remington. Voluntariamente. Había aceptado su anillo y le había susurrado porque él se lo había dicho. A pesar de que se había resistido a la adoración que sentía por él desde su primera conversación, en el fondo sabía que no podía seguir pugnando contra ella. Tenía que decirle que ella sentía lo mismo. Antes de que...

Se puso frenéticamente el anillo en el dedo y salió de la biblioteca. Su vestido se agitó alrededor de sus pies cuando corrió tras él por el pasillo.

−¡Remington!

Él se detuvo y se volvió. Sus ojos azules se clavaron en los de ella.

−¿Sí?

Victoria se paró bruscamente ante él. Se retorció las manos, intentando ganar tiempo.

−Yo...

−¡Lady Victoria! −chilló la señora Lambert desde la biblioteca−. ¿Adónde ha ido ahora?

Victoria hizo una mueca, consciente de que no tenía mucho tiempo.

−Yo le escribiré la primera carta. Y me aseguraré de que la señora Davidson le mande algunas tartas a Venecia. ¿Le gustaría?

−Me honra usted −agarró su mano con dedos frescos, se la llevó a los labios y besó el rubí que ella se había puesto en el dedo anular−. No se separe nunca de este anillo. Vale mucho más de lo que jamás podría expresar con palabras.

La mano de Victoria tembló entre la suya.

—Perteneció a su madre. ¿Por qué me lo confía?

Remington la miró.

—Si no lo sabe ya, Victoria, es que he fallado no solo como hombre, sino como ser humano.

Ella abrió los labios.

—¿Me está pidiendo que...?

—Sí —se inclinó hacia ella y apretó su mano—. ¿Me acepta usted? Llevo esperando semanas para preguntárselo. Semanas. Mucho antes de venir aquí. Por favor, diga que sí para que pueda hablar con su padre de inmediato.

Lo miró boquiabierta. Aquello era una locura. Solo hacía un año que se conocían y sin embargo... tenía la sensación de que lo conocía desde siempre.

La señora Lambert salió de la biblioteca y se paró en seco. Su cabello gris, sujeto con horquillas, pareció temblar. Sofocó un grito de sorpresa.

—¡Lady Victoria! Le exijo que se aparte inmediatamente de lord Remington.

Victoria desafió la orden apretando con más fuerza la mano de Remington. No todos los días le pedían a una su mano. Pero ¿volvería él? Y si volvía, ¿seguiría queriéndola después de haber visto lo que le ofrecía el mundo? Se resistió a empañar aquel momento maravilloso. Como le había dicho su madre una vez, «no puede una embarcarse en una aventura sin tomar un camino. Y no hay mayor aventura que el amor».

El amor...

¿Eso era aquello? ¿La clase de amor que habían compartido sus padres antaño?

Inclinándose hacia Remington de puntillas, le susurró atropelladamente:

–Que nuestras cartas decidan qué será de nosotros antes de que le digamos nada a mi padre. ¿De acuerdo?

–De acuerdo –Remington inclinó la cabeza y apoyó la frente sobre la suya–. Mi hermanastra está prometida con un noble británico que vive en Venecia, por eso tengo que...

–¡Lord Remington! –los tacones de la señorita Lambert tamborilearon sobre el suelo de mármol cuando emprendió la marcha hacia ellos con paso decidido–. Estoy sin palabras. ¿Es que mi presencia no significa nada para ninguno de los dos?

–Perdóneme, señora Lambert –Remington separó su frente de la de Victoria y apartó lentamente la mano de la suya para posarla sobre los botones dorados de su chaleco–. Parto de muy mala gana.

Ella sonrió.

–Y yo le permito partir de muy mala gana.

Remington sonrió, dio media vuelta y se alejó. Su gabán se agitó alrededor de sus botas embarradas y su alta figura. Cuando llegó al final del largo pasillo, se detuvo, miró hacia atrás y le dedicó una enorme sonrisa rebosante de orgullo.

A Victoria se le encogió el corazón cuando levantó la mano para decirle adiós. Deseó que no tuviera que marcharse a Venecia, pero él dobló la esquina lentamente, arrastrando juguetonamente la mano por la pared como si se obligara a sí mismo a partir. Después desapareció de su vista.

Victoria dejó escapar un suspiro trémulo y se refrenó para no ponerse a dar vueltas por el pasillo como una peonza.

–¡Lady Victoria! –exclamó la señora Lambert, indignada–. Creo que el libro que está leyendo viene como anillo al dedo en este momento. Confió en que lo haya leído de cabo a rabo antes de que acabe la semana. Y que memorice y sea capaz de citar veinte pasajes distintos. ¿Entendido?
–Sí, señora Lambert.
–Ahora, sígame.
–Sí, señora Lambert –sin importarle que la institutriz lo notara, levantó la mano y contempló el anillo embarrado que llevaba en el dedo mientras regresaba obedientemente a la biblioteca.
¿Había alguna relación entre el regreso de Flint y el anillo? Era improbable, pero aun así, Remington era un mago maravilloso, aunque fuera de otra clase. De una clase capaz de persuadir a un alma recelosa como la suya no solo de que le diera un beso, sino de que le entregara para siempre el corazón.

Escándalo 2

Una dama no ha de mantener correspondencia secreta bajo ninguna circunstancia. Pues, de lo contrario, ¿quién se encargaría de supervisar cada palabra que escribiera? Hay un sinfín de cosas que pueden torcerse y que sin duda, para desgracia de dicha dama, se torcerán en caso de que haya pruebas documentales.

Cómo evitar un escándalo
Anónimo

15 de septiembre de 1824

Mi querido Remington:

Grayson está disgustadísimo desde su marcha y se ha vuelto insoportable. Cada vez que viene a verme me pide que juegue al ajedrez con él, y afirma que soy la única que juega tan bien como usted. No me había dado cuenta de que estaban tan unidos. Para mí es una enorme satisfacción saber cuánto lo aprecia Grayson, y ello solo confirma lo que ya sabía. A pesar de que le pregunto sin ce-

sar por usted y de que él se empeña en intentar sonsacarme lo que siento, no le he confesado nada. Todavía no. Estoy convencida de que todos lo juzgarán un enamoramiento juvenil si lo hacemos público antes de mi debut. Y aunque aún no entiendo del todo qué es lo que hay entre nosotros y a qué me estoy comprometiendo, sé que no puedo dejar de lado este asunto, ni dejarlo de lado a usted. En cuanto al adorable tontorrón al que rescató, sigue metiéndose en líos. Durante mi clase de francés, consiguió tirar al suelo el mantel de mi bisabuela que hay en el saloncito azul y rompió el jarrón favorito de mi difunta madre. Mi padre montó en cólera y amenazó con convertirlo en salchichas, aunque yo sé que es incapaz de hacerlo, dado que Flint es lo único que nos queda de Victor. Echo de menos a mi hermano y pienso en él a menudo, pues era mi mejor amigo y la única persona a la que podía confiárselo todo. Ahora, sin embargo, no me obsesiona tanto su falta. Quizá sea porque tengo nuevos recuerdos con los que reemplazar los antiguos. Con frecuencia me descubro remoloneando junto a la escalera, en el sitio exacto donde nos besamos. Hasta la señora Lambert lo ha notado y el otro día me preguntó por qué estoy siempre merodeando por la escalera. ¡Qué vergüenza pasé! Por favor, escríbame y cuéntemelo todo sobre Venecia.

Aguarda fervientemente su regreso,
Victoria

16 de octubre de 1824

Mi querida Victoria:

Quisiera dar comienzo a mi primera carta confesán-

dole por fin cuán enamorado estoy de usted. Hace tiempo que la amo. Llevo siempre su carta conmigo, en el bolsillo interior de mi chaqueta, y la saco cada vez que pienso en usted, que es a menudo. Mi madrastra se empeña en decir que soy un necio por entregarle mi amor tan ciegamente. Pero, naturalmente, a ella todo lo que hago le parece una necedad. Asegura que soy terriblemente ingenuo en lo tocante a mujeres, y a mis diecinueve años supongo que así es, pero prefiero ser ingenuo a ser un frívolo y un ingrato, como el resto de los hombres que me rodean. Con frecuencia me pregunto por qué volvió a casarse mi padre. Mi madrastra es una mujer criticona y áspera de trato que prefiere las palabras ásperas a la paciencia o la bondad. Mi hermanastra, Cornelia, no se parece en nada a ella, aunque resulte extraño. Se esfuerza siempre por ser buena persona y quería mucho a mi padre, por lo que merecerá siempre mi respeto. De hecho, ella es el único motivo por el que sigo haciendo intentos de complacer a mi madrastra.

Venecia es increíble. Ahora entiendo por qué es tan célebre esta ciudad. Hay en ella una atmósfera deliciosamente exuberante, con olores que cambian constantemente según el viento, y como está rodeada por el cielo y el mar, ningún día se parece a otro. Para mí ha sido un chasco, en cambio, comprobar que los venecianos no comparten la pasión de los ingleses por la caza, ni siquiera en las llanuras o en los montes, que se consideran parte de la campiña. Destacan, sin embargo, en el arte de atrapar pájaros, lo cual no es de extrañar si se tiene en cuenta que en esta ciudad hay más aves que personas. En la laguna que rodea Venecia, hay hombres que se meten en toneles sumergidos con un arma en la mano y disparan contra todo lo que se menea. Disparar a los pájaros parece ser un entretenimiento tan popular como tenerlos por mascotas. La mayoría viven encerrados en jaulas, pero hace poco visité un palazzo en el que los pájaros volaban libres. Imagínese, dar un baile en Londres mientras una multitud de pájaros aletea, gorjea y deja caer sus excrementos sobre los muebles o los invitados. A la aristocracia inglesa le daría un patatús.

He perdido ya la cuenta de las góndolas en las que he montado. En efecto, las góndolas son a Venecia lo que los carruajes a Londres, y, por sorprendente que pueda parecer, hay quienes aseguran no haber visto jamás un caballo. Cada día, mientras me deslizo por los caminos de agua y veo pasar flotando los edificios, me digo a mí mismo lo injusto que es que no pueda compartir esta ciudad con usted. Insisto en que, cuando nos casemos, y nos casaremos, vengamos a Venecia para extraer todo su jugo a este lugar tan romántico. Las noches son muy tranquilas y los edificios decrépitos brillan como nuevos a la luz de la luna. Titilan las estrellas mientras los farolillos encendidos de las góndolas se mecen sobre las aguas murmurantes. Ansío compartir esto y mucho más con usted.

Aquí hay, dicho sea de paso, muchas más cosas que comer que cítricos, sopa y macarrones. Hay melones, chocolate, bacalao, mejillones... Y, curiosamente, los cocineros de todas las casas nobles que he visitado hasta el momento son de origen francés. Empiezo a creer que Napoleón, al que lleve el diablo, invadió todas las cocinas del país. Aunque la comida es extraordinariamente buena, confío en que me envíe esas tartas que me prometió. Las añoro, aunque no tanto, ni mucho menos, como la añoro a usted. No quisiera ser atrevido, pero todas las noches, mientras miro el techo de mi habita-

ción y pienso en usted, me pregunto cómo sería tenerla en mis brazos y en mi cama. La necesidad de tenerla cerca es abrumadora.
Suyo hoy y siempre,
Remington

15 de noviembre de 1824

Mi querido Remington:

Le pedí a la señora Davidson que horneara seis tartas para usted. Debería recibirlas dentro de poco, aunque no le prometo que lleguen intactas. Confiemos en que sí.
Venecia, tal y como la describe, parece tan divina... Se alegrará usted de saber que Grayson piensa ir a hacerle una visita en los próximos meses. Me muero de envidia por no poder acompañarlo. ¿Por qué él puede ir adonde le plazca y con quien le plazca mientras yo tengo que quedarme encerrada en la biblioteca con la señora Lambert hasta mi debut? Prefiero conocer el mundo de primera mano a aprender acerca de él a través de los libros. Y lo que es peor: mientras espero mi debut, me estoy viendo obligada a leer y releer cierto libro de etiqueta, Cómo evitar un escándalo. *Pese a que en sus páginas puede encontrarse gran cantidad de consejos valiosos, el arte de ser una verdadera dama, tal y como lo define el libro y, supongo, la sociedad en general, resulta aterrador. ¡Tengo la impresión de que van a repudiarme por respirar como no debo!*
Respecto a su cama... Aunque nadie sabe que nos escribimos, a excepción de Grayson y de mi doncella per-

sonal, que me hace llegar sus cartas y manda las mías a escondidas, me vi obligada a hacerle varias preguntas a la señora Lambert, preguntas que surgieron tras leer lo poco que cuenta mi libro de etiqueta acerca de los deberes matrimoniales. La señora Lambert se negó a responder y me obligó a escribir la frase «soy una señorita responsable» cuatrocientas cincuenta veces. Puesto que no deseo tener que volver a escribir «soy una señorita responsable» otras cuatrocientas cincuenta veces, le suplico que me aclare qué sucede en realidad entre un hombre y una mujer.
Sinceramente suya,
Victoria

5 de diciembre de 1824

Mi querida Victoria:

¿Por dónde empezar? En primer lugar, no debería haberle hablado de mi cama. Siendo como soy un caballero, no debo entrar en detalles, salvo los justos para aliviar su curiosidad y salvarla de ulteriores castigos. Cuando mencioné mi cama, me refería al arte del amor, que no incluye fingimiento alguno y consiste en respiración, pasión y placer, y que con el tiempo conduce a la creación de una vida preciosa dentro del vientre materno. Hay mucho más, se lo aseguro, pero no quisiera chamuscar la punta de mi pluma ni este papel. Sepa simplemente que deseo fervientemente que llegue nuestra noche de bodas y que pienso en ello mucho más de lo que debe hacerlo un caballero. Debido a este desasosiego que siento dentro de mí, he intentado distraerme

de diversas maneras. Viajo a menudo a las llanuras y grabo su nombre en cada árbol por el que paso, para que, aunque no esté aquí, todo el mundo la conozca. Por fortuna he estado muy atareado supervisando los últimos preparativos para la boda de Cornelia. Mi hermanastra está encantada, pues se trata de un enlace ventajoso. Sé ya que regresaré a Inglaterra dentro de menos de dos meses, poco después de la ceremonia. Estoy deseando verla, tomarla en mis brazos y escandalizar a todo el mundo. Muchas gracias, por cierto. Recibí las seis tartas, pero para mi consternación se habían convertido las seis en una miga de proporciones gigantescas. Tras comerme lo que pude salvar, llevé el resto a la Piazza San Marco y compartí mis migajas con los pájaros. Me lo agradecieron mucho y ahora, cada vez que visito la piazza, parecen acordarse de mí y se congregan a mi alrededor como si esperaran más migajas. Le suplico, pues, que me envíe más tartas para mis nuevos amigos venecianos. Pronto estará aquí la Navidad. ¡Qué extraño saber que no la celebraré en Inglaterra!

Suyo ahora y siempre,
Remington

25 de diciembre de 1824

Mi querido Remington:

Feliz Navidad para usted y su familia. Confieso que, para mi padre y para mí, la Navidad no es desde hace tiempo tan feliz como debería serlo. Nuestro pobre Victor murió la mañana de Navidad, hace ahora dos años, de modo que la celebración de hoy se ha visto empañada

*por su silla vacía y por su cubierto intacto en la mesa,
que papá insiste en que pongamos para él, como siempre
hemos hecho por mamá. Apenas he podido probar bocado teniendo que ver esas dos sillas vacías. Descubrí a mi
padre parado en la puerta de la antigua alcoba de mi
madre. Me entristeció muchísimo, y me recordó dolorosamente lo mucho que él la quería. Aunque intenté reconfortarlo, me apartó de su lado y prefirió no hablar de
ello. Eso ha hecho que me dé cuenta de hasta qué punto
me he vuelto como él, siempre alejando a los demás de
mi lado. A usted le habrían encantado mi madre y Victor,
y sé que ellos le habrían tenido mucho cariño. Eran excelentes dando consejos y siempre sacaban a relucir el
aspecto más radiante de las cosas. Igual que usted.*

*En cuanto a ese escabroso asunto relacionado con su
cama, no puedo menos que creer que cualquier cosa en
la que usted participe será divina. Aunque al mismo
tiempo sea indecente.*

*La señora Davidson va a enviarle otras seis tartas
para sus amigos venecianos. Debería recibirlas poco
después que esta carta. Le escribiría más, pero confieso
que estoy agotada después de haberme pasado toda la
tarde llorando por Victor. Prometo escribir mucho más
la próxima vez. Y también estar más alegre.*

*Sinceramente suya,
Victoria*

28 de febrero de 1825

Mi querido Remington:

No le he escrito porque estaba esperando a tener no-

ticias suyas. Me doy cuenta de que seguramente estará muy ocupado con su nueva vida. Imagino lo tedioso que ha de ser organizar una boda tradicional británica en el corazón de Venecia. Me figuro que será como intentar comer magdalenas inglesas con macarrones. Confieso, sin embargo, que me desilusiona que no haya escrito siquiera para desearme una feliz Navidad. Grayson me ha dicho que hace dos meses que a él tampoco le escribe. Está preocupado. Igual que yo. Escriba, por favor, y tranquilícenos a ambos asegurándonos que se encuentra bien.

Sinceramente suya,
Victoria

2 de marzo de 1825

Mi querida Victoria:

Perdóneme, se lo ruego, mi largo silencio. No sabía cómo acometer la escritura de esta carta. En mi afán por aumentar mi capital y ofrecerle mejores perspectivas a mi regreso, invertí mucho más de lo que debía en una empresa veneciana que ha cerrado sus puertas debido a la corrupción. Como resultado de mi estupidez, estoy arruinado. Mi secretario y mis contables están intentando poner orden en los pocos fondos que me quedan. Aunque todos ellos me ayudaron a colocar mi dinero en esa inversión, no se puede prever dónde se esconde la avaricia, ni si emponzoña desde dentro empresas aparentemente respetables. Los responsables del desfalco han sido hallados e identificados, pero el dinero que nos robaron a mí y a otros se ha esfumado.

Confío en que los cuelguen a todos, pues no he sido el único afectado por su avaricia. Me han aconsejado que venda mi casa de campo en West Sussex con todo su mobiliario, así como todo cuanto tengo aquí, en Venecia. De otro modo, los escasos recursos de que dispongo se disolverán por completo. Este horrible peso que llevo sobre mis hombros me está ahogando. Cornelia no me culpa, pero no hace más que llorar. Lo peor de todo es que los planes para la boda se suspendieron de inmediato al saberse que estamos arruinados. La aristocracia es tan implacable, tan superficial en sus afectos... La dote que iba a corresponderle a Cornelia ha servido para saldar parte de nuestras deudas, pero de poco ha servido. Mi madrastra se ha obcecado por completo. Sigue saliendo por ahí y comprando cosas extravagantes que no podemos permitirnos, y se niega a devolverlas a pesar de mis ruegos. Nuestros acreedores llevan semanas exigiendo el pago. Pero no puedo pagarles. Queda, sin embargo, un atisbo de esperanza que estoy sopesando. Se me ha ofrecido una rara oportunidad de salvarme de la ruina, si bien se trata de algo muy por debajo de mi posición social. No sería más que un sirviente, pero saldaría mis deudas y aseguraría que Cornelia y mi madrastra volvieran a vivir cómodamente. El empleo, no obstante, exige la firma de un contrato y la obligación de permanecer en Venecia otros cinco años. La idea de no verla durante un año, y no digamos ya cinco, me resulta extremadamente dolorosa. Pero ¿qué otra cosa puedo hacer? ¿Desentenderme de mis responsabilidades para con mi familia? He sido yo quien ha hecho recaer sobre ellas este infortunio, y he de ser yo quien lo solucione. Su bienestar y su felicidad dependen de ello.

Ojalá estuviera usted aquí para aconsejarme, pues mis pensamientos me llevan por derroteros que desearía evitar.
Siempre suyo,
Remington

6 de abril de 1825

Mi querido Remington:

Movida por la desesperación, enseñé su carta a mi padre y le supliqué que nos permitiera casarnos antes de mi debut. Lamento haber recurrido a él. Nunca lo he visto tan poco dispuesto a atender a razones. Volcó todos los muebles de mi habitación y, pese a mis súplicas, buscó y destruyó todas sus cartas. Fue como ver mi alma arder en las llamas del infierno. Aunque mi padre se empeña en que no puedo unirme a un hombre arruinado, le aseguro que nada, ni siquiera él, podrá separarnos. He informado de todo a Grayson y le he suplicado que viaje a Venecia en mi lugar. Se ha llevado un gran disgusto y partirá dentro de una semana. Mi tío, siempre tan bondadoso, ha donado una suma muy generosa para ayudarlo y confiamos en que sirva para saldar todas sus deudas. Espere la llegada de Grayson y no se comprometa a nada que le impida regresar a Inglaterra. Hasta que reciba noticias suyas o de mi primo, pido en voz baja al anillo de su madre que le dé buena suerte y espero pacientemente.
Sinceramente suya,
Victoria

* * *

15 de mayo de 1825

Mi querida Victoria:

Su devoción hacia mí me conmueve y supera con creces cuanto merezco. Yo jamás podría separarla de su padre. Jamás. Lord Linford ya ha perdido a su esposa y a su hijo. No le depare más dolor obligándolo a perder una hija. Comprendo la preocupación de su padre y, al igual que él, me niego a atarla a un hombre arruinado. Si se casa conmigo no tendrá nada, y usted no se merece eso. Se merece un hombre que pueda proporcionarle una felicidad que ya no está en mi mano darle. Pese a que me tiembla el pulso al escribir esto, he de liberarla de su compromiso. No puedo ser egoísta en esto, aunque deseo ardientemente serlo. Ya ha cumplido dieciocho años y con toda probabilidad habrá comenzado su primera temporada en sociedad. Le ruego que busque un marido digno de usted. Si me ama, Victoria, y sé que así es, lo único que le pido es que me honre el resto de mis días llevando en el dedo el anillo de mi madre. De ese modo estaremos por siempre casados en espíritu. Confío en que lo entienda y en que me perdone por haber aceptado ya ese empleo mucho antes de que llegara Grayson. Sencillamente, mi situación económica era demasiado comprometida. Espero que siga escribiéndome, pues es lo único que me quedará de usted. Pues aunque la libere de nuestro compromiso, le aseguro que sigo siendo esclavo del afecto que siento por usted.
Siempre suyo,
Remington

* * *

28 de junio de 1825

Remington:

Pese a que mi primera temporada se ha visto coronada por el éxito y he recibido ocho ofertas de matrimonio, las he rechazado todas. Mi padre amenaza cada dos por tres con mandarme a un convento, pero, como soy idiota, le contesto que ningún otro hombre me querrá nunca tanto como usted. ¿Soy una necia por creerlo? Empiezo a pensar que sí. Grayson ha enviado por fin noticias desde Venecia y me ha informado de que se las arregla bastante bien usted solo y de que en realidad no necesitaba en absoluto el dinero de mi tío. No me explico qué empleo puede ser ese que le ha deparado una recuperación económica tan milagrosa. ¿Existe en realidad ese empleo? ¿Ha necesitado alguna vez fondos? ¿O era todo una excusa para librarse de sus obligaciones para conmigo después de que se le presentara una oportunidad más ventajosa? Grayson se niega a explicarme nada, pero temo que haya puesto usted una linda máscara sobre la fea cara del engaño. Si ese «empleo» al que se refiere lo ha impulsado a abandonar sus nobles intenciones y a casarse con otra, le ruego que me informe de ello. Si no hay otra mujer y sencillamente está viviendo por encima de sus posibilidades, viva solo con lo necesario y cásese conmigo. Sigo queriéndolo, Remington, y le pido que me demuestre su amor siendo leal y sincero. Poner sobre el papel el amor que siento por usted y ofrecerme a abandonar a mi padre para estar a su lado en Venecia, ese es el sacrificio que estoy dispuesta a hacer por usted. ¿Cuál será el suyo?
Victoria

* * *

1 de agosto de 1825

Victoria:

Sus palabras de amor me abrumaron y me colmaron de una nueva esperanza que hacía meses que no sentía. Lamentablemente, me he comprometido a pasar cinco años aquí, en Venecia. Ni usted ni Grayson podrán comprender nunca las dificultades y las penurias que acarrea la pobreza, ni entenderían cómo obliga hasta al mejor de los hombres a emponzoñar todo aquello en lo que cree con el único fin de asegurar el bienestar de sus seres queridos. Es usted más necia aún que yo si piensa que sería capaz de traicionarla casándome o amando a otra mujer. Mi alma siempre será suya. Sea cual sea el camino que tome en esta vida, siempre recordaré lo que hemos compartido y prometo que, en su honor, nunca me casaré, ocurra lo que ocurra. Aunque desearía decirle lo que ha sido de mí y a qué me he comprometido, no puedo hacerlo, o me despreciaría usted. Y prefiero la muerte a que me desprecie, Victoria. Debido a ciertos acontecimientos recientes que escapan a mi control, no podemos seguir en contacto. Ni siquiera susurre mi nombre. Si no me obedece en esto, puede estar segura de que no contestaré a sus cartas y quemaré todas las que me envíe tan pronto las reciba. Comprenda que solo lo hago porque la quiero y porque ansío protegerla a usted y a su buen nombre. Le deseo que sea feliz y que viva sin remordimientos, y recuerde que siempre la amaré. Siempre.

Eternamente suyo,
Remington

26 de septiembre de 1825

Remington:

Grayson se niega a informarme de su paradero o de lo que ha sido de usted. Asegura haber jurado guardar silencio. Estoy muy preocupada y les desprecio a ambos por traicionarme de un modo tan cruel. Ha terminado la temporada y no hago otra cosa que mirar libros cuyas palabras no tienen ningún significado para mí. Por las noches lloro, sintiendo que he enterrado a otra persona a la que amaba. ¿Por qué me condena a una vida sin usted? ¿Por qué me impide saber qué ha sido de usted? ¿De veras el orgullo significa más que yo para usted? Solo deseo comprenderlo, no juzgarlo. En el fondo de mi alma sabía que esto iba a ocurrir. Supe desde el instante en que cedí a esta absurda pasión que iba usted a decepcionarme y a hacer añicos lo poco que quedaba de mi corazón. Pensé, sin embargo, que tras haber perdido tantas cosas, estaría más preparada para el dolor que me está obligando a soportar. Pero no lo estoy. No quiero volver a sentir esto nunca más. Al menos escríbame para decirme que está sano y salvo. Temo por usted y por la vida en la que ha caído.
Siempre suya y fiel,
Victoria

A pesar de esta y de otras cincuenta y dos cartas que

envío Victoria durante los dos años siguientes, Remington cumplió su palabra y no contestó. Ni una sola vez. Y con cada carta sin respuesta, el amor que se había atrevido a sentir por él fue diluyéndose en desengaño, hasta que pasado un tiempo se convenció de que no quedaba nada de él.

Escándalo 3

*Procura honrar siempre a tu madre y a tu padre.
Porque, al honrarlos, una dama se honra a sí misma.*

Cómo evitar un escándalo
Anónimo

*4 de abril de 1829
Londres, Inglaterra*

Un gemido ahogado sacó a Victoria de su sopor sin sueños. Flint se bajó de su regazo, correteó hacia la cama de su padre y comenzó a gemir. Victoria se levantó torpemente del sillón tapizado. Recogiéndose las faldas, se acercó a la cama, aliviada por que aún hubiera algunas velas encendidas.

Se sentó al borde del colchón de plumas y deslizó una mano temblorosa por el brazo de su padre, oculto bajo la manga del camisón. Tenía el brazo envuelto en vendas empapadas en agua de narciso para ayudar a curar sus lesiones.

Tragó saliva y miró las bandas de hilo que cubrían la

cara de su padre. Maladie de Bayle, habían dicho adustamente los médicos después de que su padre insistiera en que le revelaran por fin la verdad sobre su dolencia. Sífilis. Avergonzado, su padre había mantenido el secreto durante años tras contraer la enfermedad en un establecimiento de mala fama.

Ni el arsénico, ni el mercurio, ni el guayaco, ni los tarros y botes de emplastos y polvos elaborados por curanderos podían salvarlo ya. Lo único que podía hacer ella era procurarle una vida más llevadera esos últimos meses, hasta que su cuerpo no pudiera seguir luchando contra lo inevitable.

La mano áspera del conde agarró la suya, y su corazón dio un vuelco. Su cara vendada se volvió hacia ella.

—¿Dónde está?

—¿Quién? —susurró Victoria.

Sus ojos verdes oscuros la observaron desde debajo de los vendajes que cubrían todo su rostro, salvo la boca y las cuencas oculares.

—Victor. ¿Dónde está? Tengo que hablar con él. Tráemelo para que le diga que me estoy muriendo.

Las lágrimas arrasaron los ojos de Victoria cuando tomó la mano de su padre entre las suyas. Los médicos la habían puesto sobre aviso. El delirio era solo el principio de lo que podía esperarla aquellos próximos meses. Tragó saliva, intentando imaginar los ojos de color jade, juguetones y luminosos, de su hermano.

—Victor no está aquí. Murió. Pero yo sí estoy y aquí voy a seguir. Te lo prometo.

—No. No, no, no. Mi hijo no está muerto —el conde rechazó sus manos y comenzó a palpar las sábanas a su alrededor—. ¿Dónde está? ¿Por qué no está a mi lado? ¿Y quién eres tú? ¿Qué quieres?

Victoria sofocó un sollozo y sacudió la cabeza.
—Soy tu hija, papá. Soy yo, Victoria. ¿No me reconoces?

La miró entornando los párpados mientras respiraba trabajosamente. Arrugó la frente. Meneó la cabeza y respondió con voz ronca:
—No. Márchate.

Las lágrimas comenzaron a correr por sus mejillas. Intentó no temblar cuando acercó los labios a las manos de su padre y las besó.
—No me eches de tu lado —le suplicó—. Por favor —se aferró a su mano y deseó que las cosas pudieran volver a ser como antes, como cuando su madre, Victor, su padre y ella formaban una familia.

Unos dedos vacilantes tocaron su pelo recogido.
—Victor tiene tu pelo —murmuró el conde, asombrado—. Rubio. Qué extraño. ¿Por qué tienes su pelo?
—Victor y yo éramos mellizos —susurró—. Tienes que acordarte de mí, papá. Soy tu Victoria.

Él sacudió la cabeza contra las almohadas.
—No. No, tú tienes el pelo demasiado largo. Tú no eres mi Victor. Dile que solo quiero verlo a él, a nadie más. Díselo. Ahora vete. Ve a buscarlo, así servirás de algo —apartó de nuevo las manos de Victoria y se removió en la cama.

Ella dejó escapar otro sollozo y alisó mecánicamente las sábanas a su alrededor. Cuando muriera su padre, no quedaría nada de ella, ni de su corazón. Por suerte, los médicos le habían asegurado que todavía le quedaban entre seis y ocho meses de vida.

El anillo de oro adornado con un rubí que llevaba en el dedo refulgió a la luz de las velas. Se lo llevó a los labios y susurró junto a la piedra pulida lo mismo que había susurrado muchas otras veces desde hacía semanas:

—Cúralo. Por favor. No se merece esto. No se lo merece.

Aunque hacía tiempo que había perdido su fe en el poder del anillo para conceder deseos, ¿en qué otra cosa podía creer? ¿Qué le quedaba? Nada. Absolutamente nada.

Todo quedó en silencio y la respiración profunda de su padre dormido llenó la habitación. Flint, que había estado holgazaneando junto a la cama, volvió al sillón que había junto al hogar y se subió a él de un brinco. Después de dar un par de vueltas, se acomodó en el cojín y apoyó la cabeza sobre las zarpas. Resopló por la nariz y parpadeó varias veces, observándola con una tristeza que parecía reflejar la de Victoria. Hasta él sabía que su padre se estaba muriendo.

—Así es la vida —le susurró Victoria—. Vivimos, amamos, sufrimos porque amamos, sufrimos más aún porque queremos creer que la vida consiste en algo más que en sufrir, y luego morimos.

Flint cambió de postura, cerró los ojos y se entregó al sueño.

Victoria luchó por mantenerse despierta y velar a su padre, pero se le cerraban los párpados y sentía el cuerpo debilitado. Se tumbó en el borde de la cama y se arropó junto al conde, con cuidado de no tocarlo, no fuera a ser que se despertara. Cerró los ojos y se adormiló.

Un instante después, o eso le pareció, abrió los ojos y vio entrar el sol por las cortinas abiertas de la ventana. La doncella había olvidado correrlas la noche anterior.

Pestañeó y se bajó cuidadosamente de la cama de su padre. Se volvió hacia él y ladeó la cabeza para mirarlo.

Flotaban partículas de polvo en los brillantes rayos de luz que entraban por la ventana, iluminando su rostro vendado. Tenía los labios entreabiertos y los ojos todavía cerrados, y su pecho subía y bajaba apaciblemente. ¡Ojalá hubiera podido darle aquella misma paz cuando estaba despierto! ¡Santo Dios! Ya ni siquiera la reconocía.

Victoria apartó de su cara un largo mechón rubio que había escapado de sus horquillas. Daba la impresión de que había llegado el momento de cumplir el último deseo de su padre: que ella, lady Victoria Jane Emerson, se casara antes de que fuera incapaz de asistir a su boda.

Su tío y Grayson llevaban semanas intentando encontrar al candidato perfecto conforme a los requisitos de su padre, y dentro de poco le presentarían a tres pretendientes. Aunque no era apropiado en modo alguno teniendo en cuenta que a su padre aún le quedaban bastantes meses de vida, sabía que cuanto antes se casara antes podría convertirse en la clase de hija que merecía su padre. La clase de hija que no había sido durante sus años de debutante.

Era hora de reconocer que el marido que siempre había querido y necesitado ya no existía. Y, en ocasiones, solo en ocasiones, se preguntaba si de veras había existido alguna vez.

Escándalo 4

Un antiguo refrán suizo afirma taxativamente: «Dios tiene un plan para cada hombre». En mi opinión, los suizos tienen tendencia a errar el blanco. Porque Dios también tiene un plan para cada mujer.

Cómo evitar un escándalo
Anónimo

Cinco días después, al comenzar la velada

Cuando una señorita alcanzaba los veintidós años y se daba cuenta de que todas sus amigas estaban ya casadas y empezaban a alumbrar a sus primeros vástagos, el día de su cumpleaños se convertía en un recordatorio de todas aquellas cosas que había hecho mal. Por fortuna, sus años de solterona estaban tocando a su fin y ya podía mantener la cabeza bien alta para sumarse al resto de la sociedad respetable.

Se removió en la silla, mirando a su padre, que seguía toqueteando su corbata sentado a la mesa de la cena. ¡Cuánto habría deseado que su padre se hubiera respetado más a sí mismo aquellos últimos nueve años! Su negativa a casarse tras la muerte de su madre, que lo había condenado a una soledad enturbiada por deseos y necesidades insatisfechos, le había costado un precio muy alto.

Victoria agarró su cuchillo y su tenedor y miró a su primo Grayson, sentado en silencio en el extremo más alejado de la mesa, que se extendía a lo largo del comedor. Grayson siempre se sentaba allí, con independencia de cuánta gente hubiera sentada a la mesa. Era como un águila posada en la rama más alta: siempre quería tener una panorámica de cuanto lo rodeaba. Aquel había sido en otro tiempo el sitio de su madre a la mesa, aunque Victoria dudaba de que Grayson lo recordara.

En honor a la visita semanal de su primo, que iba a cenar con ellos todos los jueves, había decorado todo el comedor con campanillas azules, con la esperanza de que el ambiente fuera más festivo. Grayson, desde luego, no pareció notarlo. No había dejado de mirarla en silencio desde que, llevándoselo a un aparte, Victoria le había explicado en voz baja que ahora se llamaba «Camille». Ignoraba quién era Camille, pero su padre se empeñaba en que ese era su nombre. Así que ahora era Camille.

Los ojos marrones de Grayson se clavaron en los suyos desde el otro extremo de la mesa.

—No deberías alentar esos delirios. Es un error. Es malsano y enfermizo.

Claro que era malsano y enfermizo, pero ¿quién era ella para llevarle la contraria a un hombre cuya mente era tan frágil como su salud? En el plazo de cinco días, había pasado de carecer de nombre a ser objeto de adoración. Prefería ser Camille a no ser nadie en absoluto.

—Yo soy feliz con tal de que él lo sea, Grayson —dedicó a su primo una sonrisa amistosa, negándose a reconocer que la situación fuera grotesca en modo alguno. Señaló la cena intacta de Grayson–. Espero que el pavo real sea de tu gusto. Un médico me recomendó que lo comiéramos una vez por semana. Asegura que tiene pruebas fehacientes de que puede restablecer la salud.

Grayson se inclinó hacia delante y levantó una ceja.

–Si eso fuera cierto, ya se habrían extinguido.

Victoria pestañeó. No lo había pensado. Su primo se recostó en la silla y señaló su plato.

–No voy a comerme esto. Y tú tampoco deberías comerlo. Huele fatal.

–Todo en la vida huele fatal –terció el conde con evidente agitación–. Hasta tú hueles fatal. Ahora cómetelo. La comida es comida. Y si yo tengo que comérmelo, tú también. ¡Habrase visto, qué grosería! ¡Venir a mi casa y decirme que mi comida huele fatal!

Victoria miró a su primo con enfado, recordándole en silencio que no debía enojar a su padre.

–No se trata de ti, Grayson, ni de tus apetencias. Se trata de asegurar la salud y el bienestar de mi padre.

Grayson tensó la boca.

–No estaba así la última vez que lo vi. Ha empezado a delirar. No es buena señal.

Ella apretó los labios. No quería reconocer ante su primo, ni ante sí misma, que su padre estaba perdiendo la razón.

–¿A delirar? –el conde acercó su silla a la mesa y miró a Grayson–. Disculpa, pero yo no deliro. Me acuerdo de muchas cosas. Sobre todo de ti, Grayson. Regresaste de Venecia hace apenas dos días, ¿a que sí?

–No. Hace cuatro meses, tío.

–Ah, pero recuerdo que estuviste allí. Sí. En cuanto

vuelva a encontrarme bien, tú y yo alquilaremos un barco para visitar a esos bribones. Hay allí alguien a quien hace tiempo que quiero visitar –asintió, hizo una pausa y juntó las cejas canosas–. Aunque no recuerdo quién es. ¿Quién es, Grayson? Creo que tú lo conoces. ¿No era amigo tuyo? ¿Y un buen amigo, además?

Grayson dio un respingo y clavó la vista en su plato. Victoria respiró hondo, trémula, y dejó escapar el aire. A pesar de que habían pasado cinco años, Grayson seguía sintiéndose culpable, y era lógico. Porque ella sabía muy bien a quién había ido a visitar en Venecia todos esos años, aunque ni una sola vez hubiera tenido la decencia de admitirlo.

El conde fijó en ella su mirada y dio unas palmadas en el borde de la mesa con una mano vendada.

–Mi queridísima Camille, quizá puedas viajar con nosotros a Venecia.

Grayson, que había estado pinchando su pavo con el tenedor, suspiró y dejó los cubiertos con un estridente tintineo. Apoyando las manos sobre la mesa, se levantó lentamente.

–No es Camille, tío. Es tu hija, Victoria.

–¡Grayson! –exclamó ella con el corazón acelerado.

–No puedes ocultarle la realidad. Está mal –fijó su mirada en el conde y dijo suavemente–: Tío, sin duda te acuerdas de tu hija. ¿Cómo vas a acordarte de mí, de Venecia y de mi amigo, y no de tu propia hija?

Victoria ahogó un gemido y se levantó de un salto, arrojando la servilleta sobre la mesa.

–¿Cómo te atreves? ¿No te das cuenta de que se angustia cuando le llevan la contraria? Llevo toda la semana enfrentándome a esto. ¡Toda la semana!

Su padre dio un puñetazo sobre la mesa y todos los

cubiertos, los platos y los vasos se estremecieron. El cabello rubio canoso le cayó sobre la frente.

–Claro que me acordaría, si tuviera una hija. Eres tú quien delira, Grayson. ¡Tú!

Victoria contuvo la respiración, temblorosa, y procuró no echarse a llorar. Era insoportable ver así a su padre. Había perdido por completo la cabeza.

Grayson volvió a sentarse, con la mirada fija en ella. Luego se volvió hacia el conde y dijo en tono suave:

–Perdóname, tío. He tomado demasiado jerez. Deberíamos comer los tres. Tengo entendido que el pavo real es excelente para la salud.

Victoria tragó saliva y se sentó. Al menos su querido primo aún tenía corazón.

Grayson clavó la mirada en su plato. Agarró su tenedor, pinchó el pavo y se metió en la boca un trozo de carne blanca. Masticó y a continuación se quedó parado y contrajo la cara. Inclinándose hacia el plato, escupió y la miró con furia.

–Qué asco. ¿Lo has probado? Sabe a orín quemado.

Todos los miembros de su familia eran tan refinados como una panda de gnomos. Y no ayudaba que ella fuera la única mujer que quedaba para poner orden en aquel caos.

–Entiendo que la carne de pavo real no es muy sabrosa, Grayson, pero hay médicos que afirman que puede prolongar la vida de mi padre –se inclinó hacia la mesa–. Y, quién sabe, quizá también la tuya. Ahora da ejemplo y cómetelo –miró a su padre, que aún no había desdoblado su servilleta. Alargó el brazo y dio unas palmadas a su lado de la mesa–. De veras, tienes que comer. Comer.

Grayson exhaló un suspiro y la miró desde el otro extremo de la mesa.

—Bueno, Camille... Dime que, a pesar de todo esto, todavía tienes intención de conocer a tus pretendientes y casarte. Mi padre está sumamente preocupado, y con razón. Le inquieta que no cumplas con tu obligación. Tu herencia depende de ello.

Victoria se refrenó para no agarrar un plato y lanzárselo a la cabeza. ¡Como si le apeteciera pensar en los hombres y el matrimonio!

—Os he asegurado repetidamente tanto a ti como a tu padre que estoy dispuesta a seguir adelante. No hay por qué insistir. Hablaremos de ello más adelante.

El conde parpadeó y se volvió hacia ella.

—¿Vas a casarte, querida mía?

Ella tragó saliva.

—Sí.

Su padre sonrió y aplaudió, entusiasmado.

—Tendré que enviar una carta a tu madre a Francia inmediatamente. Se alegrará mucho al saberlo. Estaba convencida de que serías siempre una redomada solterona.

Ella hizo una mueca y se apartó de la mesa. Ni siquiera quería saber quién era aquella madre suya que vivía en Francia. ¿Cómo podía explicarle nada de manera racional? No estaba mentalmente preparada para aquel juego, pero tampoco quería discutir sobre lo que era real y lo que no. Porque ya no importaba. A ella, no.

Grayson también se levantó.

—Creo que lo mejor sería que otra persona se encargara de cuidarlo. Mi padre estaría más que dispuesto a...

—¡Maldita sea, Grayson! —el conde volvió a dar un puñetazo en la mesa—. ¡Deja de hablar de mí como si no estuviera aquí!

Grayson miró exasperado a Victoria. Luego susurró en tono suplicante:

—No puedes seguir viviendo así. No voy a permitirlo. Ni tampoco mi padre, cuando le informe de lo mucho que ha empeorado mi tío en solo una semana.

Victoria parpadeó para refrenar las lágrimas.

—Tengo a los mejores médicos para atender a mi padre y a un montón de sirvientes para cuidarlo. ¿No pensarás separarnos?

Grayson adoptó una expresión severa.

—Tu cariño no va a salvarlo. Tienes responsabilidades inminentes. No podrá permanecer a tu lado cuando te cases.

Las lágrimas la cegaron, pero se negó a ceder a ellas. Intentaba desesperadamente ser una buena hija sometiéndose al deber familiar que le había pedido su padre antes de perder por completo la razón. Iba a casarse con un hombre al que sabía que jamás podría amar, pero no era la primera mujer que lo hacía. Ni sería la última. Era lo menos que podía hacer para honrar a su padre. Pero pese a lo que opinara Grayson, no pensaba abandonarlo.

Cerró los puños, intentando que no le temblaran las manos.

—Sé que no puedo salvarlo, Grayson, pero puedo hacer que el tiempo que me quede con él sea memorable. Y lo haré. Sea quien sea mi marido, espero de él que nos abra su casa a mí y a mi padre. Si no, no me casaré. Porque no puedo ni quiero abandonarlo.

Grayson se pasó una mano por la cara.

—Ningún hombre accederá a esa condición, dada su enfermedad. Ya circulan por todo Londres rumores acerca de su estado.

Ella entornó los párpados.

—Londres nunca ha sido célebre por su misericordia, ¿no crees? Y si no hay ningún hombre dispuesto a apiadarse de lo que más amo, no me casaré.

—¡Basta! ¡Basta de tonterías! —el conde golpeó la mesa con la mano vendada—. Tú te casarás con quien te acepte por esposa, Camille. Es la voluntad de tu madre.

Su primo soltó un gruñido y se dejó caer en la silla, pasándose la mano por el pelo.

—Necesito coñac. Coñac a montones.

Victoria lo entendía perfectamente.

El conde se alisó la corbata manchada de vino y, con los labios fruncidos, se acercó a ella con paso vacilante. Se detuvo a su lado y la miró intensamente a los ojos. Victoria contuvo la respiración y se preparó para escuchar cualquier despropósito. Su padre se inclinó y le dio unas palmaditas en la mejilla.

—Volveré por la mañana —asintió con la cabeza, dio media vuelta y se encaminó lentamente a la entrada, gritando sin dirigirse a nadie en particular—: ¡Estoy listo para partir, señor! ¡Gracias por ser tan paciente y dejar comer a un anciano!

Se oyeron pasos apresurados a lo lejos, acercándose más y más. Victoria levantó las cejas cuando un hombre corpulento y con barba, vestido con traje de montar de lana, entró en el comedor procedente del pasillo de servicio.

Santo Dios. ¿Quién era aquel individuo?

Victoria retrocedió. La silla de Grayson rechinó en el suelo cuando se levantó de un salto.

—¿Qué diablos es esto? Tío, ¿quién es este hombre?

El conde se volvió e hizo un ademán complaciente.

—Soy muy afortunado por tener sirvientes tan bondadosos y leales. Con su ayuda he podido procurarme un servicio muy especial que pocos pueden permitirse. Este caballero va a llevarme junto a una virgen. Confío en que, cuando acabe esta noche, estaré al fin curado.

Victoria ahogó un grito de espanto. ¿Los criados habían ayudado a su padre a encontrar a aquel hombre pensando que aquella horrible superstición acerca de acostarse con una virgen podía curarlo?

Grayson se acercó apresuradamente y se interpuso entre Victoria y aquel patán que la miraba con lascivia. Empujándola hacia atrás con su cuerpo, ordenó tajantemente por encima del hombro:

–Retírate, Victoria. Enseguida. Vete. Yo me ocupo de esto.

Ella suspiró.

–No pienso marcharme. Y esto solo hay un modo de solucionarlo –se inclinó y miró al hombre–. Señor, estoy dispuesta a pagarle el triple de lo que le haya ofrecido el conde a cambio de que se marche. Comprenda que mi padre está muy enfermo y no sabe lo que hace.

El conde soltó un bufido.

–Estoy intentando alargar mi vida, eso es lo que hago. Tú –señaló al patán y luego a Grayson–, dale un buen puñetazo a mi sobrino por meterse en mis asuntos y te daré diez libras más. Cincuenta, si lo haces bien.

–¡Sí, señor! –el hombre saltó hacia delante y lanzó un puñetazo a Grayson.

Victoria dejó escapar un gemido cuando su primo y ella agacharon las cabezas y saltaron hacia un lado. Grayson agarró una silla y la levantó, listo para lanzarla.

–¡Victoria, trae a los criados! ¡Deprisa!

Ella echó a correr, consciente de que la situación se les había escapado de las manos.

—¡Camille! —gritó su padre en tono suplicante—. ¡Juro por mi honor que jamás permitiría que te hiciera daño!

Pero ella no estaba preocupada por sí misma. Estaba preocupada por Grayson, cuya cabeza, gracias a su padre, valía ahora oficialmente cincuenta libras. Flint pasó por su lado como una flecha y entró en el comedor ladrando como un loco. Se oyeron gritos en el pasillo. Victoria salió al pasillo, consciente de que si había alguien capaz de retener a aquel bruto hasta que llegaran los criados era Grayson, que pasaba gran parte de su tiempo boxeando en el salón de Jackson.

A lo lejos se oyó el estruendo de la porcelana al estrellarse contra el suelo. Victoria hizo una mueca mientras corría hacia los aposentos de los criados.

—¡Auxilio! ¡Necesitamos ayuda en el comedor! —gritó, y su voz resonó a su alrededor—. ¡Al comedor, enseguida! ¡Deprisa!

Un instante después, un grupo de criados pasó corriendo junto a ella y enfiló el pasillo camino del comedor. Victoria se recogió las faldas, dio media vuelta y corrió tras ellos.

Flint ladraba cada vez más, como si insistiera en que se diera más prisa. Victoria se paró de pronto, jadeante, al darse cuenta de que todo estaba extrañamente en silencio, a excepción de los ladridos del perrillo.

Estaban todas las sillas volcadas y el mantel de la mesa colgaba torcido, casi en el suelo. Por todas partes había dispersos cristales, piezas de vajilla y porcelana, comida y...

Agrandó los ojos al ver a Grayson. Su primo sostenía rígidamente un cuchillo junto a la garganta del hombretón, al que sujetaba contra la pared con su cuerpo. Su padre y los sirvientes se limitaban a mirar boquiabiertos.

–¡Grayson! –corrió hacia su primo y lo agarró de la muñeca. Tiró hacia atrás de su brazo, pero él se resistió. Apretó los dientes y, de un tirón, apartó el cuchillo de la garganta del bruto–. No, Grayson. No lo hagas. Por favor. Por favor, no.

Su primo respiraba trabajosamente. La miró y sus ojos castaños se afilaron y brillaron con una intensidad que Victoria no había visto nunca en ellos.

–Grayson –suplicó al tiempo que clavaba los dedos en su muñeca y le apartaba aún más el brazo. Aunque le dolió el brazo por el esfuerzo, temía que si cejaba siquiera un momento, su primo degollara a aquel hombre de un solo tajo.

Grayson dejó de resistirse y bajó lentamente el brazo. Retrocedió, clavando la mirada en el hombre de barba, que se recostó contra la pared con un suspiro de alivio. Le tendió el cuchillo, ladeando el filo hacia sí mismo.

–Tómalo. Tómalo antes de que lo use y acabe en la horca.

Ay, Dios.

Victoria le quitó el cuchillo de la mano, dio media vuelta y lo lanzó hacia el rincón más alejado de la habitación, lejos de ellos. Respiró hondo varias veces para calmarse y se pasó las manos por la falda bordada.

–Ahora márchese –gruñó Grayson–. Váyase o le rebano otra cosa, además del pescuezo.

El hombre asintió con la cabeza, se apartó de la pared y salió precipitadamente del comedor, visiblemente aliviado por haber escapado.

Victoria exhaló un suspiro y sintió que su corazón se calmaba un poco.

–Grayson...

Su primo se volvió bruscamente hacia ella y la señaló con el dedo.

–¡Ya basta! Tu padre va a salir definitivamente de esta casa. Dentro de una hora quedará al cuidado de mi padre, antes de que tú o él acabéis muertos. Puedes ir a visitarlo tanto como quieras, pero a partir de ahora ya no eres tú quien manda. Si te opones del modo que sea, me aseguraré de que acabe en el asilo con el resto de los sifilíticos y no volverás a verlo. ¡Esto no es un juego, maldita sea! Se trata de tu vida y de lo que resta de la suya. ¿Me has entendido?

Victoria se esforzó por no llorar. Grayson tenía razón. Tenía razón. Ella ya no era capaz de ocuparse de su padre. Aunque se resistiera a reconocerlo, su mente se había desintegrado a velocidad vertiginosa, y por más cariño que le dedicara no podría devolverle la razón. Ya nunca recuperaría a su padre. Al menos, al padre al que amaba y quería a su lado.

–Sí, te he entendido.

Escándalo 5

Se nos advierte constantemente de que no hagamos tratos con el diablo. Pero el diablo está muy atareado recogiendo almas para tener tiempo de mercadear con los simples mortales. Es del hombre mortal del que ha de recelar una dama. Sobre todo, de aquel que con más énfasis asegure ser un perfecto gentilhombre. Lo único de gentil que hay en él son, en realidad, las zalamerías con que intenta embaucarla.

Cómo evitar un escándalo
Anónimo

Tres días después, por la noche
Arrabales del este de Londres

Jonathan Pierce Thatcher, vizconde de Remington, cerró de un portazo el piso que había alquilado por un mes y se recostó contra la puerta. Acababa de dar un enérgico paseo por la ciudad. Había olvidado lo sucio, lúgubre, frío y húmedo que podía ser Londres. No había duda al respecto: aquellos cinco años en Venecia habían diluido la admiración que antaño había sentido por Londres.

La luz vacilante de una vela solitaria le dio la bienvenida dentro de la tulipa que colgaba de las paredes manchadas del pasillo. Aliviado por el silencio, Jonathan se apartó de la puerta. Se quitó los guantes de piel y el sombrero de copa, se despojó de la capa mojada y lo arrojó todo en el cesto que había a sus pies. Pero se quedó parado al reparar en unas pisadas manchadas de barro que no eran las suyas.

Se le hizo un nudo el estómago. ¿Habría alguien lo bastante estúpido como para intentar robarle? Buscó bajo su levita húmeda, en la parte de atrás, y sacó un puñal de la funda que llevaba sujeta a la cintura. Asiéndolo con la mano derecha, apuntó con la hoja hacia un lado.

Entró despacio en la habitación contigua. Tenía los músculos tensos. Las brasas del hogar proyectaban sombras difusas sobre las paredes desnudas y la desvencijada cama metálica del rincón. Frente a la chimenea, de espaldas a él, aguardaba un caballero alto y rubio, ataviado con un costoso gabán. Sus dedos enfundados en guantes de piel negra tamborileaban sobre el ala de su chistera.

–Grayson –Jonathan bajó el puñal y se relajó exhalando un suspiro–. No te esperaba hasta mañana –sonrió al acercarse a su amigo–. ¿Cómo estás, *vecchio*?

Grayson se volvió hacia él y el resplandor de las brasas iluminó los bordes de su gabán. Se puso el sombrero bajo el brazo mientras el cabello rubio le caía en desorden sobre la frente.

–He estado mejor. Y disculpa, pero no soy viejo.

Jonathan volvió a guardar el puñal en su funda, bajo su levita de lana gris. Sin dejar de sonreír, le tendió la mano desnuda.

–Qué alegría verte.

–Lo mismo digo –Grayson le dio la mano y se la estrechó con fuerza. Después paseó la mirada por la pequeña habitación–. Ya que insistes en alojarte en esta porquería de piso y no en mi casa, al menos ten la precaución de cerrar la puerta. Esto no es Venecia.

Jonathan se encogió de hombros.

–Un techo es un techo y tengo mi puñal. Solo voy a quedarme aquí el tiempo necesario para zanjar un asunto pendiente. Y hablando de asuntos pendientes... –sonrió, regodeándose en aquel instante que con tanta ansia había esperado–. Y bien, ¿cómo está? ¿Sabe que estoy aquí y que quiero verla? ¿Se lo has dicho? ¿Qué ha contestado? ¿Reaccionó de algún modo? ¿Montó en cólera? ¿Dio brincos de alegría? ¿Qué? Dímelo.

Grayson soltó un bufido.

–Parloteas como una actriz aficionada a la ginebra.

Jonathan rechinó los dientes y le dio un puñetazo en el hombro.

–No seas merluzo. Dímelo de una vez. ¿Cuándo podré verla?

–Eh...

–¿Mañana?

–No. Mañana, no.

–¿Pasado mañana?

–Remington...

Jonathan bajó el mentón.

–No, no voy a esperar para verla. ¿Me has oído? Ya he esperado suficiente. Cinco malditos años, para ser exactos.

Grayson carraspeó y arrugó el entrecejo.

–Te entiendo, Remington, créeme, pero verás...

–No. No me vengas con esas –Jonathan lo señaló,

crispado–. Su padre me aseguró que cuando acabara el contrato podría regresar a Londres y pedir su mano. Y eso pienso hacer. Es el único motivo por el que estoy aquí. Para luchar por ella. Lo tengo todo por escrito. Tú lo sabes.

–Sí, sí, lo sé. Y podrás pedir su mano, como se te prometió. Pero tienes que entender que, cuando mi tío te hizo esas promesas, omitió cuál sería el procedimiento.

Jonathan bajó las manos y sintió que su corazón latía frenéticamente.

–¿Qué demonios omitió?
–Que habría otros.
–¿Otros? –repitió Jonathan.
–No vas a ser el único que compita por la mano de Victoria. Habrá otros dos candidatos que rivalizarán contigo por casarse con ella. Pero solo dos.

Jonathan respiró hondo y se volvió hacia Grayson.

–Eso no es lo que me dijo el conde. Dijo que...
–Lo sé. Sé lo que puso por escrito –tamborileó con los dedos sobre su sombrero y suspiró–. Solo puedo pedirte disculpas por sus actos. Mi tío nunca le ha puesto las cosas fáciles a nadie. Y ahora, estando así su salud, es peor que nunca. El caso es que hay cosas que no te reveló mientras mantuvisteis correspondencia. Cosas que debería haberte dicho, teniendo en cuenta que afectaban a su patrimonio y a su testamento.

Jonathan se inclinó hacia él, ceñudo.

–¿A su testamento? ¿Es que... se está muriendo?

Grayson dio media vuelta y regresó hacia al hogar, asintiendo a medias.

–Sí. Hace más de un año, poco antes de que empezarais a cartearos, después de que recibiera la carta que la *marchesa* escribió de tu parte, el médico le informó de que la sífilis que le contagió una prostituta hace años había avanzado hasta hacerse incurable.

Santo cielo. No.

—¿Sífilis? ¿Están seguros?

Grayson asintió con un gesto.

—Sí, no hay duda. En realidad, hacía años que mi tío sabía que estaba enfermo. Y ahora la sífilis está acabando definitivamente con su salud. Según los ocho médicos que participaron en el diagnóstico y que lo atienden, le quedan entre ocho y diez meses de vida.

Jonathan tragó saliva. Ni siquiera podía imaginar lo que estaría pasando Victoria. Su padre y ella habían sido inseparables.

Grayson se volvió hacia él.

—Según el abogado, debo explicarte con toda formalidad lo que se ha dispuesto. Así que ten paciencia —carraspeó—. En nombre de mi tío, el sexto conde de Linford, que lamenta no poder hacerle llegar en persona este mensaje, estoy aquí para anunciar que se solicita de usted, vizconde de Remington, que compita por la mano de lady Victoria Jane Emerson de modo que la susodicha dama pueda contraer matrimonio antes del fallecimiento de su padre. ¿Acepta usted ser uno de los tres candidatos, a sabiendas de que quizá llegue a ser su marido o quizá no, dependiendo de lo que decida lady Victoria?

Jonathan entreabrió los labios.

—¿Se espera de mí que compita por su mano? ¿Junto con un montón de gallitos de corral?

—Sí. Con dos gallitos de corral.

—¡Santo cielo! Yo... Si tengo que competir por Victoria contra otros dos candidatos, ¿qué posibilidades tengo? Ninguna. Ya tenía previsto pasarme el resto de mi vida caminando de rodillas para demostrarle mi valía, pero habiendo otros dos candidatos ¿cómo voy a...?

Grayson alargó el brazo y enderezó las solapas de la levita de Jonathan.

—Puedes hacerlo. Lo sé.

Jonathan retrocedió y se pasó la mano por la cara.

—¿Cómo voy a...? En cuanto le confiese por qué desaparecí, irá derecha a arrojarse en brazos del siguiente. Sé que lo hará.

—Estás complicando las cosas. Victoria no tiene por qué saberlo. Cuanto menos le digas, mejor para los dos. Y si después de que os caséis sale a relucir la verdad por un casual, ¿qué más da? Afróntalo entonces. No ahora. Primero consigue que se case contigo. Después de la boda, ¿qué importancia tendrá?

Jonathan lo miró con enfado.

—Victoria me odiaría. Puede que tú no le des ninguna importancia al amor de una esposa por su marido, pero yo no puedo hacerle eso a Victoria. Bastante la he hecho sufrir ya.

Grayson se encogió de hombros.

—Haz lo que creas mejor, pero que sepas que mi prima buscará motivos para huir de ti y, si se los das, eso es lo que hará: huir —hizo una pausa y volvió a fruncir las cejas. Ladeó la cabeza, alargó los brazos y ahuecó los extremos de la corbata de encaje verde de Jonathan—. ¿Qué diablos es esto? ¿Encaje? Perdóname, pero no podemos permitir que te pasees por Londres tan emperifollado. Un solo vistazo a esa corbata y Victoria echará a correr.

Jonathan rechinó los dientes y le apartó las manos.

—Si piensa juzgarme por mi corbata, que, dicho sea de paso, es la última moda en Venecia, no puedo esperar que acepte ninguna otra cosa de mi persona, ¿no crees?

–dejó escapar un suspiro exasperado–. ¿Por qué me hace esto el conde? Sabe que todavía tengo que redimirme ante ella. ¿Cómo voy a hacerlo teniendo a otros dos junto al cogote?

Grayson retrocedió hacia la chimenea.

–¿De veras creías que iba a entregar a Victoria sin permitirle decidir su destino? Se trata de su felicidad, Remington, no de la tuya.

Asintió a medias. Lo entendía, desde luego, aunque le apenara. Habiendo otros dos competidores por la mano de Victoria, tendría que hacer algo más que arrastrarse de rodillas para conseguirla. Iba a tener que recurrir a las hadas. Que no existían.

Aparte de la desconfianza que sin duda sentía Victoria hacia él por haberla abandonado, sabía que en cuanto le confesara sus pecados, ella no solo saldría huyendo, le odiaría el resto de su vida. Y, a decir verdad, prefería que lo recordara como había sido antaño. No como aquello en lo que se había convertido.

Suspiró.

–¿Qué posibilidades tengo frente a esos otros dos candidatos? Ninguna. Solo conseguiría atormentar a Victoria y a mí mismo. Quizá sea mejor que regrese a Venecia y me olvide de todo esto.

Grayson puso cara de fastidio.

–Dios mío, ¿quieres que te traiga el látigo para que acabes de fustigarte con él? Te están ofreciendo una oportunidad de competir por ella. ¡Aprovéchala! –se sacó el sombrero de copa de debajo del brazo y lo hizo girar una vez entre sus dedos enguantados antes de ponérselo en la cabeza, ladeado–. Hace once años que te conozco, Remington. Tiempo suficiente para llegar a conocer a un hombre, ¿no crees?

Jonathan lo miró con exasperación.

—¿A qué viene eso?

Su amigo levantó las cejas y miró el techo como si implorara paciencia para hablar con aquel necio.

—¿Te acuerdas de Eton? Madre mía, yo sí. No he vivido nada peor. Todos parecían creer que, como me pasaba la vida con la cara pegada a un libro, merecía que me la partieran a cada paso. ¿Te acuerdas?

Jonathan sofocó una sonrisa al recordar las veces que se había peleado por Grayson, el cual se limitaba a cubrirse la cabeza y jamás respondía con los puños.

—Destrozamos más de un aula juntos. Un montón, en realidad.

—No, las destrozaste tú. Yo siempre estaba ya medio lisiado cuando venías a socorrerme. Lo que quiero decir es que ya entonces pensabas antes en los demás que en ti mismo. Es un rasgo muy noble, desde luego, pero que también te obliga a anteponer la felicidad de los demás a la tuya propia. Ojalá dejaras de culparte por la situación en la que caíste. Ya está hecho. Eres libre y, si no fuera porque tu *marchesa* decidió echar mano de la poca generosidad que le quedaba, ni siquiera estarías aquí. Después de soportar un infierno y de pasarte años contando los días y las horas que te restaban para regresar junto a Victoria, ¿vas a darte por vencido? ¿Solo porque tengas que competir? El Jonathan que conocí una vez habría levantado los puños y se habría aprestado a pelear.

—No creo que tenga muchas posibilidades de ganar —refunfuñó—. Sería como un mendigo entre príncipes.

Grayson suspiró.

—¿Qué renta tienes, por cierto? ¿Mmm? Dímelo. Nunca me lo has dicho.

Jonathan exhaló un suspiro. No quería pensar en ello.

Le quedaba menos de un cuarto de la renta que había tenido antaño.

−¿Pasándolo de liras venecianas a libras? Aproximadamente trescientas libras anuales. Más que suficiente para que Victoria viva como una reina en Venecia.

−¿Trescientas libras anuales? −Grayson soltó un largo silbido. Meneó la cabeza y siguió meneándola−. Madre mía, no tendréis más remedio que vivir en Venecia. Claro que... −una sonrisa comenzó a dibujarse lentamente en sus labios−, si Victoria te elige a ti, se acabarán todos tus problemas de dinero y podréis vivir donde se os antoje. Como marido suyo, heredarías todo el patrimonio de mi tío tras su muerte. Casi cien mil libras.

Jonathan se atragantó.

−¡Demonios! Es tanto dinero que da vértigo. Nadie debería tener tanto.

Grayson lo miró con fijeza.

−Sé que no te interesa el dinero, Remington, pero considéralo un estímulo más por el que vale la pena luchar.

−El dinero no me importa lo más mínimo. Tengo más que suficiente para vivir. Es solo que... −se acercó a él y bajó la voz−. Sé sincero. ¿Crees que Victoria me dará una oportunidad, teniendo otros dos rivales?

Su amigo profirió un bufido.

−Puede que a mi prima le dé un ataque y que te abofetee un par de veces cuando descubra que eres uno de los tres candidatos, pero te aseguro que acabará casándose contigo. ¿Tienes idea del infierno en que se convirtió mi vida cuando dejaste de responder a sus cartas? ¿Eh? Permíteme improvisar una deliciosa oda que titularé, muy adecuadamente, Grayson, cómo te desprecio.

Se aclaró la garganta e impostó una chirriante voz de mujer:

—«Grayson, ¿ves a Remington cuando Venecia visitas? Sé que lo ves, no lo niegues. ¿Por qué, si no, vas allí tan a menudo? ¿Y por qué te niegas a decirme qué ha sido de él? Más vale que me digas algo, Grayson. Dímelo o te rebano las extremidades, empezando por esa que tanto amas».

Jonathan puso los ojos en blanco.

—Exageras. Victoria es incapaz de amenazar a nadie.

—Esa mujer se ha vuelto una salvaje desde que la viste por última vez. Temo sinceramente por el pobre infeliz que acabe con ella —soltó una carcajada—. Que serás tú, naturalmente. Bueno, ¿vas a competir por ella o no? Tengo que darle una respuesta al señor Parker antes de mañana por la tarde.

Jonathan lo miró extrañado.

—¿Qué señor Parker?

—El abogado que lleva los asuntos de mi tío.

Jonathan dejó escapar un largo suspiro. Menudo lío. El padre de Victoria se estaba muriendo ¿y se esperaba de ella que tomara parte en una especie de concurso matrimonial que cambiaría su vida para siempre? Y en cuanto a sus posibilidades de que lo perdonara... Una cosa era convertirse en su marido y demostrarle después su valía, y otra bien distinta ponerse delante de ella pegado a la pared junto con otros dos caballeros y dejarla decidir quién era el mejor. Porque él no lo era, de eso estaba seguro.

—Toma —Grayson se metió la mano en el bolsillo interior del gabán y sacó un pequeño marco redondo y dorado con un retrato en miniatura. Lo levantó y se acercó a él—. Es del año pasado.

Jonathan apretó los dientes al ver aquellos ojos verdes y soñadores que tan bien conocía. La densa y rizada cabellera rubia enmarcaba suavemente su bello rostro ovalado. Sus labios rosados y carnosos tenían una expresión traviesa y sin embargo pudorosa. Una sonrisa que Jonathan recordaba a la perfección.

La juguetona inocencia que conservaban sus ojos y su rostro pareció llamarlo en silencio. ¡Dios, cuánto habría deseado revivir aquella noche! La noche en que Victoria lo había besado y le había hecho creer que el anillo de su madre poseía verdaderos poderes mágicos.

Alargó la mano y tomó suavemente el retrato. Pasó el dedo índice por su rostro de mujer, y la aspereza de la pintura hizo añicos la ilusión de su piel tersa.

Grayson tocó el marco.

—Te necesita, Remington. Ahora más que nunca, puesto que su padre está a punto de morir. No tendrá a nadie, más que a su marido. ¿De veras quieres perder lo mejor que has tenido por culpa de tu estúpido orgullo y del miedo a que te rechace?

Tragó saliva al pensarlo. Aunque había sido incapaz de olvidar a Victoria, sabía que del hombre al que ella había amado no quedaba ya nada. Él mismo lo había destruido. Demonios, ya ni siquiera sabía quién era. Sus gustos, sus deseos y sus necesidades habían sido eliminados y reemplazados por los gustos, los deseos y las necesidades de Bernadetta di Sangro, *marchesa* de Casacalenda, y el bestia de su marido. Tal era la vida de un *cavalier servente*. Y aunque su contrato había concluido, su resentimiento por la vida que se había visto obligado a llevar seguía incólume.

Acarició el retrato. Había perdido cinco años de su vida. Cinco años que debería haber pasado con Victoria.

Grayson le dio un codazo.

–Quédatelo.

–Gracias –se guardó el retrato en el bolsillo interior de la levita–. Permíteme verla antes que los demás. Necesito tiempo para que vuelva a confiar en mí.

Grayson se echó hacia atrás.

–Ah, no, no, nada de eso. Me temo que no puedo tomar partido. En esto, no. Las cosas tienen que hacerse conforme a las normas, o todos se irá al garete, incluida la herencia. ¿De veras quieres jugártela habiendo por medio una fortuna tan enorme? ¿Quieres?

–No, claro que no. Pero... –suspiró.

Grayson se inclinó hacia él y bajó la voz:

–Tengo prohibido desvelar de qué se trata, pero si necesitas que te cuente los detalles para que te sientas un poco más seguro, estoy dispuesto a hacerlo. Pero es lo único que puedo hacer por ti. El resto es cosa tuya.

Jonathan apretó los dientes y asintió.

–Te agradezco tu ayuda.

–¿Y?

–Y la acepto de buen grado.

–Bien. Esto tiene que quedar entre tú y yo, no puede salir de estas cuatro paredes, ¿entendido?

–Sí.

Grayson se inclinó hacia él.

–Verás: los pretendientes, al igual que Victoria, desconocerán el nombre de sus rivales hasta la noche de las presentaciones. De ese modo todos tendrán ocasión de competir en igualdad de condiciones. Durante el curso de una velada, cada uno de ellos será conducido a un salón privado donde lo esperará Victoria, y habrá de responder a una serie de preguntas fijadas con antelación. Cuando todos los pretendientes hayan respondido a las preguntas, Victoria decidirá entre los tres. Eso es todo.

Jonathan dio un paso atrás y se pasó las manos por el pelo.

—¿Qué clase de preguntas me harán?

—Que me aspen si lo sé. Pero no importa. Lo único que tienes que hacer es entrar en la sala y se habrá terminado la competición.

Jonathan echó la cabeza hacia atrás y soltó una carcajada.

—Tienes demasiada fe en mí.

—Por eso soy tan buen amigo —Grayson arrugó el entrecejo y miró a su alrededor—. No puedes alojarte en este antro de mala muerte. Vas a venir a casa conmigo. Esta misma noche. Y además pienso llevarte a mi sastre, aunque tenga que ser a rastras. No soporto verte así. Pareces el mismísimo Casanova. Y no es un cumplido, te lo aseguro.

Jonathan señaló con gesto majestuoso su traje gris oscuro, su chaleco de damasco verde y su corbata de encaje del mismo color.

—Da la casualidad de que pagué una cantidad no despreciable por estar así de guapo.

Grayson resopló.

—Me da igual lo que pagaras. Es horrendo. Yo que tú exigiría que me devolvieran el dinero.

Jonathan esbozó una sonrisa altiva.

—No pienso comprarme ropa nueva solo porque tú no sepas apreciar la moda veneciana.

—A mí, plin. Y ahora, dime, ¿aceptas o no? Estoy agotado y necesito una copa. Llevo haciendo esto toda la semana. No eres el único de la lista.

Aunque seguía teniendo muchas dudas, solo podía

confiar en que quedaran suficientes rescoldos para que el fuego de la pasión volviera a encenderse entre Victoria y él.

—Sí, acepto. Lucharé por ella.

Grayson dio una palmada y sonrió.

—Estupendo. Informaré de inmediato al señor Parker —señaló la cintura de Jonathan—. Ahora, dame ese puñal.

—¿Para qué?

—Ten fe. No pienso abrirte en canal. Eso se lo dejo a Victoria —movió los dedos vueltos hacia arriba, esperando.

Fe... Hacía tanto tiempo que esa palabra carecía de sentido para él... Agarró el puñal, lo sacó de su funda y se lo tendió a su amigo. Grayson lo tomó por el mango y lo sopesó. Se alejó unos pasos, giró de pronto sobre sus talones y arrojó el puñal al otro lado de la habitación. Un golpe sordo resonó entre las cuatros paredes. Jonathan señaló exasperado la empuñadura que sobresalía de la pared.

—¿Le das al opio?

Grayson se volvió hacia él.

—Ahí se queda. No puedo permitir que vayas por ahí armado como un salvaje. Aquí la gente es más civilizada y enseguida se pone nerviosa. Si sientes la necesidad de llevar un arma, te compraré un bastón. Ahora recoge tus cosas. Te espero fuera —se quedó parado un momento—. Ah —juntó las cejas mientras se palpaba los bolsillos de fuera—. Casi se me olvidaba —sacó un librito rojo con los bordes deshilachados, se acercó a Jonathan y se lo puso en el pecho.

Jonathan lo agarró antes de que cayera al suelo.

—Mi tío quería que lo tuvieras. Dentro hay una dedicatoria. Léela, considérate afortunado y reúnete conmigo en el carruaje –le dio unas palmadas en la espalda y salió al pasillo.

La puerta de entrada se abrió con un chirrido y se cerró de golpe.

Jonathan dio la vuelta al libro y miró perplejo el título grabado en descoloridas letras doradas: *Cómo evitar un escándalo*. Levantó las cejas, asombrado. Victoria le había hablado una vez de aquel libro: era el que estaba leyendo mientras se carteaban. Pasó la mano por la tapa, lo abrió y vio una dedicatoria que, escrita con letra inclinada y tinta negra, ocupaba toda la primera página.

Lord Remington:

Me satisface tener noticia de su asombroso éxito entre la aristocracia veneciana. Su afán de labrarse una vida mejor encaja a la perfección con las que creo son las necesidades de mi hija. El libro que sostiene fue en tiempos lectura obligatoria para Victoria. Aunque intentó deshacerse de él, conseguí birlárselo y descubrí que había garabateado su nombre a lo largo y ancho de sus páginas. Aquello me dejó de piedra. Mi querida esposa Josephine solía escribir mi nombre de manera parecida en las páginas de los libros que leía, y aseguraba que los grandes libros merecían llevar el nombre de un gran hombre dentro de sus páginas. Ignoraba que antes de morir le hubiera inculcado esa extraña costumbre a nuestra hija. Desde el fallecimiento de mi esposa no he sido tan buen padre como debiera, y ahora creo firmemente que mi Josephine me ha hablado desde el más allá e insiste en que asegure la felicidad de nuestra hija antes de que yo también abandone este mundo. En nombre de lo que representa este libro, confío en que tratará

a mi hija con la dignidad y el respeto que merece una debutante que se embarca en su primera temporada.
  Que Dios los bendiga a los dos. Tengo la esperanza de que Victoria lo elija a usted entre los tres.

Linford

Tragó saliva y se acordó de su padre, que pese a su apariencia severa siempre había sabido cuándo dar su brazo a torcer. Siempre había sentido respeto por el conde. A fin de cuentas, solo quería lo mejor para su hija. Pero ¿de veras era él, Jonathan Pierce Thatcher, vizconde de Remington, lo mejor para ella? Tenía que creer que sí. Aunque solo fuera por el bien de Victoria. Porque aunque había ido vendiendo su alma trozo a trozo con el paso de los años, la ilusión por lo que había compartido antaño con Victoria permanecía intacta. Dulce y pura.
  Hojeó el libro lentamente. Refrenó una sonrisa cuando vio aparecer su nombre. A veces aparecía en el margen; otras, en la parte de arriba, y otras en la de abajo. Le hizo recordar que él había grabado el nombre de Victoria en toda una hilera de moreras a las afueras de Venecia. Se detuvo en una página que llevaba escrito su nombre y leyó:

Los maridos son como las flores: aunque pueda resultar tedioso, hay que atenderlos diariamente. Si tu sonrisa no irradia luz suficiente o si olvidas regar su espíritu con las palabras justas, con paciencia y atención, su tallo se marchitará y su cabeza colgará apesadumbrada. A diferencia de una flor de verdad, sin embargo,

*a tu marido no puedes arrancarlo de la tierra, tirarlo a
la basura y cambiarlo por otro. Por eso debes cuidar de
tu jardín. Es tuyo. Su existencia depende de ti.*

Jonathan cerró el libro enérgicamente. Le había sorprendido encontrar su nombre escrito al lado de aquello.

Escándalo 6

Muchas mujeres visten con extravagancia por afán de ir a la moda y sentirse únicas. Opino que, dado que no entraba en los planes de Dios que lleváramos ropa, la excentricidad puede excusarse de vez en cuando. Pero hay una gran diferencia entre querer estar guapa y fracasar y vestirse a sabiendas con vulgaridad a fin de armar un revuelo innecesario.

Cómo evitar un escándalo
Anónimo

16 de abril, seis y cincuenta y tres de la tarde
La noche de las presentaciones

El tenso semblante de Grayson aparecía y desaparecía rítmicamente entre las sombras mientras la luz de las farolas de gas se colaba por las ventanas del carruaje.

–Ese vestido tiene mucho más escote del que yo, como primo tuyo que soy, querría ver. Cúbrete con el chal, ¿quieres?

Victoria puso los ojos en blanco. El escote de su vestido de seda y encaje verde no era tan grande.

–Por si acaso lo has olvidado, Grayson, ya no soy una debutante y por tanto puedo ponerme lo que me venga en gana –se acercó a él–. ¿Puedo ir a ver a mi padre después de las presentaciones?

–No. Esta noche, no. Necesito que estés concentrada. Mañana podrás ir a verlo todo el tiempo que quieras.

Victoria lanzó un suspiro.

–¿Cómo está cuando no estoy con él?

–De buen humor. Y cuando no estamos a su lado, nos aseguramos de que siempre haya alguien con él –agarró el bastón con empuñadura de plata que había dejado a su lado y comenzó a girarlo entre sus manos enguantadas

Victoria lo miró fijamente. Grayson solo hacía aquellos gestos maquinales cuando algo le preocupaba.

–¿Qué ocurre?

Él dejó de dar vueltas al bastón y la miró.

–¿Qué?

Ella lo señaló.

–Pareces nervioso. ¿Lo estás?

La miró antes de desviar los ojos y encogerse de hombros.

–No dejo de pensar en la noche que nos espera. Espero que todo te salga bien. Eso es todo.

Ella suspiró, agotada ya ante aquella perspectiva.

–¿Quiénes son esos hombres, de todos modos? ¿Y por qué te niegas a hablarme de ellos? Lo más lógico sería...

–Ya hemos hablado de eso, Victoria. No se me permite responder a preguntas relativas a esta noche o a esos hombres. Eso le corresponde al abogado de tu padre, no a mí.

Cualquiera diría que iban a presentarla al mismísimo rey.

Relincharon los caballos y el carruaje se detuvo. La ventanilla de cristal que había junto a su hombro le permitió ver la alta casa de tres plantas de su tío, cuyas ventanas brillaban iluminadas desde el interior.

Se le encogió el estómago al comprender que todas sus ilusiones acerca del matrimonio se habían reducido a aquello. Un hombre al que jamás amaría acariciaría su cuerpo, la besaría, se acostaría con ella. El resto de su vida.

La portezuela del carruaje se abrió, dejando ver un camino de adoquines tenuemente iluminado. El lacayo desplegó los escalones. Grayson bajó la cabeza para que su sombrero de copa no chocara con el dintel de la portezuela y saltó al caminó sin servirse de los escalones. Se volvió y le tendió la mano enguantada. Victoria la tomó y se apeó del carruaje.

Grayson le ofreció el brazo y juntos cruzaron la puerta abierta de la casa de su tío. Ella respiró hondo, lista para afrontar lo que había planeado su padre. Al entrar sin prisa en el amplio vestíbulo de baldosas de mármol blanco y negro, comenzó a sentirse un peón que alguien movía sobre un enorme tablero de ajedrez.

El desgarbado mayordomo cerró la puerta de entrada y Grayson señaló hacia su izquierda.

–Este es el señor Parker, el abogado de tu padre. Él se asegurará de que todo se hace como es debido.

Victoria miró al hombre calvo que sostenía tres pergaminos sellados en la mano enguantada. Vestía levita de gala con botones dorados, corbata muy almidonada cuyo nudo ponía de manifiesto la ineptitud de su ayuda de cámara, y pantalones perfectamente planchados.

El señor Parker sonrió con aplomo. Victoria correspondió a su sonrisa y se acercó a él.

—Buenas noches, señor Parker. Mi primo me ha informado de que usted será el encargado de responder a mis preguntas. Pues bien, mi primera pregunta es esta: ¿por qué ha de intervenir el abogado de mi padre en la presentación de mis pretendientes? Me parece muy extraño.

—Responderé a sus preguntas a su debido tiempo —contestó Parker azorado.

Grayson se quitó el sombrero de copa, se alisó los lados del pelo rubio y se aproximó a ellos.

—Disculpen que no les haya presentado como es debido —dirigió una mano enguantada hacia Victoria—. Lady Emerson, este es el señor Parker. Señor Parker, esta es lady Emerson.

El abogado hizo una reverencia clavando la abultada barbilla en el nudo de la corbata. Se irguió y carraspeó.

—¿Comenzamos, señor Thorbert?

—Sí, dentro de un momento —Grayson se quitó la capa y se volvió hacia el mayordomo para dársela junto con el sombrero.

El mayordomo lo recogió con silenciosa diligencia.

Grayson se volvió hacia ellos y suspiró.

—Muy bien, estoy listo.

El señor Parker señaló hacia el pasillo que había más allá del vestíbulo.

—Si tienen la amabilidad... Ya están todos reunidos arriba.

A Victoria se le encogió la garganta. Le inquietaba la idea de conocer a sus pretendientes en presencia de un hombre que representaba los intereses patrimoniales de su padre. No se atrevía a adivinar qué podía significar.

¿Acaso creía su padre que iba a incumplir sus obligaciones o a renegar de los hombres que él había elegido?

Levantando el bajo del vestido un poco por encima de los tobillos, siguió en silencio al señor Parker y a Grayson por el pasillo flanqueado por una serie de bustos de bronce y mármol colocados sobre columnas romanas. La casa de su tío seguía siendo tan pulcra y aburrida como siempre. Siguió con la mirada la barandilla de madera hasta un amplio descansillo que conducía a numerosas puertas y al salón de arriba.

Grayson le indicó que subiera las escaleras tras el señor Parker. Siguió rápidamente al abogado, con su primo detrás. Al llegar al descansillo, Grayson y el señor Parker enfilaron de inmediato uno de los pasillos. Dos criados de librea oscura se acercaron a ellos con bandejas de plata, se apostaron junto a las paredes y se quedaron allí estoicamente hasta que pasaron Victoria, Grayson y el señor Parker.

Oyó voces masculinas.

Siguió a Grayson a través de una puerta grande rematada por un arco. El salón estaba como siempre: sus techos abovedados seguían luciendo una elegante cenefa de escayola y la larga hilera de ventanas del fondo seguía cubierta por gruesas cortinas de brocado. La espaciosa estancia no estaba profusamente iluminada, pero reinaba en ella un ambiente acogedor que se reflejaba no solo en el fuego de la chimenea, sino también en el suave resplandor de las velas que emitían las tulipas colocadas junto a los espejos dorados que adornaban las paredes de color azul pálido.

Sentados al fondo del salón, en sillones orejeros, cuatro caballeros de diversa estatura y color de pelo conversaban apaciblemente. El mayor de los cuatro, de cabello abundante, castaño y algo canoso y bigote rizado, no era por suerte uno de sus pretendientes, sino su tío, sir Thorbert.

Victoria se detuvo y lanzó una ojeada a los otros tres caballeros, que aún no habían reparado en su presencia. Grayson se inclinó hacia ella y susurró:

—Ponte cómoda. Vuelvo dentro de un momento.

Se giró hacia él con los ojos como platos.

—No pensarás dejarme aquí sola, ¿verdad? —preguntó en voz baja—. No conozco a esos hombres.

Su primo le dio unas palmaditas en la mejilla.

—Mi padre velará por ti. Y descuida: a dos de ellos sí los conoces. Enseguida vuelvo —le guiñó un ojo, dio media vuelta y desapareció.

¿Conocía a dos? Pero si ella no conocía ni a dos hombres.

Se volvió hacia ellos. El miedo comenzó a resonar dentro de ella como un tambor al tiempo que el sudor comenzaba a producirle un cosquilleo en la nuca, bajo los rizos recogidos con horquillas.

Avanzó, azorada, escudriñando las caras de los hombres sentados. Uno de ellos era nada menos que el siempre solemne lord Moreland, el hijo del difunto amigo de infancia de su padre. Que el cielo se apiadara de ella. ¿A quién más había convencido su padre para que compitiera por su mano?

Se mordió el labio y posó la mirada sobre el caballero de pelo oscuro que estaba casi completamente de espaldas a ella. El más próximo a la ventana. Bajó la barbilla y observó su chaleco y su cuello alto, que, blanco como la nieve, contrastaba vivamente no solo con su piel bronceada sino también con la corbata de color rubí que llevaba anudada alrededor del cuello. Era el único que lucía un toque de color en su atuendo.

Estaba sentado en un sillón de cuero tachonado y sus dedos enguantados acariciaban su barbilla afeitada mientras escuchaba atentamente lo que estaba diciendo su tío. Cambió de postura y bajó la mano para posarla sobre su muslo, cuya musculatura acentuaba el ceñido pantalón.

Victoria sabía que una dama no debía mirar boquiabierta las manos de un hombre, ni sus muslos, ni ninguna otra parte de su cuerpo, y sin embargo...

Se acercó un poco, como atraída por una cuerda invisible tendida entre ella y aquel hombre.

El señor Parker se detuvo delante del grupo y dijo algo con una voz ahogada que se disipó en medio de la espaciosa habitación. Mientras seguía acercándose, Victoria siguió mirando al caballero de pelo oscuro. Lo conocía. ¿Verdad?

Su mandíbula afeitada se tensó cuando se inclinó hacia delante para escuchar la voz ahogada del señor Parker. La miró y se quedó inmóvil un momento. Después volvió todo su cuerpo hacia ella.

El corazón de Victoria dio un brinco cuando sus radiantes ojos azules se encontraron con los suyos. No. No, no podía ser. Era... imposible.

Él levantó las cejas como si también le sorprendiera sinceramente lo que veía. Recorrió con la mirada su vestido al levantarse, estirando suavemente sus miembros musculosos hasta una altura impresionante. Debía de medir mucho más del metro ochenta que ella recordaba.

¡Santo cielo!

Era Remington.

No era otro que el hombre al que había amado una vez y cuyo anillo llevaba aún. El hombre que no había respondido a una sola de sus cartas por motivos que Victoria siempre había temido plantearse siquiera.

Lord Moreland y los demás se inclinaron hacia delante en sus asientos y miraron más allá del señor Parker. Al verla, se levantaron al unísono.

El miedo la dejó sin aliento y comenzó a retroceder sin apartar los ojos de los de Remington. Aunque no era una cobarde, lo último que quería era decir cosas que nadie tenía por qué oír.

Remington avanzó hacia ella sin dejar de mirarla a los ojos y bajó la barbilla mientras Victoria seguía retrocediendo. Su rostro de duras facciones, tan bello como siempre, aparecía bronceado por los años pasados bajo el sol de Venecia, y su ancha espalda, más llena y vigorosa que antes, le daba la atractiva apariencia de un hombre maduro y fornido.

La angustia se apoderó de Victoria al ver que iba derecho hacia ella. Girando sobre sus talones, se recogió las faldas y salió al pasillo a toda prisa. Respiró hondo varias veces y sintió que iba a estallarle el pecho. Su vista se emborronó momentáneamente por los bordes. Alargó la mano enguantada y se apoyó en la pared más próxima. Sintió que iba a vomitar todo lo que había comido. Se inclinó muy despacio y apoyó la mejilla contra la fresca y dura superficie de la pared cubierta de seda. Le ardía la cara de manera insoportable.

¡Remington! Remington era uno de aquellos tres hombres. Su padre se las había arreglado de algún modo para desenterrar al hombre al que creía muerto.

La corpulenta figura de su tío apareció en la puerta. Sus pasos resonaron en el pasillo cuando se acercó rápidamente a ella.

–¿Victoria? –se inclinó hacia ella y tocó su brazo.

La cara redonda de su tío, con su bigote canoso y rizado, apareció ante su vista.

—Victoria, mírame.

Separó la mejilla de la pared y se volvió hacia él, apoyando la espalda contra el muro para sostenerse en pie.

Los ojos marrones de sir Thorbert escrutaron su rostro.

—¿Necesitas algo? ¿Sales? ¿Vino?

Sacudió la cabeza, incapaz de decir o hacer nada. Comenzó a respirar suavemente para calmarse, pero seguía teniendo el cuerpo... embotado.

Sonaron pasos apresurados en el pasillo y un momento después se detuvieron junto a ellos. Se quedó paralizada cuando una figura alta y musculosa llenó por completo su campo de visión. De pronto la envolvió un intenso olor a menta.

Era Remington.

Dirigió la mirada hacia él y vio los botones metálicos de su chaleco que, recamado con hilos de color marfil y plata, realzaba la anchura de su pecho. Se obligó a mirar más arriba, por encima de la corbata de color rubí, hasta sus labios carnosos.

Y tan pronto vio aquellos asombrosos ojos azules, que todavía reflejaban un amor profundo y desgarrador, la sangre abandonó de pronto su cabeza.

Era Remington, sí. Solo que más viejo. Y, como el buen vino, había mejorado con la edad.

Él contempló su cara con idéntica incredulidad y se inclinó hacia ella, ladeando la cabeza.

—Victoria, yo... ¿Se encuentra mal? —su voz, baja y profunda, sonó cargada de preocupación.

Y aunque su acento seguía siendo británico, había en ella un suave atisbo de otra cosa más exótica y romántica. Era como si Venecia no solo hubiera oscurecido el color de su tez, sino que también hubiera coloreado su lengua.

Durante todos aquellos años, Victoria había pensado con frecuencia en qué le diría, en qué haría si alguna vez tenía la oportunidad de volver a verlo. Había fantaseado con abofetearlo, con asestarle puñetazos, con gritarle y hasta con maldecirlo por haberla hecho sufrir y angustiarse día tras día. Y, sin embargo, por alguna razón en ese momento solo se sentía capaz de mirarlo con la boca abierta como un pez recién sacado del agua turbia.

Él miró a su tío arrugando las cejas.

—Sir Thorbert, ¿es necesario que sigamos adelante esta noche? Está claro que no se encuentra bien.

Victoria parpadeó al sentir una nueva vaharada de olor a menta procedente de su levita. Ya no olía a pimienta de Jamaica. Olía a... a hombre.

Tragó saliva y clavó los dedos en la pared. Al menos se había puesto su mejor vestido. Al menos estaba arrebatadora, y él lamentaría eternamente haberle hecho daño.

Su tío suspiró y le dio unas palmadas en la espalda.

—Le agradezco su preocupación, pero no podemos posponerlo. Cuanto antes se haga, mejor. Ya lo sabe.

Remington asintió con un gesto y se volvió hacia ella. Bajó la cabeza y escudriñó sus ojos.

—Me doy cuenta de que todo esto es muy violento, pero ¿no tienes nada que decirme? ¿Nada en absoluto? Sea bueno o malo, deseo oírlo, Victoria. De veras.

Ella se apartó de su cuerpo. Deseaba huir, sustraerse a la intensidad de su mirada, pero si lo hacía, Remington pensaría que seguía importándole. Y no le importaba. Ya no.

Él bajó la barbilla.

–¿Intenta prolongar mi sufrimiento con este silencio? ¿Es eso?

Victoria sintió un hormigueo en las mejillas. ¿Prolongar su sufrimiento? ¿Su sufrimiento? ¡Era él quien la había abandonado, quien la había hecho sufrir con su silencio todos esos años!

Apretó los dientes y se refrenó para no asestarle una bofetada. No. La bofetada la reservaría para Grayson. Su primo lo había sabido desde el principio, e iba a pagárselas por ello. Lo mutilaría y luego lo enterraría para que muriera asfixiado bajo tierra, y justo cuando fuera a dar su última boqueada, lo sacaría y volvería a mutilarlo. Después quizá se sintiera mejor.

En cualquier caso, no podía quedarse allí, mientras Remington seguía escudriñando su cara y su cuerpo como si entre ellos quedara algún sentimiento. Se apartó de la pared y se alejó un poco, intentando conservar la dignidad.

Remington la siguió y le tendió una mano enguantada para ayudarla. Victoria se apartó de un salto. No quería que la tocara, y se apresuró a rodearlo. Él bajó la mano.

–Victoria...

A pesar de que advirtió una nota de dolor en su súplica, ¿de qué otro modo podía tratarlo? ¿Con reverencia? ¿Con alegría? ¿Después de lo que le había hecho?

–Victoria –repitió, siguiéndola–, al menos hábleme. Se lo ruego.

Santo cielo, no podía soportarlo. No podía soportar oír aquel tono de voz y aquellas palabras, que la hacían sentir como si fuera ella quien le había hecho sufrir.

¿Cómo se atrevía?

¡¿Cómo?!

Girándose hacia él, lo señaló rígidamente con el dedo.

—Le di cincuenta y tres oportunidades de explicarse, Remington. Cincuenta y tres. Todas ellas le llegaron en forma de cartas, y no tuvo la decencia de responder a una sola. Lo odiaré eternamente por lo que me hizo. Jamás podrá ganarse mi perdón. Jamás. Vuelva a Venecia o dondequiera que haya estado todos estos años... ¡canalla!

Él retrocedió, asombrado.

Victoria se volvió y enfiló el ancho corredor hacia... Grayson. ¡Uf! Entornó los ojos al acercarse con paso enérgico a su primo. Sus tacones resonaron sobre el suelo de mármol, y deseó que fuera su cabeza lo que estaba pisando.

Grayson se acercó apresuradamente. Miró a Remington, a sir Thorbert y luego a ella.

—Espera, espera. ¿Qué ocurre? ¿Adónde vas?

—¿Adónde crees que voy? —le espetó—. A casa. Donde debo estar.

—Ah, no, de eso nada. Tienes una obligación para con tu padre y tu familia.

No, no la tenía. No a ese precio.

Deteniéndose ante Grayson, lo miró con ira, levantó una mano y le propinó una bofetada. La cara de su primo rebotó hacia ella, colorada. Grayson asintió, pero se negó a mirarla.

—Está bien. Sí. Supongo que me lo merezco.

—Me alegra oírte decir eso —se inclinó hacia él, demasiado furiosa para pensar en lo que estaba sucediendo—. Primero no me dices nada y permites que desaparezca de mi vida. Y ahora tampoco me dices nada y permites que vuelva a aparecer. Mientras decidís qué me conviene y qué no, me voy a casa. Mañana, en cuanto haya recuperado un poco la compostura, vendré a ver a mi padre y fingiré que nada de esto ha pasado —se volvió hacia la escalera que bajaba al vestíbulo.

Grayson la agarró del brazo y tiró de ella. Victoria se tambaleó hacia él, incrédula.

—¡Suéltame! ¿Cómo te atreves a...?

—No vas a marcharte —gruñó Grayson, con la cara casi pegada a la de ella—. Abofetéame todo lo que quieras si así te sientes mejor, pero fue tu padre quien organizó todo esto por ti. Por ti. Al menos sé un poco amable.

—¿Amable? —repitió ella—. ¿Y con quién he de ser amable? ¿Con un hombre al que ya no conozco ni quiero conocer? ¿Con un hombre que tiene la osadía de presentarse después de cinco años y creer que puedo considerarlo digno, no ya de escupirle, sino de casarme con él? —soltó una risa forzada—. ¡Que alguien me sujete, o acabaré por castraros a ti y a todos los hombres de esta casa! —se desasió bruscamente—. ¿Por qué no me dijiste lo que tenía planeado mi padre? ¿Por qué?

Su primo soltó un bufido y la miró fijamente.

—Por cómo estás reaccionando ahora mismo. Tu padre te conoce y conoce tu maldito orgullo mejor que tú misma.

—Entiendo. ¿Y desde cuándo sabías que Remington era uno de los tres pretendientes? ¿Eh? ¿Desde cuándo?

Grayson carraspeó y movió los pies, cambiando el peso del cuerpo de uno a otro.

—Desde hace un año, más o menos. Semana arriba, semana abajo.

Ella lo miró con perplejidad.

—¿Un año entero? ¿Y no has dicho nada? —tomó aire bruscamente, dio un paso hacia él y le asestó un golpe en el hombro. Levantó la mano otra vez, apretó los dientes y volvió a propinarle otro golpe, con más fuerza por si el primero no le había dolido.

Grayson le apartó las manos y retrocedió, mirándola con furia.

—¿Has acabado? Porque no hace falta que todo el mundo piense que eres una necia incapaz de pensar con un mínimo de sensatez.

—¡Espero que piensen eso y mucho más! —gritó ella, y su voz resonó en torno a ellos—. ¿Cómo os atrevéis a hacerme esto? ¿Cómo se atreve mi padre a hacerme esto después de haberle consagrado mi vida entera? Estaba dispuesta a cumplir con mi deber como hija sin cuestionar las condiciones. Pero traerme de nuevo a Remington cuando ya lo había enterrado... A eso no pienso plegarme. Jamás. Mi vida no es un juego, no podéis jugar con ella a vuestro antojo.

Una figura apareció, imponente, detrás de su primo.

Victoria se puso tensa.

Con las manos a la espalda, Remington se detuvo detrás de ellos y la miró con fijeza. Su intenso olor a menta persistía, haciéndola aún más consciente de su presencia. En voz baja, anunció por fin:

—Deseo desvincularme de este asunto. No voy a permitir que Victoria pierda su herencia por mi culpa.

Ella arrugó las cejas y miró a su primo.

—¿Perder mi... mi herencia?

Grayson dejó escapar un suspiro.

—Tú siempre tan discreto, Remington. Te lo dije: ella no sabe nada. Se suponía que iba a anunciarlo formalmente el señor Parker.

Remington se inclinó hacia él y gruñó:

—Sí, bueno, ahora ya lo sabe. Bórrame de esa maldita

lista. Yo también tengo mi orgullo. Que se case con uno de esos dos. Así podrá conservar la herencia.

El corazón de Victoria latió con violencia mientras su cerebro se esforzaba por dar sentido a lo que acababa de decir Remington. Su padre iba a obligarla a decidir entre un perfecto desconocido cuyo nombre aún no sabía, lord Moreland, al que siempre había considerado una especie de hermano, y Remington, al que había conocido en una época ilusoria de su vida.

Miró a Grayson.

–¿Quiere decirse que, si no me caso con uno de estos tres caballeros, mi padre me desheredará?

–Sí –contestó su primo en tono duro, pero paciente–. Entiendo que va a ser muy difícil para ti aceptarlo, pero dado que tu padre está perdiendo facultades a ojos vistas, hemos decidido acelerar los planes, por si no podía asistir a la boda. Por eso solo tienes hasta las doce de esta noche para decidir con cuál de estos tres hombres vas a casarte.

Victoria sofocó un grito de sorpresa.

–¿Qué?

–Después de que te hayas decidido –prosiguió su primo tranquilamente–, contraerás matrimonio mediante licencia especial antes de que acabe la semana. Si decides no casarte, estarás en tu derecho. Pero si tu padre muere y no te has casado conforme a los términos que estableció cuando todavía estaba en pleno uso de sus facultades mentales, todo su patrimonio pasará a diversas obras caritativas. Te quedarás sin nada. Pero si lo que deseas es la pobreza, te acogeré encantado en mi casa.

Victoria cerró los ojos y sintió que su alma se marchitaba. Aunque el dinero nunca le había importado, necesitaba una cama, ropa y comida, y no tenía intención de vivir con Grayson como una especie de huérfana digna de lástima.

Abrió los ojos y preguntó con una calma que le sonó extraña:

–¿Mi padre ni siquiera me ha reservado una renta, por pequeña que sea?

Grayson resopló por la nariz.

–No. Nada. Y teniendo en cuenta su estado mental, no hay modo de negociar los términos de su testamento. El abogado no lo permitirá. Lo que significa que o lo heredas todo, o no heredas nada. O te casas con uno de estos tres hombres o lo pierdes todo.

Ella tragó saliva. En cierto modo, se lo merecía. Se lo merecía por haberse rebelado contra su deber como hija. Su padre le había rogado muchas veces que aceptara a alguno de sus pretendientes. A cualquiera de ellos. Y ella se había negado, solo había deseado quedarse a su lado, y todo porque sabía que ningún hombre estaría nunca a la altura de Remington. Así pues, su padre le estaba dando la última orden, le estaba lanzando el último desafío. «¿Quieres a Remington?», parecía decirle. «Pues quédatelo. Con secretos, con mentiras, todo para ti».

Saltaba a la vista lo que tenía que hacer. Tenía que aceptar el desafío, cumplir con su deber como lo que era, una mujer adulta, y aceptar la herencia que era suya por derecho. Pero eso no significaba que tuviera que casarse con Remington.

–Por respeto a mi padre y a mi deber, me ceñiré a las normas que se hayan fijado y elegiré marido, sabedora de que quedaré desheredada si no lo hago. Lord Remington puede quedarse o marcharse, como prefiera. A mí me trae sin cuidado.

Enfadada con su chal, que resbalaba continuamente de sus hombros, se lo quitó y lo lanzó hacia Grayson. Su primo lo recogió torpemente.

—No irás a quitarte nada más.

Victoria puso los ojos en blanco.

—Acabemos con esto de una vez. No voy a esperar hasta las doce para reclamar lo que me pertenece por derecho —se apartó el pelo de la cara con la mano enguantada, levantó la barbilla y pasó junto a ellos, confiando en demostrar que, pese a las circunstancias, seguía teniendo la sartén por el mango.

Al entrar en el salón contiguo, aminoró el paso y miró al señor Parker y a los otros dos caballeros, que estaban de pie al fondo de la estancia.

Lord Moreland, el más guapo de los dos, tenía los ojos oscuros, una mirada honda y amable, cabello castaño y pómulos marcados. Victoria había ignorado hasta entonces que tuviera algún interés en casarse. Rara vez se relacionaba con otras personas y llevaba una vida muy retirada.

El otro caballero, al que no conocía de nada, tenía los ojos azules, la mirada intensa y el cabello tan rubio que parecía casi blanco. Su cara era tan pálida y sus facciones tan regias y etéreas que le recordó a una muñeca de porcelana. Nunca le habían gustado las muñecas, ni siquiera de niña. Siempre las guardaba en un baúl porque odiaba cómo la miraban. Sobre todo por las noches.

Comprendió por la rigidez de su postura que estaban ambos nerviosos, lo cual era lógico. Todos los hombres aspiraban a casarse con una mujer dueña de cien mil libras. Su padre, de hecho, había adquirido su fortuna al casarse con su madre.

Pero ¿qué pintaba Remington en todo aquello? ¿Por

qué reaparecía tras cinco años de silencio para competir abiertamente por su mano? ¿Era dinero lo que buscaba? ¿Seguía estando arruinado? ¿O acaso la buscaba a ella?

Ya no importaba, sin embargo. Prefería casarse con lord Moreland, un amigo de la familia, un hombre honorable al que conocía desde niña, a unirse a un hombre en el que nunca podría confiar y al que, desde luego, jamás volvería a amar.

Escándalo 7

Conviene huir de los hombres con un pasado turbio, pues dichos hombres tienen el corazón corrompido y su afecto no está destinado a durar.

Cómo evitar un escándalo
Anónimo

A Jonathan se le aceleró el corazón mientras contemplaba las curvas irresistibles del cuerpo de Victoria al alejarse. Su vestido de noche de color verde realzaba sus movimientos firmes y comedidos. Sus rizos rubios, recogidos en lo alto de la cabeza, se mecían y con cada oscilación dejaban al descubierto su cuello blanco y sensual. ¡Dios, qué bella se había vuelto al crecer! ¡Y cuánto orgullo de mujer había adquirido por el camino!

—Romeo —dijo Grayson, inclinándose hacia él desde atrás—, tu Julieta espera para que le cantes una serenata.

Sin dejar de mirar el balanceo de las caderas de Victoria mientras se dirigía al salón, delante de él, Jonathan alargó el brazo, agarró el chal que Grayson se había echado sobre el hombro y se lo acercó a la nariz y la boca. Al sentir su olor a jabón y lavanda, lo asió con más fuerza y se lo apretó un momento contra los labios. Su olor no había cambiado. Era doloroso y agridulce recordar tan vivamente tantas cosas sobre ella, y desearla tanto más por ello.

Hasta el aroma a lavanda de su chal bastaba para agitar su deseo. A pesar de que su orgullo le decía que se alejara de todo aquello, que se olvidara de ella, su cuerpo, su corazón y su mente lo animaban a luchar. Por amor de Dios, aquella era su Victoria. ¿Cómo iba a doblegarse tan fácilmente? Tenía que luchar por ellos dos, se lo debía. Luchar por lo que había habido entre ellos antaño. Y al diablo con su orgullo.

Dobló y volvió a doblar la larga tira de seda y se la guardó en el bolsillo de la levita como recuerdo. Entró en el salón tras ella y de un par de zancadas se colocó a su lado. Aminoró el paso cuando llegaron junto al señor Parker y los otros dos pretendientes.

Victoria lo rodeó, puso distancia entre ellos y levantó la barbilla. Cuadró los hombros, pero ni siquiera lo miró.

El señor Parker se aclaró la garganta y levantó una mano.

—En nombre de lord Linford, les doy las gracias por estar aquí, caballeros. Si tienen la amabilidad, acérquense para que pueda dar comienzo a la velada con una serie de sencillas instrucciones.

Jonathan se acercó a los otros dos hombres y se colocó entre ellos. Al mirarlos, cayó en la cuenta de que eran mucho más bajos que él. Les sacaba una cabeza.

El señor Parker se colocó ante ellos y levantó tres pergaminos sellados.

—Cada pergamino lleva un nombre y contiene preguntas que el conde consideró adecuadas para cada uno de los pretendientes. Lady Victoria leerá las preguntas en voz alta y ustedes, caballeros, tendrán que responder a ellas individualmente durante una conversación privada de una hora. Todos nos damos cuenta de que las circunstancias son extraordinarias, pero también somos conscientes de que se trata del testamento y de las últimas voluntades de un hombre y de que por tanto hemos de ceñirnos humildemente a lo estipulado por lord Linford hace un año.

Mientras escuchaba a medias al señor Parker, Jonathan siguió mirando intensamente a Victoria con la esperanza de que lo mirara al menos una vez. Pero no lo hizo. Siguió de pie entre sir Thorbert y Grayson, con la mirada perdida a lo lejos. Lo odiaba. De veras lo...

Sus ojos de color jade se clavaron de pronto en los de él, y Jonathan sintió que le daba un vuelco el estómago. La última vez que había tenido aquella sensación en respuesta a una mirada, tenía diecinueve años. Creía que no iba a volver a sentir algo así.

Sonrió.

Victoria apartó la mirada y levantó la barbilla. La sonrisa de Jonathan se desvaneció mientras seguía contemplando su perfil. Se le había afinado el rostro, pero la muchacha de diecisiete años seguía estando allí, en aquellas cejas rubias y arqueadas, en aquella naricilla afilada y en la tez blanca y tersa que su mano había acariciado una vez íntimamente. Sus pechos parecían más grandes de lo que recordaba, y llevaba el pelo peinado en rizos más grandes y sueltos. Era un suplicio estar a unos pocos pasos de distancia y darse cuenta de que había perdido cinco años de su vida con ella.

–Permítanme entregarles las preguntas destinadas a cada uno de ustedes –el señor Parker se acercó a ellos y les repartió los pergaminos–. Los sellos han de permanecer intactos hasta que les llegue el turno de entrevistarse con lady Emerson.

Jonathan tomó el pergamino que le tendía el abogado y vio que llevaba escrita en tinta negra la leyenda: *Para el muy honorable vizconde de Remington.*

El señor Parker los miró a todos alternativamente.

–Lord Stanford, lord Remington, lord Moreland, a medianoche, lady Emerson me comunicará el nombre del caballero con el que piensa casarse, y yo lo anunciaré formalmente. Dicho caballero habrá de casarse con ella mediante licencia especial antes de que acabe la semana. Los que no sean elegidos recibirán mil libras en señal de agradecimiento por su participación. Y ahora que han sido informados de las condiciones del conde, ¿siguen dispuestos a competir por la mano de lady Emerson? Que conste que sus nombres pueden borrarse de la lista en cualquier momento.

Jonathan tocó el pergamino que sostenía en la mano y se preguntó si estaba haciendo lo correcto. Aunque Victoria daba la impresión de preferir casarse con su tío antes que con él, no pensaba permitir que la desgracia siguiera gobernando su vida. Iba a demostrarle su valía.

Lord Stanford dio un paso adelante y rasgó su pergamino por la mitad. Lo arrojó al suelo con un suspiro.

–Discúlpenme, pero no me siento cómodo en lo más mínimo con estas normas. Por lo tanto, prefiero marcharme. Que Dios conceda paz al conde –saludó a todos los presentes con una enérgica inclinación de cabeza y salió resueltamente de la habitación. A los pocos segundos dejaron de oírse sus pasos.

Jonathan respiró hondo y se guardó el pergamino en el bolsillo, junto al chal doblado de Victoria. Aquello le beneficiaba. Si solo quedaba un rival contra el que competir, tenía un cincuenta por ciento de posibilidades de salir victorioso.

Aunque...

Se fijó en el regio perfil del caballero situado a su izquierda. Lord Moreland. Santo Dios. Era el mismo caballero con el que la institutriz de Victoria había intentado intimidarlo cinco años antes. Todo aquello era tan extraño, tan metafórico que resultaba difícil de tragar. Era como si toda su vida estuviera dando marcha atrás.

El señor Parker exhaló un suspiro y se frotó la parte de atrás de la calva, mirando el pergamino roto que había quedado en el suelo. Bajó la mano y continuó:

—A juzgar por su silencio, caballeros, están los dos de acuerdo en seguir adelante. Voy a concederles media hora más a cada uno, en vista de que lord Stanford ha renunciado a su participación. Empezaremos formalmente por decidir quién será el primero —juntó las cejas pobladas, se metió la mano en el bolsillo y sacó una moneda. La levantó—. Lord Remington, ¿qué prefiere? ¿La cabeza laureada o el escudo y la corona?

Jonathan miró la moneda de seis peniques. Ignoraba si podría esperar otra hora y media para estar a solas con Victoria. Ya se había visto obligado a pasar más de cuarenta mil horas separado de ella. Horas que había contado patéticamente a lo largo de los años, como un niño que intentara contar todas las estrellas del firmamento.

De niño, siempre había elegido el escudo de las monedas de seis peniques, y siempre había ganado. Así pues, en recuerdo del joven que había sido, eligió el escudo.

—Prefiero el escudo y la corona.

El señor Parker asintió con un gesto.

—De acuerdo, el escudo y la corona. Lord Moreland,

la cabeza laureada es para usted. Que decida el azar –el abogado vaciló. Luego lanzó la moneda al aire, hacia ellos.

Jonathan la vio caer, pasar rodando a su lado, ladearse y detenerse en el suelo, en posición horizontal. Era tan pequeña que no pudo distinguirla. Se acercó, se inclinó hacia delante y contuvo la respiración. Había salido el escudo y la corona.

Levantó la vista y miró a Victoria.

–El escudo y la corona.

Ella frunció los labios y apretó con fuerza el brazo de su tío. Sir Thorbert se inclinó hacia ella y le dio unas palmaditas en la mano.

Saltaba a la vista que la inquietaba estar a solas con él. Y era lógico. Había llegado la hora de las confesiones.

El señor Parker se acercó apresuradamente, se agachó para recoger la moneda y se la mostró a los demás.

–El escudo y la corona, en efecto. Lady Victoria, lord Remington, por favor, acompáñenme al salón de los frescos.

Jonathan carraspeó y siguió al abogado mientras intentaba dominar el latido errático de su corazón. Victoria echó a andar obedientemente tras ellos. Jonathan aminoró el paso y pensó por un momento en volverse y ofrecerle el brazo, pero descartó la idea. Dudaba que ella fuera a aceptar.

Mientras seguían al señor Parker por el pasillo, a Jonathan comenzó a dolerle la cabeza y pensó que su periplo nunca acabaría. De vez en cuando miraba a Victoria para asegurarse de que los seguía. Iba siempre unos pasos por detrás, la cabeza firmemente fija en sus botas. No pudo menos que preguntarse en qué iría pensando.

Dudaba de que estuviera admirando el lustre de sus espléndidas botas de piel.

El señor Parker se detuvo ante una puerta de roble, al final del pasillo. Cuando se detuvieron ante él, dijo:

—Nada de contacto físico. ¿Entendido?

Como si fuera a cumplir una estúpida norma que le impedía tocar a Victoria... Eso solo podía impedírselo ella. Por suerte, no iban a obligarlo a prometer nada. Solo le habían preguntado si entendía la petición.

—Sí. Lo entiendo perfectamente.

El abogado asintió enérgicamente con la cabeza.

—Ha de responder a todas las preguntas. El tiempo que reste después, pueden usarlo como ustedes crean oportuno. Lord Remington, ¿tiene su pergamino sellado?

Jonathan palpó su bolsillo.

—Sí.

—Déselo a lady Emerson tan pronto se cierre la puerta —abrió la puerta, arrugó las cejas y sacó su leontina de oro del bolsillo. Miró el reloj—. Volveré a las nueve y cuarto en punto. Hay un reloj sobre la repisa de la chimenea, por si necesitan consultar la hora —resopló, devolvió el reloj a su bolsillo y les indicó la puerta abierta.

Jonathan se apartó, hizo un ademán señalando la sala tenuemente iluminada que había más allá de la puerta y miró a Victoria, expectante.

El rubor se extendió por las mejillas pálidas de Victoria. Titubeó como si presintiera que no solo su virtud estaba en peligro, pero de todos modos entró en la habitación.

Jonathan se despidió del señor Parker con una enérgica inclinación de cabeza, se ajustó la levita y entró en la sala tras Victoria, admirando el contoneo de sus caderas y su delicioso trasero.

Un suave golpe sordo anunció que se había cerrado la puerta.

Jonathan se detuvo y arrugó el entrecejo al sentir un aroma penetrante a rosas recién cortadas. Se tensó al pasar rozando a Victoria, que se había detenido frente al fuego encendido de la chimenea, y paseó la mirada por la estancia casi en penumbra, esperando a medias que la *marchesa* estuviera esperando entre las sombras, junto a su marido. Solo vio, sin embargo, una sala pequeña y desierta, cuyas paredes estaban cubiertas de arriba abajo con frescos representando paisajes apacibles, colinas llenas de hierbas, cielos y valles. De ahí su nombre.

Un único candelabro de plata de doce velas iluminaba toda la habitación. Jonathan reparó en la gran cantidad de rosas amarillas y blancas colocadas en incontables jarrones de porcelana, situados estratégicamente en cada mesa de la sala. Aquello le recordó a las rosas que la *marchesa* solía hacerle colocar a lo largo y ancho de su casa. Había llegado a detestar las rosas.

Victoria se apartó de la chimenea de mármol. Se sentó en el sofá de brocado azul claro colocado frente al fuego y se alisó las faldas.

Jonathan dio una vuelta a la habitación y se detuvo ante ella, intentando no fijarse en la curva de su bello cuello desnudo o en la parte de arriba de sus pechos, realzados por el corsé y por la cinta blanca que bordeaba el escote de su vestido.

Nunca había creído que fuera a volver a verla, ni siquiera cuando el conde se había puesto en contacto con él para anunciarle que podía optar a su mano.

Ella siguió mirando altivamente hacia el fuego, con

las manos enguantadas cruzadas sobre el regazo. Jonathan se sabía merecedor de su desdén. No creía, en cambio, merecer que lo tratara como si fueran dos desconocidos. Se quitó los guantes y los arrojó a los pies de Victoria, dándole a entender que se habían acabado los fingimientos.

Se sentó en el sofá, a su lado, procurando que su cadera y su muslo rozaran su cuerpo. Victoria se envaró y contuvo la respiración. Él estiró el brazo sobre el respaldo del sofá y se inclinó hacia ella, atrapándola contra el rincón. Recorrió con la mirada su cuello desnudo. Aunque deseaba ceder al anhelo que ardía dentro de él tocando su cuello con la yema de un dedo, no tenía intención de precipitar las cosas, pese a sus ansias de borrar los cinco años que habían pasado separados.

Bajó la cabeza y se inclinó hacia ella. Su piel caldeada olía suavemente a jabón y a lavanda. Jonathan se resistió al impulso de acariciar sus rizos rubios, que parecían tan suaves.

–Aunque quizá no me crea, pienso en usted tan a menudo como respiro.

Ella pareció vacilar. Luego volvió la cara hacia él. Sus labios carnosos estaban apenas a unos centímetros de distancia. Sus ojos verdes escudriñaron solemnemente su cara.

–Usted siempre tan necio y tan romántico, ¿no?

Él tensó la mandíbula y apretó con la mano el borde de madera redondeado del sofá, tras ella.

–No tenía nada. Le habría dado una vida de miseria.

–Mi vida, ciertamente, no mejoró con su ausencia. Por si no lo sabe ya, a mi padre le queda menos de un año de vida. No necesito más sufrimientos –desvió la mirada y se inclinó hacia el brazo del sofá, apartándose de él–. Haga el favor de no sentarse tan cerca. Es innecesario.

¡Si pudiera entender por todo lo que había pasado desde la última vez que se habían visto, y cuánto significaba aquel instante para él!

–No voy a tocarla, pero tampoco voy a moverme. He esperado años. Necesito estar cerca de usted.

Victoria bajó la mirada y contempló su propio dedo enguantado, que se deslizaba arriba y abajo por el brazo labrado del sofá.

Jonathan sintió una opresión en el pecho al mirar su mano. Habría deseado que lo tocara a él.

–Victoria... Había tantas cosas que quería explicarle en mis cartas. Tantas cosas...

Ella lo miró con furia.

–¿Y por qué no lo hizo?

–Porque no podía.

–Eso no contesta a mi pregunta.

–Lo sé, pero le prometo que durante esta hora...

–¿Se molestó siquiera en leer alguna de las cartas que le envié? ¿Una sola?

Tragó saliva y bajó la mirada.

–No. Yo... no vivía en la dirección a la que enviaba las cartas, pero mi hermanastra sí, y las recibió todas. A pesar de que le pedí que las quemara tan pronto llegaran, Cornelia me desobedeció y guardó las cincuenta y tres. Mi madrastra me informó de ello hace poco más de un año. Cuando le exigí que me las entregara, se negó alegando que, puesto que no había respondido a ellas, eran suyas, no mías. Aunque quería leerlas, sabía lo que me esperaba en ellas. Su odio. Su ira. Aún no he tenido valor para leerlas. Al final, nunca le escribí, Victoria, no porque no quisiera, sino porque era lo mejor para su seguridad.

Ella se volvió hacia él bruscamente, y su rodilla chocó con el muslo de Jonathan.

—¿Para mi seguridad? —arrugó las cejas—. ¿Qué quiere decir?

¡Maldita fuera su lengua! Le estaba contando demasiado, se estaba precipitando. Tenía tantas cosas que explicarle... Demasiadas.

Retiró el brazo del sofá y se apartó de ella mientras se esforzaba por no pensar en la vida que se había visto obligado a llevar esos cinco años. Una vida de la que había sido incapaz de salir debido a su propia necedad.

Finalmente confesó en voz baja y compungida:

—Era un *cicisbeo*, Victoria. Y el marido de la mujer a la que servía era un canalla. No quería que ni él ni ninguna otra persona conociera su existencia. Temía que su reputación quedara dañada por el solo hecho de conocerme.

Victoria se quedó mirándolo un momento, atónita. Luego desvió los ojos y volvió a fijarlos en el hogar. Se apartó de él, inclinándose hacia el brazo del sofá.

—Entonces, ¿era el amante pagado de la esposa de otro hombre?

—Sí.

—¿Se acostaba con una mujer casada, después de tanto hablar sobre lo sagrado del amor?

—Mi historia es mucho más compleja de lo que cree.

Ella puso los ojos en blanco y extendió la mano.

—Ahora que nos entendemos perfectamente, ¿me permite el pergamino sellado que le han entregado?

—No. No he terminado de hablar.

Victoria siguió tranquilamente con la mano extendida.

—Por si lo ha olvidado, debemos ceñirnos a ciertas

normas y no voy a permitir que mi herencia corra peligro. Ahora, deme el pergamino o me veré obligada a abandonar esta habitación. No crea que no soy capaz de hacerlo.

¡Maldita fuera ella y toda aquella situación! Jonathan sacó bruscamente el pergamino del bolsillo de su levita y se quedó parado cuando su chal cayó sobre el cojín que los separaba. Victoria miró el chal y luego a él.

–Veo que además es un ladrón.

Él agarró el chal y lo dejó colgar ante ella.

–Francamente, querida, confiaba en conseguir una media de seda.

Victoria le arrebató el chal de la mano, se lo echó alrededor del cuello y estiró los hombros.

–Le diré a uno de mis criados que se la envíe mañana por la mañana. No puedo permitir que se lleve una desilusión, después de todo lo que ha hecho por mí.

Jonathan bajó la mirada.

–De modo que es cierto que me desprecia.

Ella suspiró.

–No. Pero no le tengo aprecio.

–Es lo mismo –se inclinó hacia ella y le tendió el pergamino sellado con la esperanza de que la cara amarga e indiferente que le mostraba no fuera más que una farsa, una máscara con la que el orgullo ocultaba a la joven encantadora a la que en otro tiempo había conocido y amado.

Ella le quitó el pergamino de la mano, rompió el sello de lacre rojo y desdobló la hoja. Leyó lo que estaba escrito renglón por renglón y se quedó parada. Sus ojos se agrandaron mientras intentaba torpemente volver a doblar el pergamino. Parecía incapaz de hacerlo.

Jonathan posó sus manos sobre las de ella y se acercó

hasta que su muslo y su cadera quedaron pegados a su vestido. Intentó no dar importancia a la intimidad de aquel contacto. Pero fue en vano.

−¿Qué dice?

Victoria sacudió la cabeza.

Sujetando con firmeza una de sus manos, se sirvió de la otra para tirar del pergamino. Pero cuando intentó quitárselo, ella lo sujetó con fuerza.

−Victoria... Es importante que respetemos las normas. Y bien, ¿qué dice?

Ella cerró los ojos con fuerza y aflojó los dedos.

−Quémelo cuando lo haya leído.

¿Quemarlo? Jonathan desdobló rápidamente el pergamino. Decía:

Mi querida Victoria:

Sé que esto llega con varios años de retraso y que no he sido tan comprensivo como debería en los momentos en que más lo necesitabas, pero te pido que dejes a un lado el pasado, mires hacia el futuro y seas tan feliz como lo fuimos tu madre y yo. Vas a necesitar a alguien que cuide de ti cuando yo ya no esté y, según Grayson, lord Remington es capaz de eso y de mucho más.

Tu papá, siempre

Ninguna pregunta. Ni una sola. Solo un deseo sincero de que fueran felices juntos, y la firme creencia de que él podía ofrecerle eso y mucho más. Jonathan tragó saliva y sintió que su corazón y su cabeza latían al unísono. Aquello no tenía ninguna relevancia si Victoria creía que la nota merecía ser quemada.

Se rebulló sobre el cojín del sofá y procuró mantener

la calma y mostrarse indiferente, a pesar de que deseaba agarrar a Victoria, zarandearla y exigirle que le diera la oportunidad de redimirse.

Señaló el pergamino.

–¿De veras quiere que lo queme?

Ella siguió mirando fijamente el fuego.

–Sí. No significa nada.

Jonathan asintió y vio como sus manos doblaban el pergamino. Solo eran palabras escritas en una hoja. Quemarlo no significaba que todo fuera a acabar entre ellos. Aun así tenía la sensación de estar a punto de quemar todo cuanto habían compartido alguna vez.

Se levantó y con un giro de muñeca arrojó la carta a las llamas. Vio ennegrecerse y arrugarse el pergamino. El lacre rojo del sello burbujeó y siseó como si protestara, hasta que desapareció entre las ascuas.

Se volvió hacia Victoria, que había estado contemplando como se quemaba el pergamino, y anunció:

–Sigo queriéndola. Eso nada puede cambiarlo. Ni siquiera su desdén.

Ella apretó los labios. En sus ojos brillaron las lágrimas. Lo miró y su rostro se contrajo.

–No me hable de amor. El amor no puede ser tan cruel.

–Nunca fue mi intención ser cruel. Le doy mi palabra. Se lo juro por todo lo que soy, por todo lo que fui y por todo lo que deseo llegar a ser –se arrodilló ante ella y agarró sus manos, prometiéndose a sí mismo que sería un contacto muy breve. Pero se detuvo al sentir un roce.

Miró hacia abajo y tocó su mano izquierda, enguantada todavía, justo por encima del nudillo. Victoria llevaba un anillo.

¿Su anillo? La miró con perplejidad, casi sin aliento.

—¿Todavía lleva mi anillo?
Ella apartó las manos.
—No sea ridículo. Lo tiré en cuanto dejó de escribir.
Él entornó los ojos al pensar que había tirado a la basura la única cosa que le quedaba de su madre.
—¿Por qué lo hizo sabiendo lo que significaba para mí? ¿Sabiendo que había pertenecido a mi madre?
—Supongo que la ira puede hacerla a una cruel.
—Es evidente. Entonces, ¿qué anillo lleva ahora en su lugar? Quítese el guante. Quiero ver su mano.
Victoria juntó las manos y se las acercó al pecho, escondiendo la izquierda bajo la derecha.
—No hace falta que la vea.
—Yo creo que sí. Enséñemela.
—Que yo sepa sigue siendo mi mano, no la suya.
—¿Qué está escondiendo?
—Yo no escondo nada.
—Muy bien. Entonces no le importará que insista —agarró su mano izquierda, se la separó del pecho por la fuerza y la sujetó por la muñeca para que no pudiera apartarla.
Victoria sofocó un gemido y comenzó a forcejear, empujándolo y golpeándolo en el hombro con la otra mano.
—¡No me toque! ¡Cómo se atreve...!
A pesar de los repetidos golpes que le asestó en el hombro y el brazo, Jonathan hundió los dedos en la muñeca de su guante de raso, le quitó rápidamente el guante y lo arrojó a un lado.
Ella se quedó inmóvil. Sus ojos se dilataron cuando su mano blanca quedó colgando entre las caras de ambos y el anillo de oro engarzado con un rubí que llevaba en el dedo anular lanzó un destello.

Jonathan contuvo la respiración. El anillo de su madre. El que le había pedido que llevara siempre en recuerdo de su amor. Había tenido esperanzas de que así lo hiciera. Había rezado para que así fuera. Pero nunca había pensado que en realidad...

–Victoria... –susurró, notando una opresión en el pecho.

Se llevó bruscamente su mano a la boca y pegó sus labios y su nariz a su piel tersa. Temió soltarla por miedo a que aquel instante se esfumara. Una voz parecía susurrarle que no todo estaba perdido entre ellos, que Victoria solo estaba atormentándolo para satisfacer su orgullo herido.

–Suélteme la mano –ordenó ella con voz ahogada mientras intentaba desasirse.

Jonathan la agarró con más fuerza.

–No, no voy a soltarla –volvió la palma hacia arriba y deslizó suavemente los labios por su superficie suave y curvada y luego hasta la muñeca, hasta toparse con la puntilla de la manga del vestido.

La miró a los ojos.

–Ha honrado mi recuerdo todos estos años. Estoy sin palabras.

Ella intentó desasirse de nuevo.

–Siempre me ha parecido un anillo bonito. El hecho de que lo lleve no significa nada.

Jonathan rechinó los dientes, se apoyó en sus piernas y la atrapó contra el sofá con su cuerpo.

–Míreme y dígame que no siente nada. Dígame que no siente ni una sombra de lo que compartimos una vez y saldré de buen grado de esta habitación y de su vida. Hágalo. Dígalo. Ahórrenos a ambos el sufrimiento de vivir con recuerdos que al parecer ya no significan nada.

Los labios carnosos de Victoria se entreabrieron, pero de ellos no salió ni una sola palabra. Se limitó a mirarlo con fijeza mientras respiraba entrecortadamente. La rapidez con que se movía su pecho al respirar hizo que Jonathan se fijara en sus senos, que el vestido dejaba ver a medias.

Deslizó un dedo hacia la otra mano de Victoria, posada en su regazo. Le quitó lentamente el guante de raso blanco sin que ella se resistiera. Lanzó el guante más allá del sofá y frotó sus manos blancas y tersas, mirando cómo sus dedos grandes rozaban los de ella, mucho más pequeños. Se sintió volver a la vida, física y anímicamente. Era asombroso.

—Es tan extraño estar tocándola otra vez —murmuró sin dejar de mirar sus manos unidas—. Es la misma y sin embargo en muchos sentidos no lo es.

Se llevó su mano derecha a los labios e, incapaz de refrenarse, pasó la punta de la lengua por su piel y saboreó cada centímetro de su salobre dulzura.

La mano de Victoria tembló.

—Remington, por favor...

Él retiró la lengua.

—No quiero oír palabras sin sentido nacidas del orgullo. Victoria... Se nos ha concedido la oportunidad de recuperar lo que compartimos una vez. ¿Lo aceptamos? ¿O lo abandonamos de una vez por todas?

Ella sacudió la cabeza.

—Basta. Basta. Estoy demasiado aturdida para...

—Shh. Dese tiempo. Solo quiero que sepa que yo no lo necesito. Todavía quiero seguir adelante. Todavía la quiero. Eso no ha cambiado —soltó su mano y deslizó las manos por sus muslos, ocultos por el vestido. Los sintió firmes bajo las palmas de sus manos.

Sus músculos se tensaron.

—Se ha convertido en una mujer muy bella. ¿Lo sabía?

Victoria respiró hondo, trémula, pero no se resistió a su contacto.

—Ni siquiera puedo pensar.

—No quiero que piense. Los pensamientos no siempre son de fiar si están teñidos por el orgullo y el prejuicio.

Deslizó las manos hacia su talle y lo rodeó, deteniéndose justo bajo la curva de sus pechos, escondidos dentro del corpiño. Tragó saliva con esfuerzo, se refrenó para no tocarlos y tocó la seda del corpiño.

—Mejor dígame qué siente. La verdad. Es lo único que deseo saber.

Ella cerró los ojos. Su pecho subía y bajaba agitadamente.

—Siento como si hubiera perdido la poca razón que me quedaba al permitirle estas libertades.

Jonathan se inclinó hacia ella.

—Entonces ¿por qué me deja tocarla? ¿Por qué no me aparta? ¿Es quizá porque todavía lo desea? ¿Porque todavía me desea?

Victoria abrió los ojos y lo miró fijamente, confusa.

Tenerla tan cerca después de tantos años era enloquecedor. Y pese a su evidente aturdimiento, sería un necio si no aprovechaba aquel instante. Sintió que se excitaba de manera insoportable y se obligó a respirar hondo para dominarse. Posó las manos sobre las caderas de Victoria y se inclinó hacia ella con la mirada fija en sus labios húmedos y carnosos. Aquellos labios tersos y bellísimos con los que había soñado desde que tenía diecinueve años.

—Béseme.

—Remington... –lo agarró de los hombros, clavando frenéticamente los dedos en su levita. No lo apartó, pero tampoco permitió que siguiera acercándose. Siguió sujetándolo donde estaba, con los brazos temblorosos–. No. Ya basta. No puedo ceder a esto. Pienso casarme con otro. Con cualquiera. Con quien sea, menos con usted.

—No lo dice en serio.

—Sí. Lo digo en serio.

—No. No puede –le apartó los brazos y con gesto vehemente tomó su cara entre las manos y la obligó a mirarlo.

Aquellos hermosos ojos de color jade que había creído que no volvería a ver se clavaron en los suyos. Se concentró en ellos, en su mirada triste y atormentada, y luchó por no apoderarse de su boca y de su cuerpo, tuviera derecho a ello o no.

Lo que se agitaba dentro de él no era simple lujuria. No, era el rescoldo de su alma, que ansiaba salvarse. Un alma que necesitaba desesperadamente borrar el recuerdo de la *marchesa* de su piel, de su cuerpo y de su mente. Quería reemplazar todo aquello por lo que siempre había anhelado.

Su Victoria.

—Dígame que quiere recuperar lo que hubo entre nosotros –exigió mientras acariciaba una y otra vez con los pulgares la suave curva de detrás de sus orejas–. Dímelo, bella. Necesito oírlo.

Los ojos de Victoria parecieron agrandarse y su respiración se agitó de nuevo.

—Lo acepte usted o no, he cambiado. He seguido con mi vida. Y usted debería hacer lo mismo. No podemos resucitar el pasado.

Jonathan la soltó y se echó hacia atrás, bajando los brazos. Victoria iba a permitir que se les escapara aquella oportunidad sin dejar que lo intentaran siquiera.

Se levantó tambaleándose y se alejó del sofá. Ajustándose la levita para ocultar su erección, avanzó hacia el fondo de la habitación en penumbra para alejarse de ella todo lo posible. El reloj de la repisa dio la hora. Solo les quedaban quince minutos. ¿Qué podía decirle en quince minutos que la hiciera comprender que, a pesar de no ser el mismo, había salvaguardado un pedazo de su antiguo yo solo para ella?

El sentido común y su maldito orgullo le exigían que se olvidara de ella, que abandonara Londres y regresara a Venecia, con la poca familia que le quedaba. Pero ¿cómo iba a abandonar la única verdadera ternura que había conocido? Podrían haber sido felices, si no hubiera sido tan irresponsable. Tenía que luchar por ella. Tenía que hacerlo.

Regresó hacia ella y rodeó el sofá. Recogió sus guantes, que seguían en el suelo, junto a los pies de Victoria, y se los puso con cuidado.

–Quiero que lo sepa todo. Dónde fui. Lo que hice. Con quién me he relacionado todos estos años y por qué. Lo único que le pido es que intente perdonarme por lo que me vi obligado a aceptar. No estoy orgulloso de ello, pero todo lo que hice lo hice por Cornelia y por mi madrastra. Y confío en que eso pueda respetarlo.

Ella parpadeó rápidamente, intentando no llorar. Se puso en pie y sacudió la cabeza. Juntó las manos y comenzó a retorcerlas frenéticamente. Tras tirar un par de veces, consiguió sacarse el anillo del dedo y se lo ofreció.

—Ya he sufrido bastante por su causa. No deseo sufrir más. Tómelo, por favor. Hemos acabado.

Jonathan respiró hondo, exhaló despacio y procuró conservar la calma. Intentó no enfurecerse con ella.

—Me hiere en lo más profundo, *bella*.

—No es esa mi intención.

—Y sin embargo así es. ¿Por qué? ¿Por qué se niega a escuchar lo que tengo que decir? ¿Acaso teme que, al final, sienta deseos de transigir y su estúpido orgullo salga malparado?

—No. Por si no lo ha notado, Remington, me he convertido en una mujer. Una mujer que no tiene ninguna necesidad de revivir un pasado creado por sus propias fantasías juveniles acerca de las relaciones amorosas. Por eso pienso concederle mi mano a lord Moreland, no a usted. Lo conozco desde que tenía diez años y puedo confiar en él. En usted, no. Creo que es lo mejor para todos. Sinceramente.

¡Y él que creía que dejarla marchar la primera vez había sido un suicidio, un atentado contra su alma! Aquello era mucho peor. Porque al menos entonces no la había perdido a causa de otro hombre. Dio un paso atrás y cerró los puños.

—Puede que sea lo mejor para usted, pero no para mí.

Victoria bajó la mano del anillo y se apartó de él.

—Es lo que tiene el dolor, que afila la comprensión del mundo real.

—También ha afilado su lengua.

Victoria lo miró con enojo.

—He sufrido demasiado en su ausencia como para quedarme aquí escuchando esto.

Jonathan apretó los dientes.

—¿Ha pensado que tal vez no esté sola en su sufrimiento? ¿Tiene idea del infierno por el que he pasado desde la última vez que nos vimos? Ni usted ni yo somos los mismos, pero eso no significa que...

Sonó un fuerte golpe en la puerta y chirriaron las bisagras. Se volvieron los dos a un tiempo. El señor Parker apareció en la puerta.

–Lady Victoria, lord Moreland vendrá a reunirse con usted dentro de un momento. Lord Remington, su turno ha acabado –indicó el corredor con un ademán.

Jonathan se acercó a ella y la miró con fijeza.

–Aunque todavía tengo que redimirme en muchos sentidos, y aunque estoy más que dispuesto a arrastrarme ante usted y a dejar a un lado mi orgullo, no puedo enmendar lo ocurrido si no me da la oportunidad de hacerlo. Podemos ser felices si usted lo desea. Pero solo si lo desea.

Inclinó la cabeza enérgicamente para indicar que había terminado de hablar y salió de la sala temiendo las campanadas de medianoche y la noticia que traerían consigo.

Escándalo 8

Una dama ha de cumplir siempre lo que promete. Por eso es imprescindible que nunca haga una promesa errada.

Cómo evitar un escándalo
Anónimo

Después de que Remington saliera al pasillo acompañado por el señor Parker, Victoria regresó al sofá y se sentó, sintiéndose como si le faltaran el pulso y la respiración. Se quedó mirando las brasas encendidas de la chimenea mientras jugueteaba con el anillo de Remington.

A pesar de todo, había logrado mantenerse fiel a sí misma. Había conseguido recordar que el apego y la ternura siempre conllevaban dolor y desvalimiento. Siempre. Ella lo sabía desde los trece años.

Tocó el anillo una última vez, acercó el rubí a sus labios y susurró:

–Libéranos a uno del otro. Esta noche –guardó el anillo en un bolsillito de su corpiño.

Aunque el estúpido anillo jamás hacía nada de lo que

le pedía, había adquirido la embarazosa costumbre de pedirle cosas. En muchos sentidos había sido su único amigo. Siempre estaba ahí.

Oyó pasos que se acercaban. Otra partida estaba a punto de empezar. Respiró hondo y dejó escapar el aire.

El señor Parker indicó a lord Moreland que entrara. Moreland inclinó la cabeza amablemente y penetró en la sala. La puerta se cerró.

Los ojos oscuros de Moreland se clavaron en los suyos.

A pesar de su rostro hermoso y cincelado, Victoria no sintió un hormigueo en el estómago al verlo. Ni deseaba sentirlo. Estaba harta de complicarse la vida. Sabía por experiencia que esa clase de hormigueos solo conducían al patetismo y el dolor. Quería un marido sencillo y de fiar. Y lord Moreland reunía ambas condiciones. Victoria lo sabía desde los diez años.

Moreland ajustó la levita en torno a su fornida figura y cruzó la habitación con paso ágil y elegante. Se detuvo ante ella, extrajo del bolsillo interior de su chaqueta el pergamino sellado y se lo tendió con la mano enguantada.

Victoria lo tomó y lo posó sobre su regazo.

—Gracias.

Él señaló el hueco que había a su lado, en el sofá.

—¿Puedo?

—Desde luego —sonrió—. No puedo pedirle que permanezca de pie una hora y media.

—Se lo agradezco —sonrió y se sentó al otro lado del sofá, lo más lejos posible de ella, junto al brazo de madera labrada.

Victoria parpadeó, extrañada de que interpusiera entre ellos una distancia casi desconsiderada. A fin de cuentas, se conocían bien. Habían hablado con frecuencia durante las muchas visitas que él había hecho a su padre a lo largo de los años.

Moreland se pasó desmañadamente la mano enguantada por un lado del pelo castaño, como si estuviera ensayando algo de memoria. Se quedó parado un momento y a continuación la miró, recostándose en el cojín.

—Seguramente debería reconocer que ignoraba en qué me estaba metiendo cuando vino a verme su primo.

Ella suspiró.

—Solo puedo pedirle disculpas.

—No estaría aquí si no conociera su valía, Victoria.

—Confío en que eso sea un cumplido.

—Lo es.

—Gracias —rompió el sello del pergamino—. Ignoraba que estuviera interesado en casarse. Siempre ha llevado una vida muy tranquila y solitaria, ¿no es así? —levantó una ceja—. ¿Puedo preguntarle por qué está compitiendo por mi mano? ¿O estoy siendo demasiado atrevida?

Moreland se inclinó hacia ella.

—Siempre ha sido usted muy franca, Victoria. Y he de admitir que ese rasgo suyo siempre me ha parecido encantador. ¿Que por qué compito por usted? Digamos que me he impuesto a mí mismo el desafío de salir de mi rutina —carraspeó y señaló el pergamino—. ¿Empezamos?

—Sí —desdobló el pergamino y vio veinte preguntas escritas en tinta negra, todas ellas de puño y letra de su padre.

Resultaba asombroso que su padre hubiera puesto tanto esfuerzo en aquella empresa. Sobre todo teniendo en cuenta que ya ni siquiera sabía quién era ella.

Echaba de menos a su padre, por gruñón que hubiera

sido a veces. Añoraba que le diera codazos cuando intentaba convencerla de algo, a pesar de saber que era imposible. Añoraba cómo decía su nombre cada vez que se obstinaba en pincharla por algo. Ese hombre ya no existía. Pero al menos podía decir que lo había conocido y que había sido su padre.

Tragó saliva, arrugó el entrecejo y leyó la primera pregunta. Suspiró, obligándose a decirla en voz alta:

—¿Cuántos hijos quiere tener?

Moreland arrugó un poco el ceño y se sonrojó. Luego se encogió de hombros.

—Nunca he pensado un número concreto, aunque reconozco que me atraen las familias numerosas.

—¿Y qué es para usted una familia numerosa?

Se encogió de hombros otra vez.

—Siete u ocho hijos. Diez, a lo sumo.

Victoria abrió los ojos de par en par y se mordió la lengua para no decir nada inconveniente. ¡Que el cielo se apiadara de ella si tenía que soportar tantos embarazos y tantos partos! Y además, para tener tantos hijos, ¡lord Moreland tendría que visitar su cama cada noche!

Carraspeó al pensarlo y pasó rápidamente a la siguiente pregunta. Pestañeó mientras la leía y se encogió para sus adentros. Su padre parecía empeñado en hacerla sufrir.

—¿Se cree capaz de ser un buen marido?

—No sería un marido horrible, esto lo sé, aunque sin duda tampoco le pondría fáciles las cosas a mi esposa. La verdadera cuestión es: ¿es usted capaz de ser una buena esposa? —se volvió hacia ella y suspiró—. Victoria, si nos casamos, ¿tiene intención de tomar a lord Remington como amante? ¿O es ya su amante?

Ella sintió que le ardían las mejillas.

—No tiene derecho a lanzar tales acusaciones sobre mí.

—No se enfade conmigo. Veo cómo la mira él y cómo lo mira usted. Y esa escena de antes, cuando salió corriendo al pasillo detrás de usted y se oyeron gritos, fue muy reveladora.

Victoria se acobardó.

Él la miró a los ojos.

—Siempre me ha gustado usted. Por eso sigo aquí. Es inteligente y enérgica. Eso es lo que necesito. Opino que, debido a la complacencia en la que se educan, la mayoría de las mujeres de la aristocracia pierden por completo su carácter o su fortaleza en cuanto se enfrentan a cualquier adversidad. Y confieso que, si nos casamos, le haré pasar por momentos difíciles, aunque no de la clase que usted imagina. Así pues, ¿qué clase de mujer es usted? ¿Podré confiar en usted como no puedo confiar ni siquiera en mí mismo? ¿O me dará la espalda cuando más la necesite?

Victoria tragó saliva y apartó la mirada.

—Me está haciendo sentir muy incómoda, lord Moreland.

—Bien. Eso significa que entiende lo que le estoy diciendo. Que conste que me niego a casarme con una mujer que piensa entregarle su afecto a otro. No espero que me ame, pero quiero que mi esposa sea mi esposa. No la de otro. Sea cual sea o haya sido su relación con lord Remington, ¿espera usted que la acepte? ¿Qué hombre toleraría que su esposa tuviera ya una historia con otro hombre? ¿Mmm?

Santo cielo, era como si pudiera ver hasta el fondo de su alma. Victoria suspiró y dejó el pergamino sobre el sofá, dejando que se perdiera de vista. Alargó el brazo y apretó con fuerza la mano de lord Moreland, convencida de que debía ofrecerle alguna seguridad, por pequeña que fuera.

—No tiene por qué preocuparse. Entre lord Remington y yo no queda nada.

Él se quedó callado un momento, miró su mano posada sobre la suya y levantó una ceja.

—Entonces ¿hubo algo entre ustedes?

Victoria hizo un esfuerzo por no gritar. Era como si Remington hubiera grabado su nombre sobre su piel.

—Sí.

Él le dio unas palmaditas en la mano.

—Le agradezco su franqueza. No me siento desairado, se lo aseguro, pero esto no pinta bien para nosotros. Confieso que no soy de los que...

—Por favor —intentó que la angustia que sentía no se reflejara en su voz al pensar que lord Moreland era su única alternativa, aparte de Remington—. Por favor, no dé nada por sentado. Nuestra relación fue siempre respetable.

Lord Moreland posó su mano sobre la de ella y escudriñó su cara.

—Muy bien. Cuénteme más para que pueda juzgarlo yo mismo.

Ella apretó su mano y procuró conservar la calma.

—No puede esperar que le revele detalles concernientes a mi vida privada.

El reloj de la repisa de la chimenea dio la hora. Lord Moreland exhaló un suspiro.

—El tiempo no se detiene por nadie. Tampoco se detendrá por usted. Es una decisión tremenda la que la espera a medianoche. ¿Elegir marido o perderlo todo? De haber sabido que era esto lo que tramaba su padre, no habría aceptado participar. Este asunto no me gusta.

—A mí me gusta tan poco como a usted, pero así son las cosas. Mi padre siempre ha ido a su aire.
Lord Moreland se inclinó hacia ella y bajó la voz.
—Somos amigos, ¿verdad?
Asintió.
—Naturalmente. Desde que éramos niños.
Él hizo un gesto de asentimiento.
—Bien. Entonces, permítame ofrecerle un trato. Si me cuenta su historia con Remington, dejaré a un lado mis recelos y acataré lo que usted decida. Pero si no me lo cuenta, Victoria, me marcho. No puede esperar de mí que me comprometa de por vida sin saber a qué me estoy comprometiendo. Esas son sus opciones y no pienso repetirlas.

Al oír su ultimátum, bajó la barbilla llena de incredulidad. ¿Quería que se lo contara todo? Nunca había confiado a nadie los pormenores de su relación con Remington. Ni siquiera a Grayson.

Claro que... ¿qué remedio le quedaba? Moreland era un camino seguro a través de un campo abierto cuyo horizonte veía con claridad. Aunque ese horizonte estuviera un poco torcido. En cambio, Remington... Remington era un precipicio con rocas puntiagudas y un mar bravío al fondo. A Moreland podría sobrevivir. ¿A Remington? No tanto.

Apretó con más fuerza su mano, intentando infundirse ánimos.

—Si me jura que jamás le dirá esto a nadie, se lo contaré todo.

—De acuerdo —se inclinó hacia ella y dio unas palmaditas en su mano—. ¿Puedo pedirle que me suelte la mano? Por si acaso nos interrumpe Remington.

Ella soltó una risa forzada y retiró lentamente la mano.

—Yo no me preocuparía por Remington.
—¿Ha visto usted el tamaño de sus manos?
Lo miró con enfado. No recordaba que fuera tan fastidioso.
Moreland cambió de postura y apoyó un codo sobre el borde del sofá, a su espalda.
—Esto es un honor inaudito. Proceda.
Ella respiró hondo, trémula.
—Remington y yo congeniamos de inmediato. En cuestión de miradas y palabras, éramos como dos niños que se estuvieran pasando constantemente una pelota, jugando a no dejarla caer. Huelga decir que nos encariñamos el uno con el otro, y el día en que se marchaba de Inglaterra me pidió que me casara con él. Y aunque entonces no le di una respuesta definitiva, acabé por hacerlo en el transcurso de nuestra correspondencia.
Lord Moreland dejó escapar un silbido.
—Y ese fue su primer error. No hay que poner nunca nada por escrito.
Ella suspiró.
—De eso no tuvo la culpa Remington. Él nunca utilizó mis palabras contra mí. De hecho, hacia el final, no les concedió ninguna importancia. Yo, en cambio, vivía para sus cartas. De veras. Me hacían feliz, me daban esperanzas, me hacían creer que estaba destinada a tener un matrimonio como el de mis padres. Después él se arruinó, o eso me dijo, y movida por la desesperación se lo conté todo a mi padre con la esperanza de que permitiera que nos casáramos y, de paso, salvara a Remington de la ruina. Mi padre amenazó con desheredarme. No es que a mí me importara. Por Remington habría soportado cualquier penuria. Pero... Remington desapareció sin molestarse siquiera en darme una explicación.

Posó la mano sobre su regazo.

—Y ahora, después de cinco largos años, se presenta aquí y espera que revivamos lo que compartimos antaño —soltó un bufido—. Discúlpeme, pero me dan ganas de vomitar.

Lord Moreland arrugó el entrecejo.

—Todo hombre merece una segunda oportunidad.

—Aquí no se trata de eso.

Él puso los ojos en blanco.

—Qué bobada. En la vida, todo es cuestión de una segunda oportunidad. ¿Quién lo hace todo bien a la primera? ¿O a la segunda, o a la tercera?

Victoria juntó las manos.

—En eso le doy la razón. La vida no es fácil, lo sé por experiencia. Pero hay veces en que, sencillamente, no puede enmendarse un error. Y esta es una de esas veces. Lo poco que quedaba de la Victoria que conoció Remington, él mismo se encargó de destruirlo. Me ofreció una fuente entera llena de cariño, me ofreció mil promesas de las que llegué a depender. Y me había prometido a mí misma no depender del amor, después de ver cómo había destrozado a mi padre. Y cuando estaba de verdad sedienta y necesité paz, se negó a darme una sola gota. Por eso no... —sacudió la cabeza, incapaz de acabar.

Nunca había expresado aquello en voz alta. Y le dolía. Le dolía oír aquellas palabras y saber que había sido todo real. Aunque ya no lo fuera.

Moreland suspiró, se deslizó hacia ella y la rodeó con un brazo, atrayéndola hacia sí con una ternura llena de firmeza que no la hizo sentirse incómoda en lo más mínimo. Victoria se dejó envolver en su calor. De sus ropas se desprendía un dulce y sedante olor a cardamomo.

Moreland alisó su cabello con la mano, como habría hecho un padre, y por fin murmuró:

−Cásese con él.

Victoria se puso rígida y tuvo que hacer un esfuerzo para no agarrarlo por las solapas de la levita.

−¿Que me case con él? ¿Es que no ha...?

−Victoria −la agarró de los hombros−, salta a la vista que Remington sigue enamorado de usted, y hay que saber apreciar una llama que no se extingue. Si está aquí es únicamente porque no ha podido pasar página, y seguirá sufriendo a menos que usted lo perdone y le conceda la paz. Tengo la impresión de que usted siente lo mismo, aunque quizá no se dé cuenta. Permítale enmendar su error. Todo hombre merece otra oportunidad.

Victoria lo miró atónita.

−No se trata de que no pueda darle otra oportunidad. Se trata de que soy incapaz de convertirme en la mujer que él desea. La mujer que siempre ha deseado, pero que yo nunca he podido ser del todo. Una vez intenté serlo y solo obtuve sufrimiento. No pienso volver a pasar por eso otra vez. Remington no es como usted, ni como ningún otro hombre. Él siempre pide la luna y las estrellas, no se conforma con menos, y siempre ha vivido y respirado a través de sus emociones, como un niño incapaz de dominar lo que siente y piensa.

−Saber lo que les separa es lo que acabará por unirlos −Moreland frotó sus brazos cariñosamente−. Lamentándolo mucho, me veo obligado a retirar mi candidatura.

Ella contuvo la respiración.

−No, no, no puede hacer eso, Moreland. Si se retira usted...

−Sí, exacto −la soltó y se levantó. Su enjuto semblante se crispó un momento−. Si una vez se permitió amarlo, Victoria, puede permitirse amarlo de nuevo. Pese a lo que crea.

Victoria levantó las manos y las dejó caer, enojada. De pronto se preguntaba por qué se lo había contado. Era como si le hubiera sonsacado su historia de cabo a rabo con el único fin de enarbolarla contra ella.

Moreland cruzó los brazos.

—Lo amará como lo amó en tiempos, ya lo verá.

¡El muy bribón! ¿Cómo se atrevía a jugar a ser Dios con sus sentimientos?

Se puso en pie y clavó un dedo en el fuerte pecho de Moreland, justo debajo de la corbata y entre los botones del chaleco.

—Intenta usted condenarme al sufrimiento.

—El sufrimiento trae consigo la lucidez.

Lo miró con furia.

—¿Desde cuándo es usted un filósofo?

Moreland chasqueó la lengua.

—Madure, Victoria. La vida no consiste en obtener siempre lo que uno quiere. Y si alguna vez ha pensado lo contrario, es que ha perdido de vista la realidad.

Ella tragó saliva y retrocedió. Le dolió oír aquello. Le dolió de verdad. Porque Moreland tenía razón. Ella nunca había podido lograr lo que deseaba. Y eso era, en efecto, la vida. Eso era la realidad.

—Me debe una disculpa.

Moreland bajó los brazos y respondió con leve ironía:

—No le debo nada.

—Desde luego que sí. Me había prometido que, si le contaba mi historia con Remington, dejaría de lado sus recelos y me permitiría decidir qué hacer. ¡Y ahora va a dejarme en la estacada!

—Yo sé cuándo quedarme y cuándo marcharme —se inclinó hacia ella y le dio unos toquecitos en la nariz–. Y usted, querida mía, tiene que aprender a quedarse, dado que ya domina el arte de huir. Buenas noches —pasó tranquilamente a su lado y se encaminó a la puerta.

Victoria no supo si sentirse impresionada por su perspicacia o si ponerse a gritar de rabia. Él abrió la puerta y se volvió hacia ella. Como si advirtiera su confusión y su dolor, suspiró, se acercó y se detuvo frente a ella.

—Victoria...

Ella levantó la vista y la fijó en sus ojos oscuros. Moreland suavizó la voz:

—Algún día me lo agradecerá.

—No será en esta vida —gruñó ella—. Ojalá se reencarne usted en una mujer, Moreland, y ojalá se vea sometida a las viles pasiones de un hombre como Remington.

Él soltó una risotada, meneó la cabeza y la abrazó, apretándola con fuerza contra su cuerpo.

—Los hombres no lo tenemos más fácil, aunque no lo crea. Hombres, mujeres... Todos sufrimos, solo que sufrimos de distinta manera.

Victoria frunció los labios, sorprendida por aquella inesperada muestra de afecto. Rodeó instintivamente su cintura y lo abrazó. Necesitaba desesperadamente que alguien le asegurara que todo iba a salir bien, que iba a sobreponerse a todo aquello.

La puerta se abrió de golpe, chocó contra la pared, y Moreland la soltó. Victoria sofocó un grito al apartarse.

Remington se irguió en la puerta abierta en el instante en que el reloj de la chimenea empezó a dar la hora. Entornó sus ojos azules como el hielo y flexionó las manos enguantadas.

—Se me ha ocurrido advertirles de mi llegada —dijo en

tono crispado–, ya que estaban los dos tan ocupados que no han notado que había pasado su hora.

El señor Parker apareció detrás de Remington. Victoria se acobardó. Moreland se aclaró la garganta.

–Remington, le aseguro...

–Prefiero no oírlo –miró a Victoria con furia–. Victoria... –dijo con voz ronca, casi jadeante–, quiero hablar con lord Moreland a solas.

¿Y dejar que matara al pobre hombre? ¡Aquello era precisamente lo que ella no quería! Complicaciones sin fin surgidas de la insoportable noción de Remington acerca de lo que era la pasión, esa pasión ciega y arrolladora que no podía dominar y que había convertido su vida en algo impredecible y doloroso.

Puso los brazos en jarras.

–Le sugiero que se refrene, Remington. No es lo que usted piensa.

–No. Yo diría que es mucho peor –entró en la habitación, derecho hacia lord Moreland–. No voy a cedérsela a usted ni a ningún otro hombre.

Moreland miró a Victoria levantando las cejas. Ella vio con sorpresa que le guiñaba un ojo. Luego esbozó una sonrisa burlona, se volvió hacia Remington y dijo tranquilamente:

–Disculpe, pero lady Victoria acaba de prometerme que tendremos diez hijos.

Victoria puso unos ojos como platos. Luego rompió a reír.

Remington se quedó parado. Después se volvió hacia ella y la miró con fijeza.

–¿Le hace gracia mi situación? ¿Es eso?

Ella se irguió y se aclaró la garganta, intentando recuperar la compostura. Pero no sirvió de nada.

—No, yo... —se rio y sacudió la cabeza, sorprendida por seguir riéndose de una cosa tan tonta—. Perdóneme, yo... —siguió riendo y riendo sin poder parar—. Parece que no puedo... —contuvo la respiración y señaló a Moreland—. ¡La culpa la tiene usted!

Un músculo vibró en la mandíbula afeitada de Remington. Asintió a medias con la cabeza, dio media vuelta y salió de la habitación.

La risa de Victoria se extinguió de pronto. Miró a Moreland, exasperada.

—Debería darle vergüenza.

Moreland sonrió despacio y señaló hacia la puerta con el pulgar.

—Le recomiendo que salve su herencia. Convenza a ese necio. No a este.

Ella respiró hondo, asqueada de que todos aquellos hombres intentaran manipularla, y salió de la sala. Al salir al pasillo, vio que Remington torcía hacia la escalera y se perdía de vista. ¿Por qué siempre, siempre tenía que permitir que las emociones gobernaran todos los aspectos de su vida? Y no solo de la suya, sino también de las de quienes lo rodeaban. Era lo que más odiaba de él. Remington no podía dejar que nadie viviera en paz. Ni siquiera él mismo. Y pensar que su seguridad dependía de él... O se casaba con él, o tendría que irse a vivir con Grayson. Santo Dios, su padre la había obligado a elegir entre lo malo y lo peor.

¡Al diablo, no intentaría alcanzarlo corriendo! De todos modos, sería inútil. Haciéndose bocina con las manos, gritó:

—¡Remington! ¡No he terminado con usted!

Su voz resonó en el largo pasillo. Estaba siendo muy grosera, pero Remington se lo tenía merecido. Bajó las manos, levantó la barbilla y esperó a que reapareciera.

Al cabo de un momento, su fornida figura volvió a aparecer en el pasillo. Se quedó parado de cara a ella, mirándola, como esperando a que hablara, pero negándose tercamente a acercarse.

Al ver que no tenía intención de avanzar, Victoria dedujo que no le quedaba más remedio que tomar la iniciativa. Se levantó el bajo de las faldas y recorrió la distancia que los separaba, acompañada por el rítmico repiqueteo de sus tacones. Por fin se paró ante él. Al parecer, el muy sinvergüenza iba a conseguir lo que siempre había querido: a ella.

Remington dio un paso atrás, como si estuvieran demasiado cerca para su gusto.

—No tengo nada más que decir.

—No hay nada más que decir.

Jonathan se inclinó hacia ella y añadió entre dientes:

—Busca de veras prolongar mi sufrimiento, ¿no es eso? Maldita sea, Victoria. Maldita sea por obligarme siempre a arrastrarme a sus pies. No he hecho otra cosa desde que nos conocimos.

Tenía verdadero talento para la interpretación.

—Esto no tiene nada que ver con que se arrastre a mis pies. En estos momentos, representa usted una herencia de la que no estoy dispuesta a prescindir.

Él se quedó mirándola fijamente.

—Se me ocurre una palabra que define muy bien a mujeres como usted.

Como si pudiera hacerle más daño aún...

—Acabemos con esto de una vez. ¿Quiere casarse conmigo? Muy bien. Así sea, usted gana. Yo pierdo. Bla, bla, bla —metió la mano en el bolsillo de su corpiño y sacó su anillo. Resbaló entre sus dedos y tintineó al caer al suelo.

Victoria levantó un dedo y corrió a recogerlo. Lo agarró, se incorporó y, soltando un soplido, se preparó para lo inevitable. Volviéndose hacia Remington, que seguía mirándola en silencio, agarró su mano enguantada y le puso el anillo en la palma. Luego le tendió su mano y lo miró con descaro a los ojos mientras rezaba para que no fuera necesario decir nada más. Porque en ese instante no sabía qué más decir. Era consciente de que se estaba comprometiendo a casarse con él, pero eso no significaba que fuera a entregarse a él por entero.

Esta vez, las cosas serían muy distintas. Esta vez, no iba a entregarle su corazón, su mente, su alma y su vida entera. No, nada de eso. Esta vez, sería ella quien marcara las normas. Y se aseguraría de no volver a sufrir.

Escándalo 9

La forma en que un caballero pide en matrimonio a una dama es un hondo reflejo de la clase de marido que cabe esperar que sea. Si no hay flores y el caballero no pone esfuerzo alguno en su proposición de matrimonio, la dama no debe esperar ni flores ni esfuerzo alguno en el transcurso de su matrimonio. Es así de sencillo.

Cómo evitar un escándalo
Anónimo

Jonathan abrió el puño, dejando al descubierto el anillo que Victoria le había puesto en la palma, y miró la mano que ella le tendía. No era ningún tonto. Un momento antes había visto a Victoria en brazos de lord Moreland, con la mejilla apoyada contra su pecho.

–Parece usted confundida respecto a la cantidad de hombres que puede haber en su vida.

–Lord Moreland y yo somos amigos. Eso siempre ha sido así.

–¿Amigos? Entonces ¿qué somos nosotros?

–Novios, dado que me veo obligada a cumplir el deber que me ha impuesto mi padre. Ahora le ruego que vuelva a ponerme en el dedo el anillo de su madre. Es mío y la única cosa de valor que me ha regalado –acercó la mano a él.

Jonathan se sintió mareado.

–¿Me elige a mí?

–Sí. Pero quiero que conste que mi decisión no tiene nada que ver con el amor. Esa emoción desapareció hace mucho tiempo y le aseguro que no volverá. El nuestro será un matrimonio de simple conveniencia en el que yo marcaré todas las normas.

Él bajó la barbilla.

–Yo nunca hago nada por simple conveniencia, ni me ciño a las normas de otros.

–No pienso enzarzarme con usted en otra de sus patéticas discusiones acerca de lo que desea y lo que no. En este mundo habitan otras personas aparte de usted, Remington –sacudió la mano–. Ahora, acabemos de una vez. Estoy cansada y quiero irme a casa.

Su indiferencia lo dejó perplejo. No quería serle indiferente. Era como si Victoria hubiera matado de verdad la poca ternura de la que aún era capaz.

Aunque... iba a darle una oportunidad. Y eso valía algo, ¿no? Sí. Sí, claro que sí.

Agarró su mano suave, se la llevó a los labios y besó su piel, deseando hacerle entender que el desdén nacido del orgullo jamás triunfaría sobre la ternura y el amor que él podía darle. Con los ojos cerrados, aspiró suavemente su delicioso aroma a jabón y siguió besando su mano, ansioso por creer que, con el tiempo, ella aprendería a amarlo de nuevo como antaño. Sabía, sin embargo, que antes de ganarse su amor debía ganarse su confianza contándoselo todo.

Abrió los ojos e hincó una rodilla en el suelo sin soltar su mano. Levantó el anillo de su madre agarrándolo con las puntas de los dedos.

—Siempre será tuyo. Sea lo que sea de nosotros.

Victoria lo miró con frialdad, demostrándole tan poca emoción como un cadáver.

Jonathan apretó los dientes intentando dominar sus remordimientos, su amargura y su dolor. Se le encogía el corazón al pensar que la Victoria a la que él había conocido y amado se hubiera convertido en aquel ser frío y desapasionado. La había dejado abandonada demasiado tiempo. Solo confiaba en poder corregir su error.

Bajó la mirada y se concentró en ponerle el anillo en el dedo del medio, el dedo que, según una superstición veneciana, llevaba derecho al corazón. El anillo se deslizó sin esfuerzo, como si aquel fuera desde siempre su sitio.

Jonathan rozó la piedra con los labios y, en recuerdo de su madre, que había insistido en que llevara siempre el anillo en el bolsillo hasta que encontrara una mujer digna de llevarlo, le susurró:

—He encontrado a la mujer con la que deseo casarme. Dame tu bendición, madre, y que nada se interponga entre nosotros. Ni siquiera lo que estoy a punto de decirle para arrojar luz sobre los secretos que nos han separado todo este tiempo.

Todavía de rodillas, miró a Victoria, apretó su mano suave y confió en que ella lo entendiera por fin y lo perdonara por haberla abandonado todos aquellos años. Y no le importaba si el señor Parker, lord Moreland o el mundo entero presenciaban su confesión. Lo único que quería era revelarle a Victoria quién era en realidad y en qué se había convertido.

—Victoria —comenzó a decir en voz baja y ronca—,

hace cinco años empecé a servir como *cavalier servente* a cambio de saldar todas mis deudas. Acudió a mí una viuda veneciana que estaba a punto de casarse con un poderoso noble, el cual había accedido a que su nueva esposa tomara un *cicisbeo*. Yo debía cien mil liras, correría peligro de acabar en prisión a causa de mis deudas y estaba tan desesperado que habría accedido a cualquier cosa. Firmé un contrato de cinco años que me ligaba a ellos en calidad de sirviente.

Incapaz de mirarla a los ojos, fijó la mirada en su mano. Victoria lo miraba intensamente. Ya no parecía tan distinta.

Jonathan procuró infundir fuerza a su voz:

—Cuando llevaba varios meses sirviendo en la casa, la *marchesa* comenzó a encariñarse conmigo. A encariñarse en exceso. Cornelia y mi madrastra me daban las gracias por suntuosos regalos que yo no les mandaba, y al poco tiempo la *marchesa* me pidió que cenara con ella cada vez que su marido tuviera otros compromisos. Con el tiempo, me hizo cambiar la librea que llevaba por ropas lujosas. En aquel momento pensé que todo aquello no eran más que muestras de respeto debidas a mi origen noble, pues ella nunca dio muestras de sentir por mí un interés amoroso. Hasta que una noche mandó trasladar mis pertenencias de los aposentos del servicio a la habitación que comunicaba con su alcoba.

Movió la mandíbula y luchó por mantener una voz firme:

—Le dije sin ambages que por nada del mundo me degradaría de una manera tan vil. Le informé de que, tan pronto su marido regresara de viaje, haría cuanto estuviera en mi mano por abandonar su servicio. Cumplí mi palabra. Al regresar su marido, le presenté mi renuncia y le pedí que todas mis deudas fueran puestas de nuevo a mi nombre. Por respeto a su matrimonio no le di explicación alguna, me limité pedirle disculpas. El *marchese* de Casacalenda se indignó y...

Victoria sofocó un gemido de sorpresa y apretó su mano.

—¿El *marchese* de Casacalenda? ¿El que violó a la hija del comerciante?

Jonathan extrajo fuerzas del apretón de su mano. No le sorprendió lo más mínimo que Victoria hubiera oído hablar del marqués, cuyo nombre se había hecho famoso hacía poco más de un año, después de que forzara a la hija de un comerciante británico.

—Sí. Deduzco que has oído hablar de él.

—Los periódicos de Londres no hablaban de otra cosa. Hasta mi padre, que todavía estaba bien, se indignó cuando el gobierno austriaco de Venecia se limitó a ponerle una multa de mil libras y lo dejó marchar, después de lo que le había hecho a esa pobre chica. Apenas tenía quince años.

—Sí. El gobierno austriaco suele hacer la vista gorda cuando los delitos los cometen hombres tan poderosos como el *marchese*.

Victoria se inclinó hacia él y sacudió la cabeza.

—¿Y qué ocurrió? No seguiste a su servicio, ¿verdad?

—Sí. Seguí a su servicio. Cinco años completos.

—¡Remington! ¿Cómo pudiste? ¿Cómo pudiste aceptar su dinero y...?

—Permíteme acabar, Victoria —dijo entre dientes, alterado por la emoción—. En aquel momento yo ignoraba la clase de hombre que era el marqués. No lo averigüé hasta que intenté dejar su casa. Tras rechazar el dinero que me arrojó a la cara, sacó una pistola y me la puso en la cabeza. Declaró que su esposa deseaba muy pocas cosas en la vida y que era mi deber, como su *cicisbeo*, satisfacer esos deseos.

—Dios mío —musitó Victoria.

Jonathan tragó saliva al acordarse de cómo se le había clavado el cañón de la pistola en la sien.

—Me aseguró que, si intentaba marcharme antes de que expirara mi contrato, Cornelia y mi madrastra acabarían en el fondo del mar Adriático. Fue entonces cuando corté todo contacto contigo, por miedo a que descubriera nuestra relación y te utilizara contra mí. Así que... me quedé. ¿Qué eran mi sentido del honor y mi orgullo, comparados con la vida de las personas a las que más amaba? No tenía medios económicos para protegerlas, ni para sacarlas de Venecia y...

Victoria le tapó la boca con la otra mano para hacerlo callar. Jonathan se tensó y levantó la vista. Ella lo miró con los ojos arrasados en lágrimas. Él la contempló asombrado, incapaz de creer que por fin hubiera roto el muro de piedra del que se había revestido. Aquello le hizo concebir la esperanza de que la Victoria a la que había conocido y amado siguiera enterrada dentro de aquel espíritu, esperando a ser rescatada.

Igual que él.

Victoria sollozó mientras las lágrimas corrían por sus mejillas. Apartó los dedos temblorosos de sus labios y le apretó la mano.

—Levántate. No hace falta que sigas. Levántate. Te perdono.

Jonathan contuvo la respiración. ¿Le... le perdonaba? ¿Ya? ¿Cuando él no se había perdonado a sí mismo por su estupidez? La agarró de los brazos y la hizo ponerse de rodillas en el pasillo. No tenía fuerzas para levantarse.

—¿Me perdonas? —preguntó ansiosamente mientras escudriñaba su cara.

Victoria suspiró y asintió con la cabeza, pero no se atrevió a mirarlo.

—He aprendido mucho desde la última vez que te vi. He aprendido que a veces debemos renunciar a nuestros anhelos y a nuestros principios para sobrevivir. Tú intentaste sobrevivir lo mejor que pudiste y yo he hecho lo mismo. Levanta otra vez la cabeza, Remington, y no temas, porque no te juzgo por lo que hiciste.

Jonathan intentó tragar saliva, pero tenía un nudo en la garganta. Sintió que le quitaban un enorme peso de los hombros. Un peso del que no había sido capaz de liberarse en todos esos años.

Lleno de renovada energía, rodeó su cintura con un brazo y se levantó, tirando de ella. La atrajo hacia sí y la apretó contra su cuerpo, deseoso de recordar aquel instante para el resto de su vida.

Juró por su alma que nada volvería a interponerse entre ellos. Nunca.

Victoria levantó la cara hacia él.

—Esto no cambia nada entre nosotros. Debes entender que no me queda nada que darte.

Un sentimiento de decepción se apoderó de Jonathan, a pesar de que creía empezar a entenderla. La apretó con más fuerzas, hundiendo los dedos en su carne.

—Te engañas si crees que no queda nada dentro de ti. Me ofreces el perdón, y para eso hace falta una fortaleza que muy pocos poseen.

Alguien carraspeó. Dos veces.

Jonathan levantó la mirada mientras estrechaba a Victoria entre sus brazos. Ella intentó desasirse, pero él la apretó con más fuerza, haciéndola proferir un gemido.

Grayson se rebulló, cambiando el peso del cuerpo de un pie a otro, y se ajustó la levita mientras miraba avergonzado a lord Moreland, al señor Parker y a sir Thorbert, que esperaban en el pasillo, a pocos pasos de allí.

Jonathan ni siquiera quería saber cuánto tiempo llevaban allí. Ya no le quedaba ningún orgullo. Tragó saliva, soltó a Victoria y se apartó.

Lord Moreland puso las manos a la espalda y sonrió.

—Buenas noches —saludó a todo el mundo con una inclinación de cabeza y se alejó hacia la escalera.

Victoria tocó el brazo de Jonathan.

—Se ha retirado. Por deferencia hacia ti.

Jonathan la miró con perplejidad y, aunque intentó evitarlo, sintió una punzada de desilusión. Por eso lo había escogido ella, no porque quisiera darle otra oportunidad, sino porque no le había quedado otro remedio. Su herencia dependía de ello. Tal y como le había dicho.

Asintió, intentando que su voz no denotara lo que sentía en ese momento.

—Supongo que debería darle las gracias —sin mirarla, echó a andar hacia la escalera—. ¿Lord Moreland? —dijo alzando la voz.

El hombre se detuvo junto a la escalera y se volvió hacia él con expresión de sorpresa.

—¿Sí?

Jonathan carraspeó y se acercó apresuradamente. Al detenerse ante él, le tendió la mano.

—Quisiera disculparme por mi conducta de antes. Ignoraba que se había retirado. ¿Puedo preguntarle por qué?

Lord Moreland le estrechó la mano.

—¿Tiene que haber una razón? Las cosas son así.

Buenas noches –soltó su mano, bajó las escaleras y se perdió de vista.

Algunos hombres, como lord Moreland, nacían con cualidades admirables que les salvaban de caer en la locura. Otros, en cambio, como él mismo, nacían con flaquezas que los abocaban a la esclavitud en nombre del amor ciego.

Exhaló un suspiro rebosante de cansancio y se apartó de la barandilla. Regresó hacia el pequeño grupo reunido cerca de la escalera.

–¿Es ya medianoche?

–Todavía no –respondió el señor Parker mientras sacaba su reloj de bolsillo. Le echó un vistazo y se encogió de hombros–. Pero todo ha salido como se esperaba. El conde confiaba en que lady Victoria se decantara por usted.

Jonathan sintió deseos de ponerse a gritar. Victoria no se había decantado por él. Se había visto obligada a aceptarlo. Y no podía evitar sentirse traicionado. Esperaba algo más de ella, no aquello.

Se detuvo junto a Grayson y lo miró fijamente.

–Necesito pasar un rato a solas con Victoria. Tenemos que hablar de muchas cosas. ¿Puedo acompañarla a su casa o es demasiado pedir por mi parte que vaya sin carabina?

Grayson se giró hacia ella y soltó un soplido.

–A partir de esta noche, ella misma es su carabina. Adelante, llévala. Y usad el carruaje en el que he llegado. Después de que la acompañes a casa, si te apetece, habrá una copa de coñac esperándote aquí.

–Me va a hacer falta más de una.

–Sí. A mí también –Grayson se volvió hacia ella y abrió los brazos de par en par–. ¿Quién es tu primo favorito? ¿El que cuida de que se cumplan todos tus deseos y se satisfagan todas tus necesidades?

Victoria bajó la barbilla.

–Grayson, dudo que seas capaz de entender los deseos o las necesidades de cualquier mujer, cuanto más los míos.

Grayson bajó las manos y resopló.

–Nunca he conocido un ser más ingrato y cruel.

Jonathan sonrió y se mordió la lengua para no darle la razón.

Sir Thorbert se alisó las guías del bigote gris y suspiró.

–Que mi hermano descanse en paz cuando llegue su hora. Todo está como debe.

–Amén –el señor Parker se guardó el reloj en el bolsillo y juntó las manos–. Lord Remington, mañana por la mañana a las diez en punto ha de solicitar una licencia especial al arzobispo. Lo estará esperando. Se ha previsto una semana de plazo por si surgiera alguna complicación a la hora de obtener dicha licencia. En cuanto esté aprobada la licencia matrimonial, procederemos con una ceremonia informal en presencia del conde, como era su deseo. Aun así, habrán de registrar el matrimonio en una parroquia.

Jonathan se aclaró la garganta.

–Me aseguraré de ello. ¿Algo más?

El abogado sacudió su calva cabeza.

–No. Lo demás queda de mi cuenta.

Jonathan asintió.

–Le doy las gracias.

Ahora lo único que tenía que hacer era sobrevivir el resto de su vida casado con una mujer que no quería estar casada con él.

Escándalo 10

Tan pronto se promete en matrimonio, una dama ha de conducirse aún con mayor dignidad y discreción que antes. Sobre todo ha de huir de las habladurías. Porque aunque el noviazgo ofrece la posibilidad de un enlace futuro, nunca hay nada garantizado. De ahí que convenga cerciorarse de que no hay ningún motivo que pueda exponerla a una al peligro de la ruptura.

Cómo evitar un escándalo
Anónimo

Jonathan respiró hondo para calmarse. Un humo áspero y cargado de carbonilla impregnaba el aire fresco de la noche.

Oyó a su espalda pasos que se acercaban y se obligó a exhalar el aire que había tomado. Se volvió hacia Victoria, que se acercó a él apresuradamente. A cada paso que daba, sus zapatitos de raso blanco asomaban por debajo de su falda verde. Maldita fuera por estar siempre tan guapa, por hacer que se le aflojaran las piernas y que le diera vueltas la cabeza. Señaló hacia la portezuela abierta del carruaje negro de Grayson.

—¿Dónde vamos?
—Al veintiocho de Park Lane —se ciñó el chal alrededor de los hombros con las manos desnudas. No había recogido los guantes que Jonathan le había quitado poco antes—. Por el camino más largo posible —añadió—. Tú y yo tenemos muchas cosas que discutir antes de que pidas esa licencia.

Él levantó la ceja izquierda. Victoria estaba a punto de meterse en un lío.

La tomó de la mano para ayudarla a subir los escalones, pero ella se detuvo antes de entrar en el carruaje y escudriñó su cara.

—Odio reconocerlo, pero sigues siendo muy guapo.

Jonathan bajó la cabeza. De pronto se sentía como si ella fuera el libertino y él la doncella.

—Si sigues hablando así, traerás el diablo a tu puerta. Procura no ponerlo demasiado nervioso.

Victoria se inclinó hacia él.

—No era más que una simple observación sin intenciones amorosas. Hacía cinco años que no te veía.

Él apretó su mano mientras aquellos ojos verdes traspasaban su alma y no pudo evitar que el placer lo embargara al sentir de nuevo el olor a lavanda que despedía su piel.

—Reconócelo. El capitán Ojos Azules ha capturado a la esquiva sirena y ha conseguido llevarla por fin a la orilla.

Una sonrisa burlona se dibujó en los labios de Victoria, como si fuera más bien al contrario.

—Por más que un lobo aúlle a la luna prometiéndole amor eterno, la luna no bajará del cielo. La luna sabe cuál es su sitio, Remington. ¿Sabes tú cuál es el tuyo?

Bueno, al menos seguían siendo capaces de enzarzarse en una conversación ingeniosa.

Victoria se echó hacia atrás y su perfume se disipó. Soltando la mano de Jonathan, agachó la cabeza y fue a sentarse en uno de los asientos de dentro.

Jonathan se alisó la corbata con las puntas de los dedos. Sentía un extraño calor a pesar de que la noche era fresca.

Una hora no iba a ser suficiente. Necesitaba más tiempo para hurgar en la cabeza de Victoria y comprender a qué demonios se enfrentaba.

Inclinándose hacia el joven lacayo que mantenía la puerta abierta, le dijo:

—Al veintiocho de Park Lane. Debemos tardar dos horas en recorrer el trayecto. Ni más, ni menos.

El lacayo asintió con la cabeza.

—Sí, milord.

Jonathan saltó al carruaje y se acomodó frente a Victoria. Recostándose en el asiento, exhaló un profundo suspiro y posó las manos enguantadas sobre las rodillas.

—¿Dos horas? —preguntó ella con sorna.

—¿Qué ocurre? ¿Acaso necesitas más tiempo? Puedo ofrecerte el resto de la noche, si quieres. Solo tienes que pedirlo.

Ella desvió la mirada y no dijo nada.

Jonathan sonrió y cambió de postura mientras el lacayo plegaba los escalones y cerraba la puerta. Ya nada le impedía besar y tocar a Victoria. Nada, excepto su propio orgullo. Clavó las uñas en las rodillas para distraerse y olvidar el impulso de agarrarla y demostrarle que, desde la última vez que se habían visto, se había vuelto mucho más diestro en el arte del amor.

El carruaje se puso en marcha meciéndolos con su traqueteo. La luz tenue de los farolillos del coche alumbraba el pequeño espacio acolchado que los envolvía.

Victoria sonrió y dio unas palmaditas en el asiento, a su lado.

—Ven. Hay un par de cosas de las que tenemos que hablar.

Jonathan la miró con fijeza. Estaba siendo extrañamente cordial, lo que significaba que quería algo de él. Y dudaba que fuera lo mismo que quería él.

—Prefiero quedarme aquí. Así será más fácil que no se compliquen las cosas.

Ella puso los ojos en blanco.

—Ya no tengo diecisiete años.

—No he dado a entender que los tengas.

—Pues tú podrías tenerlos por cómo hablas —suspiró y lo miró fijamente mientras jugueteaba con los extremos del chal, recogidos sobre su regazo—. No creo que ninguno de los dos vaya a sobrevivir a esto. Tú estarías eternamente enarbolando la espada, esperando a que me rinda, y yo me resistiría eternamente. No tendría fin. Así que necesito saberlo. Si nos casamos, ¿aceptarás que vivamos separados, en casas distintas?

Jonathan contuvo la respiración. Fue como si le arrancara el corazón y a continuación se pusiera a bailar con una botella de champán para celebrarlo.

—Puede que para ti no signifique nada estar casada, bella, pero para mí lo es todo. Sean cuales sean tus motivos para aceptar este matrimonio, te aseguro que no permitiré que vivamos separados. Pienso ser un marido devoto y espero que tú seas una esposa devota.

—¿No esperarás atarme a un matrimonio al que me he visto obligada por cumplir mi deber como hija?

—Bienvenida a la realidad. Así son las cosas si eres una mujer. Aunque seguramente debería decir que no pienso atarte a nada. Si tienes alguna objeción, y está claro que la tienes, te sugiero que abordes la cuestión de manera más pragmática. Es decir, que no nos casemos.

Victoria negó con la cabeza.

—No. Eso equivaldría a renunciar a lo que me pertenece por derecho.

Él soltó un bufido.

—Te ruego que dejes de imponerme tu patética noción del matrimonio.

—Regalarte mi fortuna junto con la libertad de hacer lo que te plazca el resto de tu vida no me parece ni patético, ni una imposición. A decir verdad, me parece muy generoso.

—¿Generoso? —se rebulló él en el asiento, cada vez más alterado.

¿Por qué todo el mundo parecía pensar que lo único que necesitaba para vivir era dinero? Resultaba degradante.

—Tengo dinero propio, Victoria. Más que suficiente para vivir con comodidad. Dicho esto, aunque estuviera sin blanca jamás me casaría por dinero. Ya he hecho el papel de fulana y no pienso repetir. Ni siquiera por ti. Quiero tener una relación de pareja. Quiero recuperar lo que una vez compartimos y no pienso aceptar otra cosa.

Victoria lo señaló con exasperación.

—No puedes aparecer por las buenas y hacer como si no hubieran pasado cinco años. Estoy demasiado desengañada para entablar una relación como la que buscas.

—Una relación amorosa puede curar las heridas. ¿No quieres curarte? ¿No quieres ser amada?

—No sé nada del amor. Y está claro que tú tampoco si insistes en imponérmelo —se quedó callada un rato, con el rostro crispado—. Entonces, ¿no estás dispuesto a aceptar la posibilidad de una separación?

Jonathan señaló su propia cara.

—¿Te parezco dispuesto a aceptarla? ¿Te lo parezco? Disculpa, pero da la impresión de que tú me necesitas mucho más que yo a ti. Porque yo no necesito casarme para asegurar mi herencia. Tú, en cambio, me necesitas para asegurar la tuya. Así que, si vamos a hacer esto, lo haremos a mi manera, no a la tuya. A mi manera. Es decir, sin separación. Viviremos juntos, como marido y mujer. ¿Necesitas que te lo repita?

Victoria refunfuñó algo en voz baja, como si fuera un ultraje que le expusieran su propia situación.

—No me imagino soportando esta tensión contigo día tras día el resto de mi vida. Prefiero perderlo todo y vivir con Grayson.

Jonathan cerró los puños y los clavó en el asiento.

—Ignoraba que me detestaras hasta el punto de estar dispuesta a arrojar cien mil libras por la borda.

—Mejor esas cien mil libras que mi cordura.

Jonathan la miró con los ojos entornados, intentando entenderla mejor.

—¿Por qué no quieres darme la oportunidad de redimirme? ¿Me crees incapaz de hacerte feliz? ¿Es eso?

Victoria lo observó con una calma mortífera que se reflejó en su tono de voz:

—Sí, en efecto. Y no lo digo por ofenderte, porque no me cabe la menor duda de que podrías hacer muy felices a otras mujeres.

—No quiero a otras mujeres —le espetó—. Solo quiero a una. A la única a la que he querido siempre. Pero al parecer pesa sobre mí una maldición y esa mujer escapa continuamente de mi alcance. ¿Por qué? Contéstame a eso. ¿Por qué escapas siempre de mi alcance, incluso aunque estés sentada delante de mí?

Ella suspiró como una madre a punto de lanzarle un sermón a su hijo.

—Te diré por qué. Porque nunca has querido reconocer que no nos parecemos lo más mínimo. Nunca. Por amor de Dios, tú te hincas de rodillas cuando hablas y quieres que todo el mundo haga lo mismo. ¿Has pensado alguna vez que quizá no todo gira en torno a ti? Perdóname, pero no voy a guiar mi vida por tu idea de lo que es la pasión. Ya lo intenté una vez y estuvo a punto de destruirme. No pienso volver a hacerlo.

Jonathan entornó los párpados. Así pues, Victoria quería librar una guerra contra sus pasiones, ¿no era eso? Pues que así fuera. Él libraría su propia guerra y al final lo conquistaría todo, hasta el último pedazo de su corazón. Un corazón que, obviamente, había olvidado para qué servía. Porque una vida sin amor y sin pasión era una vida sin aliento.

—Entonces, ¿solo te casarás conmigo si acepto que llevemos vidas separadas? ¿Es eso lo que pretendes decirme?

—Sí.

—¿Y no tiene nada que ver con el hecho de que me desprecies?

—Claro que no. Yo no podría despreciarte de veras, Remington. Siempre abrigaré por ti cierto cariño. Siempre.

¿Cierto cariño? Santo cielo, aquello era la puntilla para su relación.

—Así que ¿no te casarás conmigo bajo ninguna otra circunstancia?

—No.

Había soportado cosas peores.

Asintió con la cabeza, aceptando de lleno aquella

guerra amorosa que Victoria había declarado entre ellos. Iba a convencerla de que se equivocaba. Iba a convencerla de que estaban hechos el uno para el otro y, al final, sería ella quien caería de rodillas, no él.

–Muy bien. Me casaré contigo y aceptaré la separación que propones.

Ella se irguió, moviéndose hacia él.

–¿De veras?

–Sí, aunque con dos condiciones. ¿Estás dispuesta a aceptarlas o pierdo el tiempo?

–Cumpliré tus condiciones y me aseguraré de que recibas la mitad de las rentas. Nunca volverá a faltarte nada.

–Si lo que dices es cierto, puedes entregarte a mí ahora mismo. Porque tú eres lo único que me interesa de todo esto.

–Remington, por favor, aprende a respetar lo que siento y lo que pienso. No puedes obligar a alguien a quererte solo porque lo desees.

Él se encogió de hombros, consciente de que tenía razón.

–Respeto lo que piensas y lo que sientes, Victoria, pero eso no significa que tenga que aceptarlo.

Ella exhaló un suspiro.

–¿Cuáles son esas condiciones? ¿Vas a decírmelas o tengo que adivinarlas?

Poco sospechaba ella que, al aceptar sus condiciones, estaba aceptando entregarse a él. Jonathan contestó con parsimonia:

–Una: tan pronto nos casemos, viajarás conmigo a Venecia. Dos: una vez allí, te quedarás a mi lado y harás el papel de devota esposa durante un mes. Cuando acabe ese plazo, si todavía deseas que vivamos separados, yo permaneceré en Venecia y tú podrás volver a Londres. Lo haremos así y no habrá más contactos entre nosotros. ¿Alguna pregunta?

Ella pestañeó varias veces. Luego susurró con voz ronca:

—No puedes esperar que me marche. Viajar a Venecia, aunque sea en un vapor privado, nos llevará al menos dos semanas. Puede que mi padre haya muerto a mi regreso.

Él se recostó en el asiento.

—Victoria, para que esto sea justo los dos vamos a tener que hacer sacrificios. Yo estaría destruyendo cualquier oportunidad de tener esposa si me casara contigo y luego aceptara una separación. Y además te estaría sacrificando contra mi voluntad. ¿Qué piensas sacrificar tú? ¿Dinero? Eso no es un sacrificio. Es una donación. Tu padre te ha tenido a su lado veintidós años. Yo solo te estoy pidiendo un mes de tu vida.

Ella lo miró con los ojos abiertos de par en par.

—¿Y si mi padre muere mientras estoy fuera? ¿Qué ocurrirá entonces?

—No te pediría que te apartaras de su lado si creyera que está en su lecho de muerte, Victoria. He visitado varias veces a tu padre y he hablado largo y tendido con sus médicos. Me han asegurado que, a pesar de su estado mental, físicamente todavía está muy fuerte y durará al menos otros seis meses. Por eso solo te estoy pidiendo un mes. Por lo que me han dicho, tu padre ni siquiera sabe que existes y por tanto puedes ausentarte sin que ello lo afecte ni física ni anímicamente.

Victoria achicó la mirada.

—El Remington que yo conocía jamás me habría pedido una cosa así.

—Lamentablemente, el Remington que tú conociste murió hecho pedazos en Venecia —estar al servicio de los Casacalenda se había asegurado de ello, pero lo bueno era que, a diferencia del Jonathan de antes, que se resignaba siempre a perder en nombre de la justicia, el nuevo Jonathan no aceptaba la derrota. Ya había encajado suficientes humillaciones.

Victoria meneó lentamente la cabeza.

—Solo puedo llorar por el Remington al que amé una vez.

Él chasqueó la lengua.

—Antes de que llores demasiado, debo decir que la Victoria a la que yo amé también parece haberse esfumado. Ella poseía una compasión y una tolerancia que tú no tienes en absoluto. Así que en eso estamos empatados.

Victoria lo miró con odio y sacudió la cabeza de un lado a otro, crispando el rostro como si sufriera en silencio. Pero Jonathan no quiso dejarse vencer por la mala conciencia. No, cuando se trataba de renunciar a la única cosa que había deseado: la felicidad de ambos.

—Te doy hasta el final del trayecto para decidir qué es lo que quieres. Como sabes, se me ha ordenado que solicite la licencia al arzobispo mañana por la mañana, a las diez. No tengo intención de hacerlo si antes no nos ponemos de acuerdo y por tanto pienso quedarme aquí sentado, sin decir nada, hasta que me digas qué he de hacer.

Guardaron ambos silencio.

Cada minuto que pasaba entre el balanceo del carruaje era como una punzada en el corazón de Jonathan. Ignoraba cuánto tiempo había pasado, pero sabía que preferiría rebanarse el cuello a tener que volver a pasar por todo aquello.

Victoria cerró los ojos y asintió con desgana. Su semblante pareció suavizarse. Pasado un rato, abrió los ojos. Recostándose en el asiento, dijo con voz ahogada:
—Acepto.
Jonathan escudriñó su cara, perplejo.
—¿Aceptas?
—Sí, acepto —asintió solemnemente—. Me aseguraré de que mi padre contrate un vapor privado para que el viaje sea lo más rápido posible. Todos los gastos correrán por cuenta de mi padre. Pasado ese mes, regresaré a Londres y no volveremos a mantener contacto, salvo para lo relacionado con la administración de la herencia. Me cercioraré de que recibas la mitad. ¿Estamos de acuerdo?
—Sí —él levantó una ceja inquisitivamente—. ¿Y cómo vamos a consumar nuestro matrimonio? No será legal a menos que lo hagamos.
Ella levantó los ojos al cielo.
—No me he olvidado de ese punto. ¿Puedo preguntar qué piensas hacer si me dejas encinta? ¿O acaso es esa tu intención?
Él movió la mandíbula. ¿Y si no podía convencerla de que debía quedarse a su lado y tampoco conseguía dejarla encinta? ¿Qué pasaría entonces?
—Criaré a nuestro hijo en Venecia.
Victoria sacudió la cabeza.
—No. Debes asegurarte de no dejarme embarazada. Me niego a separar a un niño de cualquiera de sus padres. Sería una crueldad.
Así pues, no era tan desalmada como parecía. Su Victoria seguía enterrada allí, en alguna parte.
—Me aseguraré de que mi simiente no toque tu vientre. ¿Satisfecha?

Ella desvió la mirada y asintió con un gesto.
—Bien. Entonces, ¿viajarás conmigo a Venecia?
Victoria suspiró.
—Sí.
Al final de aquel mes, sería suya. Toda suya.
Jonathan sonrió y dio unas palmaditas en el asiento, a su lado, mientras se preguntaba si dejaría que la besara.
—Ahora que somos amigos, ven aquí.
Ella se quedó mirándolo.
—Preferiría no hacerlo.
—Te pido que sellemos nuestro acuerdo con un beso.
Victoria contuvo la respiración.
—Yo... No.
—¿Por qué no?
—Prefiero que no nos toquemos hasta después de casarnos.
—Cobarde —Jonathan recorrió con la mirada sus labios carnosos y la pálida y suave curva de su cuello, hasta posarla sobre sus pechos turgentes. Se excitó al pensar que ya no era una fantasía, sino, al fin, una realidad—. ¿Por qué tienes que ser tan condenadamente bonita? ¿Hmm?
Victoria se ciñó el chal como si de ese modo pudiera defenderse de su asalto.
—No digas esas cosas ni me mires así.
Jonathan sonrió, burlón.
—No puedes decirme qué decir o qué hacer, Victoria. Aunque tal vez te irrite, no puedes controlarme. Y eso es precisamente lo que te intimida de mí, ¿me equivoco? Tu incapacidad para controlarme y controlar mis presuntas pasiones.
—Me importa un comino que seas incapaz de contro-

larte en mi presencia. Eso es problema tuyo, no mío. Y pese a lo que creas, no me intimidas lo más mínimo.
—Claro que sí.
—No, nada de eso.
—¿No?
—No.
Él levantó tranquilamente un dedo, preparándose para hacerle una demostración. Carraspeó, dio unas palmaditas entusiastas en el asiento del carruaje y sonrió.
—Ven aquí, queridísima Victoria. Quiero que me rodees con tus brazos y me beses como me besaste aquella noche. ¿Lo harás, por favor?
Ella bajó la mirada y comenzó a juguetear con la tela de su vestido.
—Ya basta.
Jonathan la señaló con el dedo.
—¿Lo ves? Todo en mí te intimida. Hasta un simple beso.
Victoria levantó la barbilla.
—Soy una dama.
—Sé muy bien lo que eres, y no es esa la razón de que me rechaces. Me rechazas porque represento justamente aquello que quieres evitar: las emociones. Pero te prometo que a partir de esta misma noche, y durante todos los días que me has concedido, te haré disfrutar de la emoción a cada paso. Disfrutarás de cada beso, de cada palabra, de cada caricia y de cada hora que pasemos haciendo el amor. Descuida, bella: pasada una semana, te encantará lo que te ofrezco. Y pasadas tres, no solo te encantará, sino que te sentirás incapaz de vivir sin mí. Y pasadas esas cuatro semanas, no volverás a marcharte de mi lado y todo esto te parecerá un sueño.
Victoria lo miró altivamente.

—Necesitarías una buena lección de humildad. ¿Crees que lo único que hace falta para que te quiera es que me hagas arrumacos, que me beses, que me toques y me lleves a la cama? —soltó una risa forzada—. Adelante, dime cuánto me amas, y luego agárrame, bésame y llévame a la cama si esto te contenta. Pero que conste que lo soportaré todo mientras cuento en voz alta los días que faltan para que pase ese mes.

¡Cuánto habría deseado Jonathan no ser un caballero!

—Debes de estar dispuesta a que te abrace, a que te bese y te lleve a la cama, Victoria. De lo contrario, no me interesa lo más mínimo hacerlo.

La mirada de Victoria se afiló.

—Entonces supongo que este matrimonio no se consumará nunca.

Jonathan bajó la cabeza.

—No me sorprende tu resistencia, dado que tú y yo sabemos que, si te rindieras físicamente, con el tiempo también me rendirías tus emociones. Por eso yo llevo las de ganar y tú las de perder. Porque, a diferencia de los hombres, las mujeres carecéis de la capacidad de separar el sentimiento de lo puramente físico.

Ella se irguió, visiblemente indignada.

—Hablas como si representara a todas las mujeres que has conocido.

Jonathan chasqueó la lengua.

—Se te ve el orgullo, bella.

Victoria lo señaló con el dedo.

—Ya veremos quién sale con el orgullo escaldado después de esto, bobo romántico.

—¿Eso es un desafío?

—Ya lo creo que sí. Pienso reírme sin parar de tus intentos de seducirme.

El orgullo era una cosa tan mala... ¡Qué demonios! Ya que estaba, podía empezar a quebrantar su maldito orgullo en ese preciso instante.

Se inclinó a ambos lados para correr las cortinas de brocado de las ventanillas, dejando una pequeña abertura para que entrara la suave luz de los faroles del carruaje. La luz justa para que se vieran el uno al otro.

—¿Qué me dices de un auténtico desafío, Victoria? Me propongo demostrarte aquí y ahora que no tienes ni idea del grado de intimidad que puede haber entre nosotros. Que tu idea de lo que es la intimidad está muy alejada de la realidad.

Ella lo miró con furia.

—¿Por qué será que no me sorprende que estés ya buscando una oportunidad para aprovecharte de mí? Los hombres sois tan asquerosamente predecibles...

—Ignoras por completo lo que tengo en mente.

Ella soltó un bufido.

—¿Quieres que me siente en tu regazo y me suba las faldas para ti? ¿Es eso lo que tienes en mente?

—No, no es eso lo que quiero. No se trata de tomarte físicamente, Victoria. Se trata de desafiarte a que afrontes la intimidad de un modo al que te resistes.

Victoria lo miró con fijeza. Aunque no dijo nada, Jonathan comprendió que intentaba comprender qué quería decir. Se inclinó ligeramente hacia ella.

—Lo que quiero no requiere que nos toquemos, ni que nos besemos en modo alguno. Tú conservarás tu castidad y yo conservaré mi honor hasta que estemos casados. ¿Te parece suficientemente predecible?

Ella bajó la mano hacia su costado y siguió mirándolo.

—¿Pretendes que haya intimidad entre nosotros sin tocarnos ni besarnos?

–Exacto.

Ella parpadeó.

–No entiendo.

–No espero que lo entiendas. Has llevado una vida muy recluida y sabes muy poco acerca de lo que pasa en realidad entre un hombre y una mujer.

Victoria resopló.

–Sé lo suficiente para hacerte gemir.

Jonathan refrenó un gruñido. No le cabía ninguna duda de que tenía razón.

–Sí, pero ¿puedes hacerlo sin tocarme ni besarme? ¿Puedes hacerlo sin palabras? Porque esas son las normas.

Ella lo miró con los ojos entornados.

–¿Sin tocarnos? –repitió.

–Sin tocarnos.

–¿Sin besarnos?

–Sin besarnos.

–¿Nada de nada?

–Nada de nada.

–Eso es imposible.

–Con el capitán Ojos Azules todo es posible –sonrió, alborozado al verla tan confusa.

Victoria bajó la mano, exasperada.

–Es imposible que un hombre y una mujer se conozcan íntimamente sin que se toquen físicamente o se besen.

–Claro que es posible –se irguió en el asiento y se quitó la levita, dejándola caer a su espalda–. ¿Quieres que me quite el chaleco y la camisa para ti?

Ella se removió contra el asiento y miró su pecho antes de fijar los ojos en las ventanas cubiertas del carruaje.

–Por favor, no te los quites.

—¿Por qué no?

Cruzó los brazos, agitada, y contestó con sorna:

—Ya que estás, quítate mejor los pantalones. Creo que será lo más práctico.

Jonathan se excitó más aún.

—Lamento desilusionarte, pero no pienso quitarme los pantalones. Sin embargo, voy a hacer que te excites y que gimas. Sin un solo contacto.

Ella arrugó la nariz y dejó caer los brazos junto a los costados.

—¿De veras nadie te ha explicado lo que sucede entre un hombre y una mujer? ¿Necesitas que te lo aclare?

Jonathan soltó una risotada y la señaló meneando el dedo.

—Más vale que no me provoques. Puede que no te guste el resultado.

Victoria le lanzó una mirada mordaz.

—Eres tú quien está provocándome. Si lo que piensas hacer me permite conservar mi castidad y no requiere que nos besemos ni nos toquemos, adelante, pues. No voy a resistirme. De hecho, siento curiosidad por saber en qué consiste la inmaculada concepción.

¡Santo cielo, qué osada se había vuelto! Si supiera en lo que se estaba metiendo...

—Entonces, ¿me das permiso para seguir adelante?

—Sí.

—¿Y prometes hacer lo que te diga durante la próxima media hora, siempre y cuando no te toque ni te bese?

Victoria titubeó, como si sopesara los pros y los contras de su situación, y luego contestó con naturalidad:

—Sí, con tal de que no haya ni besos ni caricias y yo pueda conservar mi castidad. Esas son las normas. Ahora, adelante. Que baje el Espíritu Santo.

–Vas a lamentar haber dicho eso –Jonathan la miró de la cabeza a los pies. Ardía en deseos de tocarla y hacerle entender lo que sentía por ella–. ¿Sabes darte placer? ¿Lo has hecho alguna vez a solas en tu cama? ¿O necesitas que te aleccione al respecto?

Recostándose en el asiento, se quitó los guantes y los arrojó a un lado. Deslizó las manos hasta los botones de su bragueta y los desabrochó. Sin dejar de mirarla, se bajó la bragueta y el calzoncillo que llevaba debajo y dejó al descubierto su miembro erecto. Su glande palpitó al sentir el roce del aire fresco.

–Quiero que te des placer, para que pueda mirarte. Yo haré lo mismo, para que puedas mirarme.

Victoria sofocó un gemido de sorpresa, entreabrió los labios y mantuvo la mirada fija en su cara.

–¿Se puede saber qué te han enseñado en Venecia? Esto supera con creces un simple flirteo. Es una barbaridad.

–Cuán rápidamente se inflan tus velas en contacto con un viento poderoso –miró intensamente sus hermosos ojos de color jade y deslizó premeditadamente la mano sobre su glande. Una sacudida de placer recorrió su cuerpo, tensando sus músculos–. Esto es entre tú y yo, Victoria, y estamos a punto de convertirnos en marido y mujer. Así pues, es perfectamente civilizado. No vamos a tocarnos. Ni a besarnos. Y lo que es más importante: tú conservarás tu castidad hasta que nos casemos. Ahora levántate las faldas, mete la mano entre tus muslos y tócate mientras te miro. Has dicho que harías lo que te pidiera durante media hora. Así pues, hazlo.

–Yo... –se mordió el labio y miró su miembro erecto, que Jonathan exhibía airosamente delante de sí.

Puso una expresión de curiosidad mientras intentaba

comprender lo que estaba viendo. Al menos, no le había dicho que se tapara. Lo cual era un comienzo.

Jonathan se humedeció la mano con un par de rápidas pasadas de su lengua y la miró a la cara mientras se acariciaba la verga, dedicando especial atención al glande terso y redondeado. El placer volvió a tensar su cuerpo.

—Me hice esto aquella noche, cuando me besaste.

Victoria lo miró atónita.

—¿Sí?

—Sí. Después de aquel beso maravilloso —siguió acariciándose—. Tuve que recurrir a esto. Y en ese aspecto nada ha cambiado. Sigo recurriendo a esto.

Ella apretó los labios sin dejar de mirar el movimiento de su mano. Su pecho subía y bajaba visiblemente. La exhibición de Jonathan parecía estar surtiendo el efecto deseado sobre su cuerpo.

Él apretó la mandíbula y comenzó a tocarse más aprisa, a pesar de que temía no aguantar mucho más si ella seguía resistiéndose. Se le aceleró el pulso cuando el placer recorrió como una sacudida sus muslos.

—La intimidad puede dar mucho miedo, lo sé. Pero en cuanto superes ese miedo, tu alma se derretirá —paró la mano y susurró—: Quiero que recuerdes esto, que me recuerdes así el resto de tu vida, Victoria.

Ella soltó una risa desabrida.

—Bueno, esto, desde luego, voy a recordarlo. No te quepa la menor duda. Y a pesar de lo que haya dicho, no vas a conseguir que yo me haga eso delante de ti.

Santo cielo, estaba hecha de hielo.

Jonathan se irguió en el asiento, se guardó la verga erecta bajo el calzoncillo y se abrochó los pantalones. Era evidente que Victoria necesitaba un incentivo. Y él estaba dispuesto a ofrecérselo.

–Si lo haces, tendrás que pasar dos semanas menos en Venecia conmigo. O sea que, en lugar de tener que soportarme un mes, solo tendrás que soportarme quince días –la miró fijamente–. Tienes diez segundos para decidir. Diez. Después, retiraré la oferta y habremos acabado por esta noche. Tú decides.

Ella comenzó a respirar con más calma. Tras un silencio angustioso, balbució:

–Cierra los ojos y lo haré. Pero solo si mantienes los ojos cerrados.

Santo...

–Hecho –cerró los ojos y procuró mantenerlos cerrados. No había pensado que fuera a acceder.

–Dos semanas menos en Venecia, ¿eh?

–Sí. Dos semanas menos.

Victoria vaciló.

–No abras los ojos.

–No.

–Hasta que hayamos acabado.

–Sí.

–Si no, no acepto.

–Tengo los ojos cerrados y no los abriré hasta que hayamos acabado. Te doy mi palabra.

–Bien.

El suave murmullo de sus faldas hizo que Jonathan contuviera la respiración. Todos los músculos de su cuerpo se tensaron y comenzaron a arder, llenos de expectación.

–Tengo la sensación de ir a hacer algo que no debería hacer –masculló ella.

Él sonrió sin abrir los ojos.

–No hay nada de vergonzante en darse placer, Victoria. Absolutamente nada.

—No es la vergüenza lo que me preocupa.

—Prometo no abrir los ojos hasta que hayamos terminado si tú prometes hacerlo de verdad. ¿Vas a hacerlo? ¿O volvemos a nuestras cuatro semanas?

Ella se quedó callada un momento.

—No volveremos a hablar de esto, ni a hacerlo.

—Nunca más. A no ser que tú quieras.

—Puedes estar seguro de que no volverá a ocurrir. Ahora, mantén los ojos cerrados.

—Están cerrados.

—No los abras. En todo el tiempo.

Era demasiado insistente para su gusto. ¿Acaso creía que era tonto?

—Victoria...

Se quedó callada un segundo.

—¿Qué?

—No te atrevas a fingir. Porque aunque tenga los ojos cerrados, me daré cuenta. Créeme. Y si en algún momento tengo la impresión de que me estás mintiendo, añadiré dos semanas más a las cuatro como castigo. Si sabes algo de aritmética, eso suman seis semanas en Venecia. ¿Entendido?

Titubeó, como si esa hubiera sido su intención desde el principio y luego contestó de mala gana:

—Está bien.

—Reconócelo, pensabas engañarme para robarme esas dos semanas como una ladronzuela. ¿Verdad que sí?

Ella soltó un soplido.

—¿Vamos a hacer esto o no?

Jonathan sonrió, con los ojos todavía cerrados.

—Por mí empezamos cuando quieras. Y recuerda: tengo mis mañas. Avísame en cuanto estés preparada para empezar.

Victoria suspiró.

—Ya.

Él tragó saliva y sintió que se le aceleraba el pulso.

—Tócate —ordenó con voz ronca—. Haz lo que te salga de manera natural.

Sin abrir los ojos, sacó de nuevo su miembro grueso e hinchado y comenzó a frotarlo arriba y abajo. Aunque deseaba abrir los ojos, sabía que debía respetar su petición. Victoria ya le estaba permitiendo mucho más de lo que había esperado y él intentaba ganarse su confianza, no destruirla por completo.

Una gota apareció en la punta de su verga y humedeció su mano. Aminoró el ritmo de sus caricias, consciente de que no aguantaría mucho más, y se preguntó si Victoria se estaba dando placer o si solo lo estaba mirando. La pondría a prueba después de unas cuantas pasadas más.

Se imaginó su cara crispada por el placer. Se la imaginó perdiendo por un instante el control sobre su cuerpo y su mente.

Dejó quietas sus manos, sujetándose la verga con firmeza, y aguzó el oído, intentando adivinar si ella estaba, en efecto, tocándose.

Comenzó a oír suaves gemidos, casi furtivos.

—Mmm —gimió ella, jadeante—. Ah, Dios —exclamó con voz ahogada.

Su voz sonaba demasiado ahogada, demasiado suave y espontánea para ser fingida. Estuvo a punto de derramarse al darse cuenta de que, en efecto, estaba haciendo lo que le había pedido. Pero, naturalmente, tenía que asegurarse.

—¿Me estás mirando? —preguntó con voz ronca.

—Sí —contestó ella, jadeando.

Jonathan se sintió a punto de estallar.
—Dime cuánto gozas mirándome y cuánto necesitas verme mientras te das placer.
Tras respirar varias veces, dijo con voz ahogada:
—Necesito verte.
—¿Sí?
—Sí —jadeó—. Sí.
Él se acarició un par de veces, incapaz de mantener las manos quietas.
—Dime que deseas tenerme entre tus piernas. Dímelo.
—Yo... —musitó—. Te deseo... entre mis piernas.
No estaría sometiéndose tan fácilmente a sus palabras si no estuviera poseída por el frenesí del placer. Pero, naturalmente, Jonathan quería que no quedara ninguna duda.
—Más alto. Quiero sentir lo que no puedo ver.
—¡Remington! —exclamó—. Siento...
Él apretó los dientes y comenzó a masturbarse más aprisa, intentando alcanzarla. ¡Cuánto deseaba estar entre sus piernas, llenándola con su amor y su deseo!
Victoria dejó escapar un largo gemido de placer. Jonathan nunca había vivido una experiencia más erótica que aquella. Su cuerpo se tensó cuando el placer estalló por fin. Su semen brotó a borbotones con cada aliento, con cada latido de su corazón, con cada movimiento de su mano.
—Victoria —gimió echando la cabeza hacia atrás—. ¡Dios, cuánto he esperado esto! ¡Cuánto te he esperado! —se retorció, cegado por la belleza de aquel instante.
Por fin conocía el placer verdadero y sin mácula. El placer en compañía de la mujer a la que siempre había amado, deseado y necesitado. ¡Si ella sintiera lo mismo...!

Intentó prolongar su orgasmo, pero tras unos pocos jadeos entrecortados, llegó a su fin. Respirando todavía agitadamente, se recostó en el asiento y apartó la mano de su miembro. Abrió despacio los ojos y se encontró con la mirada de Victoria.

Siguieron mirándose intensamente mientras el tableteo rítmico de los cascos de los caballos sobre el empedrado resonaba a su alrededor.

Ella sacó las manos de debajo de sus faldas levantadas y se las bajó para taparse las piernas enfundadas en medias.

—No puedo creer que haya hecho esto.

Él tampoco podía creerlo.

Se incorporó en el asiento y guardó su verga, limpiándose la mano en el calzoncillo. Al abrocharse los pantalones, le sorprendió descubrir que le temblaba la mano. Notando la inquietud de Victoria, la miró fijamente y confío en no haber ido demasiado lejos. Porque, como él sabía muy bien, el velo que separaba el placer de la degradación era muy fino.

—Dime que no te has sentido humillada. No era esa mi intención.

Ella se alisó las faldas, azorada.

—No, lo he hecho... lo he hecho porque he querido —hizo una mueca—. Aunque sea sorprendente.

Jonathan se puso su chaqueta.

—Deberías estar siempre dispuesta, sea lo que sea a lo que te rete. Si alguna vez te sientes incómoda, avísame y pararé de inmediato. Quiero que el tiempo que pasemos juntos sea placentero y sensual, no feo y degradante. Eso es lo que yo he conocido, y no deseo lo mismo para ti.

Ella frunció el entrecejo, observándolo. Jonathan se colocó las solapas de la levita, descorrió las cortinas del carruaje y se recostó en su asiento.

—¿Tienes alguna pregunta? Me da la impresión de que sí.

—Pareces... muy cómodo con tu cuerpo. Mucho más cómodo de lo que imaginaba.

Él se encogió de hombros.

—No siempre ha sido así. Es algo que he tenido que aprender.

Victoria apartó los ojos y miró los edificios de la calle, más allá de la ventanilla. Edificios cuyas ventanas a oscuras hablaban de otras vidas a cuya intimidad ninguno de los dos tendría nunca acceso.

—¿Por qué insistes en que vayamos a Venecia? Seguramente no hay nada allí que merezca la pena después de lo que has soportado. ¿Y si esa *marchesa* quiere que vuelvas a su lado? ¿Qué ocurrirá entonces?

—Es improbable. A pesar de todo nos hemos hecho amigos y nos despedimos amistosamente. Incluso me dejó marchar cuatro meses antes de que acabara mi contrato para que pudiera regresar a Londres y competir por tu mano. No tengo motivos para culpar a toda una ciudad por lo que me ocurrió. Venecia se ha convertido en mi hogar, Victoria. Y aunque mi madrastra ha muerto, quiero que conozcas a Cornelia, a su marido y a sus tres hijos. Quiero que me conozcas como no podrías hacerlo si nos quedáramos aquí. Además, prometí llevarte a Venecia cuando nos casáramos y, aunque quizá tú no recuerdes que te hice esa promesa, yo lo recuerdo muy bien.

—Fue en la primera carta que me escribiste —puso su mano desnuda sobre el cristal y la mantuvo allí, los ojos fijos en la ventana—. Quieres cortejarme mientras estemos en Venecia y persuadirme para que me quede. ¿Verdad?

Jonathan sonrió.

—¿Que si quiero, bella? No. Es lo que voy a hacer.

—No quiero hacerte daño —susurró ella—. De veras, no quiero.

—Entonces te pido que no me lo hagas. Te pido que me ames. Como hiciste una vez.

El carruaje se detuvo, haciéndolos bambolearse. Victoria apartó la mano del cristal cuando el cochero anunció que habían llegado a su destino. Ella se ciñó el chal alrededor de los hombros.

—Por favor, no me acompañes dentro.

—Me quedaré aquí, en el carruaje, y esperaré a que entres.

—Gracias.

Se abrió la puerta y el lacayo desplegó los escalones.

—Buenas noches, Victoria —dijo Jonathan con voz queda—. Estoy deseando verte de nuevo. Cuando seas mi esposa.

Victoria se quedó mirándolo. Luego dio media vuelta y se apeó del carruaje con ayuda del lacayo.

Jonathan se inclinó hacia delante y la vio cruzar la verja de hierro y subir la escalinata que llevaba a la entrada. Cuando se abrió la puerta y desapareció dentro de la casa, se recostó en el asiento y tocó en el techo del carruaje para que el cochero lo llevara de vuelta a casa de Grayson.

Confiaba en saber lo que estaba haciendo. Porque no podía evitar sentir que se había embarcado en una peligrosa aventura, y que aquel juego podía destruir lo que quedaba no solo de sus corazones, sino también de sus vidas.

Tres cincuenta y siete de la madrugada

Sentado en el suelo, junto a su cama, Jonathan miraba la silueta de su baúl de piel en medio de la apacible oscuridad. Cornelia había guardado un frasquito de láudano en uno de los compartimentos por si lo necesitaba, pero no pensaba ingerir ni una sola gota por más que se lo aconsejaran su hermana y los médicos venecianos. Aunque no volviera a dormir en toda su vida. Durante sus años de servicio había visto a la *marchesa* tomar láudano cada noche. Sabía, pues, lo adictivo y peligroso que era.

Prefería no pegar ojo.

De todos modos, le sería imposible dormir mientras el recuerdo de Victoria siguiera asaltándolo. ¿Qué pensaría de él después de lo que habían hecho en el carruaje? Que era un pervertido y un obseso y que estaba mal de la cabeza, sin duda. Y suponía que así era. Ansiaba tanto recuperar lo que había habido entre ellos antaño que estaba perdiendo por completo la razón y el orgullo.

–*Merda* –se levantó del suelo y el colgante de plata que llevaba al cuello osciló sobre su pecho desnudo. Pasándose una mano por la cara, agarró su bata y se la puso. Anudó el cinturón y dejó escapar un suspiro de agotamiento.

Acostándose sobre el colchón, se obligó a cerrar los ojos y a quedarse allí, escuchando el sonido rítmico de su respiración y el latido de su corazón. Tres horas. Era todo cuanto necesitaba para sobrevivir. Tres horas.

Escándalo 11

La fatiga que soporta una novia durante los preparativos para su boda así como durante la boda misma asombrarán incluso a las más avezadas. Ese cansancio, sin embargo, no es más que una introducción simbólica a la nueva vida que ha de afrontar. Porque si una dama es capaz de sobrellevar las expectativas de ambas familias y la boda misma, será capaz de sobrellevar cualquier cosa.

Cómo evitar un escándalo
Anónimo

Seis días después
Última hora de la mañana, mansión de los Linford

–¡No! –gritaba una y otra vez el conde entre sollozos entrecortados–. ¡No!

Victoria se resistió a mirar a su padre, temiendo que sus últimas fuerzas la abandonaran.

Lord Linford siguió gritando. Sus gritos hendían el aire con una fiereza que traspasaba el corazón de Victoria y atenazaba su estómago. Miró el alto techo, intentando calmarse. Empezaba a lamentar no haber aceptado que sedaran a su padre. No había querido desde el principio que lord Linford asistiera a la ceremonia, pero su tío se había empeñado en que estuviera presente.

El viejo sacerdote situado delante de ellos hizo una pausa y miró a su padre. Su tío y Grayson obligaron a lord Linford a sentarse sujetándolo con sus cuerpos. El señor Parker se acercó a ayudarles. Tenía la frente llena de sudor.

Victoria cerró los ojos para no tener que ver al sacerdote, ni a Remington, ni a ninguna otra persona.

Aquello no era una boda, era un funeral. Procuró no echarse a llorar.

—¡Os espera el infierno! —vociferó el conde con voz cada vez más tonante—. ¡El infierno!

Victoria se tapó los oídos con las manos temblorosas, incapaz de seguir escuchándolo. Ni siquiera sabía qué estaba viendo su mente sifilítica.

Unos brazos musculosos rodearon su cuerpo y la apretaron. No se resistió cuando la mano enguantada de Remington se posó en su pelo y la atrajo hacia su pecho, enfundado en un suave chaleco bordado.

Un perfume sedante a menta, a jabón y a tónico capilar envolvió a Victoria. Dejó escapar un sollozo y, recostándose contra él, aceptó el consuelo que le ofrecía. Respiró hondo varias veces y se acurrucó contra el pecho de Remington. Necesitaba sentir su calor. Casi había olvidado lo que era sentirse abrazada y reconfortada.

—¡Ya basta! —exclamó Remington con firmeza—. No voy a permitir que Victoria siga soportando esto. O lo sacan de la casa de inmediato, o nos declaran casados y se acabó.

Victoria tragó saliva, impresionada por la firmeza y la preocupación que demostraba Remington. Pero él nunca hacía nada desapasionadamente. Todo en él, incluidos sus perversos métodos de seducción, poseía un calor abrasador que quemaba cuanto tocaba. Incluida ella.

—Ya están unidos en matrimonio, milord —afirmó el sacerdote—. Que Dios bendiga su unión. La parroquia necesitará...

—¡Josephine! —chilló su padre—. ¡Santo cielo! ¿Por qué? ¿Por qué?

Victoria ahogó otro sollozo al oír el nombre de su madre, un nombre que su padre no pronunciaba desde hacía años. La necesidad de llorar se apoderó de ella y comenzó a sollozar. ¿Por qué era su padre capaz de recordar a los muertos y no a los vivos?

Se aferró a la cintura de Remington y deseó poder escapar de aquella locura, dejar de estar atrapada entre el pasado y el presente. Pero no parecía capaz de escapar a ninguno de ambos.

Remington besó su coronilla y la estrechó entre sus brazos.

Todo aquello era demasiado. Las cosas nunca duraban. Todo desaparecía siempre. Y ella sabía que, con el tiempo, Remington también acabaría por desaparecer.

Se desasió de su abrazo, apartando sus brazos para distanciarse del torrente de emociones que la embargaba. Se tambaleó y sintió que sus miembros se aflojaban. Intentó concentrarse en la cara de Remington, pero se desdibujó en una neblina blanca al tiempo que sus extremidades se quedaban sin fuerzas.

Jonathan estiró instintivamente los brazos y la agarró. Cuando su cuerpo suave y menudo cayó pesadamente contra él, comprendió que se había desmayado.

—¡Victoria! —la enlazó y la levantó con cuidado en brazos.

Los gritos del conde se fueron apagando. Jonathan bajó la cabeza hacia ella.

—Mírame, Victoria. Di algo. Por favor, di algo.

Volvió la cabeza hacia él y una margarita se desprendió de su moño y cayó al suelo. Parpadeó mientras su cara ovalada y pálida iba recuperando su color. Sus ojos verdes se fijaron en la cara de Jonathan y parecieron reanimarse.

—Bájame —respiró hondo, trémula.

Él miró instintivamente sus pechos. Luego escudriñó su cara y vio que ya no parecía aturdida.

—¿Cuándo fue la última vez que comiste?

—No me acuerdo. He estado tan... abrumada por todo esto que... —se removió en sus brazos y empujó su pecho—. Bájame, por favor.

—Shh —la apretó con más fuerza, estrechándola contra su cuerpo, y miró a Grayson—. Necesita descanso y una buena comida si queremos salir de viaje esta tarde.

Grayson asintió y volvió a acercarse al conde, que se levantó tambaleándose y refunfuñando. Victoria se puso rígida y empujó de nuevo a Remington.

—Suéltame. Le altera que me abraces. Por favor...

—No pienso bajarte. Nos vamos —Jonathan dio media vuelta y la sacó del salón.

Sus pasos resonaron por el pasillo y escalera arriba. No la miró por miedo a que la situación se volviera aún más embarazosa de lo que ya lo era.

—¿Dónde está tu alcoba?

Victoria titubeó.

—La tercera puerta a la derecha.

Una vez en el descansillo, se dirigió hacia la puerta

que le había indicado hundiendo los dedos en las suaves curvas que ocultaba su vestido. Ella alisó con la mano su corbata.

—No quería seguir allí, no quería. No quería que...

—Lo sé, bella. Créeme, lo sé. Yo tampoco quería seguir allí. Lo siento muchísimo por ti. De veras —apretó con más fuerza el suave calor de su cuerpo, disfrutando de la inesperada atención que estaba prestando a su corbata. ¡Ojalá a él le hiciera tanto caso!

Se detuvo en la tercera puerta y la mantuvo en equilibrio apoyándola contra su torso para que no se cayera. El dulce olor a lavanda y a margaritas frescas inundó sus fosas nasales cuando Victoria se acurrucó entre sus brazos. Tensándose, intentó no acercar la cara a su pelo para aspirar aquel olor y agarró el pomo de la puerta en un esfuerzo por distraerse.

Ella agitó las piernas y se inclinó hacia delante, hasta que Jonathan tuvo que soltarla. Al ponerse de pie, se apoyó contra la pared del pasillo y se irguió. Poniendo una mano sobre su vientre, anunció:

—Todo esto ha sido abrumador. Me he mareado, eso es todo. No hace falta que me lleves en brazos.

Jonathan giró el pomo y abrió la puerta.

—Aun así, te pido que descanses. Dentro de una hora iremos a registrar nuestra boda en la parroquia y luego partiremos hacia Portsmouth. No aguantarás el viaje si no...

Un ladrido agudo lo hizo mirar hacia abajo, y unas pequeñas zarpas comenzaron a arañar sus botas. Sonrió lentamente al ver al terrier de patas cortas.

—Me acuerdo de ti —se inclinó y tomó en brazos a Flint. El perrillo había engordado y le habían salido algunas canas desde la última vez que lo había visto. Rascó su cabeza peluda mientras el animal frotaba el hocico contra su mano–. Tan simpático como siempre. ¿Vienes con nosotros a Venecia, muchacho?

Flint se giró hacia Victoria en busca de más caricias. Ella lo agarró y lo apretó contra su pecho mientras entraba en la habitación. Le dio un beso en la cabeza.

–He decidido dejarlo con Grayson.

A lo lejos se oyeron de nuevo los gritos del conde. Jonathan entró en la habitación tras ella y cerró la puerta de roble. No quería que siguiera oyéndolos. ¿Cómo había soportado vivir junto a su padre? Era como si hubiera aprendido a distanciarse por completo de la realidad. Aquello le hizo pensar en cómo había actuado él para sobrevivir en casa de los Casacalenda.

Apoyándose en la puerta, la miró fijamente.

–Creo que te conviene pasar un tiempo lejos de tu padre. No querrás recordarlo así, ¿verdad?

–No, desde luego –se alejó hacia la cama de dosel. Depositó a Flint sobre el colchón y se recogió las faldas por encima de los tobillos con ambas manos.

Jonathan contuvo la respiración cuando vio aparecer sus piernas esbeltas enfundadas en blanquísimas medias. Se apretó contra la puerta y se recordó que aquel no era momento de fijarse en esas cosas.

Victoria se tumbó en la cama, junto a Flint, que ya se había acurrucado. Estirándose, escondió de nuevo las piernas bajo las faldas y se volvió de lado, de espaldas a Jonathan y al perrillo. Se arrancó las margaritas que adornaban su moño y las arrojó una a una sobre la almohada. Había sido él quien le había pedido que llevara flores en el pelo durante la informal ceremonia.

Jonathan se apartó de la puerta y metió la mano, indeciso, en el bolsillo de su levita, donde había guardado su regalo de boda. Era un regalo muy sencillo, pero confiaba en que le gustara.

Carraspeó y, bajando la mano, decidió esperar un momento más propicio para dárselo. Al pasear la mirada por la habitación se fijó en la fila de baúles preparados ya para el viaje, y la curiosidad lo impulsó a acercarse al tocador de Victoria.

Mientras servía como *cicisbeo* había tenido que aprenderlo todo acerca del aseo femenino. Había aprendido, además, que el tocador de una mujer lo revelaba todo acerca de su dueña: cuánto tiempo pasaba ante él, si era extravagante, presumida o remilgada. No creía que Victoria fuera ninguna de esas tres cosas, pero quería familiarizarse con ella de todas las maneras posibles, y sabía que ella se resistiría a ultranza para guardar las distancias.

Se detuvo ante la superficie de mármol blanco del tocador, que se reflejaba en el espejo dorado y oval adosado a él, y pasó la mano por su borde suave. Vio una caja de madera labrada, abierta y llena de cintas multicolores de raso y encaje. Dos pañuelos pulcramente doblados. Un cepillo con montura de plata, colocado muy derecho. Papelillos para rizar el pelo. Un saquito lleno de lavanda seca entre dos frascos de perfume. Y un bote de cristal con agua de fresas para la piel y las manos.

Sonrió. Victoria parecía ser lo que esperaba: limpia, ordenada, humilde respecto a su propia apariencia y de gustos sencillos. En su tocador no había carmín, lana de España, cajas chinas de colores, polvos de arroz, pasta de almendras, polvos de talco o cremas. Ninguno de aquellos afeites absurdos con los que Bernadetta se untaba todos los días. Cosas que hacían más hermosa a una mujer, sí, pero que no favorecían en modo alguno su alma.

Solo confiaba en ser capaz de salvar lo poco que quedara del alma de Victoria. Hasta ese día no se había dado cuenta de lo espantosa que era su situación. Del lord Linford que él había conocido no quedaba ni una sombra. Y lo que era peor aún: el conde ni siquiera reconocía ya a su hija, a la que tanto había amado.

Al volverse hacia la cama, vio que Victoria lo estaba observando en silencio. Ya no tenía los ojos hinchados y enrojecidos. Parecía en paz, lo cual le reconfortó en parte. Flint se había quedado dormido acurrucado junto a sus faldas. A Jonathan no le habría importado encontrarse también allí.

Se acercó a ella y se detuvo junto a la cama.

—¿Cómo te encuentras?

—Mejor, gracias —lo miró a los ojos—. Creo que tienes razón: me vendrá bien estar un tiempo separada de él. No por eso soy una mala hija, ¿verdad?

—¿Cómo puedes pensar eso después de todo lo que has hecho por él?

Se oyeron pasos fuera de la habitación y un estruendo que resonó en toda la casa e hizo temblar las paredes. Jonathan exhaló un suspiro y pensó que debía ir a echar una mano. Se inclinó hacia Victoria y apoyó las manos en la colcha de raso.

—Te dejo descansar. Después tienes que comer algo. Vas a necesitar fuerzas. Tardaremos dos días en llegar a Portsmouth y luego otros dieciséis en llegar a Venecia. Si el tiempo nos acompaña, claro.

Ella asintió, apoyada en la almohada.

Jonathan contempló las margaritas desperdigadas y las reunió todas formando un montoncillo.

—Deberías habértelas dejado en el pelo. Te quedaban preciosas.

—¿Sí?
—Sí.
Victoria bajó los ojos hacia la colcha y pasó la mano por ella.
—Remington...
Él recogió las margaritas y se sentó al borde de la cama, fingiéndose absorto en el montón de delicados pétalos blancos.
—¿Qué ocurre?
—Lo siento muchísimo. De veras.
Procuró mostrarse indiferente, a pesar de que el corazón le latía a toda velocidad.
—¿Qué es lo que sientes?
—No es mi intención tratarte con desdén. Te lo aseguro. Estás siendo muy amable conmigo. Es sencillamente que siento como si... como si con cada cosa que pierdo, perdiera también una parte cada vez más grande de mi propio ser. Hay veces en que ya ni siquiera sé quién soy.
Levantó la mirada, sorprendido por sus palabras, y escrutó su cara pálida.
—Victoria... Quiero que sepas que te comprendo mucho mejor de lo que crees. Estás intentando acostumbrarte a muchas cosas. A la enfermedad de tu padre, a su muerte inminente, a nuestro matrimonio, a lo que se espera de ti. Yo también he tenido que acostumbrarme a muchas cosas y confieso que ha sido abrumador y muy duro sobrellevar todo esto, que me devolvieran la libertad y al mismo tiempo tener la posibilidad de luchar por ti y hacerte mía.
Ella siguió pasando la mano por la colcha.
—¿Cómo has soportado estar al servicio de ese hombre todos estos años? ¿Nunca pensaste en... escapar? ¿No lo intentaste?

Jonathan arrojó las flores al suelo, distanciándose de sus propias emociones.

—Estaba tratando con un animal, no con un hombre. Se contaban tantas historias sobre él que, más que un hombre de carne y hueso, era un mito. Antes de que yo llegara desapareció una criada muy joven y bonita, seguramente porque se negó a compartir su cama. Nadie supo nunca qué había sido de ella, y las pesquisas hechas por la familia fueron silenciadas. Circulaban muchas otras historias. Apareció un bebé recién nacido flotando en las aguas de la laguna y fueron muchos los que aseguraron que pertenecía a una de sus muchas amantes. Aunque normalmente no se puede confiar en las habladurías, no me cabía ninguna duda de que muchos de aquellos rumores, si no todos, eran ciertos. Cuando llevaba unos meses sirviendo en la casa, Cornelia se casó y quedó encinta, lo cual complicó más aún mi situación y me obligó a permanecer a su servicio. Ya no solo tenía que pensar en mi hermana, sino también en su familia.

—¿Alguna vez se lo dijiste a Cornelia? ¿Le contaste lo que ocurría?

—No. No lo sabe nadie, excepto Grayson y tú, y te pido que lo guardes en secreto. No quiero que mi hermana lo sepa. Acabaría culpándose por ello. Los Casacalenda y yo nos despedimos amigablemente cuando acabó mi contrato. Ni siquiera estaría aquí de no ser por la *marchesa*, que intentó enmendar el error que había cometido. Fue ella quien se puso en contacto con tu padre y quien, al ensalzar mi éxito entre la aristocracia veneciana, lo convenció para que me diera la oportunidad de competir por tu mano. Sabía cuánto significabas para mí, y siempre le estaré agradecido por ello.

Victoria lo observó con atención.

—¿Alguna vez te maltrataron? Aparte de verte obligado a... —dejó la frase en el aire.

Jonathan tragó saliva al comprender cuántas cosas tenía aún que contarle. Tenía intención, sin embargo, de demostrarse a sí mismo y demostrarle a Victoria que su alma había sobrevivido a aquella humillación.

—No en el sentido que piensas. Aunque procuraba evitar al *marchese*, pues su presencia me inquietaba enormemente, la *marchesa* era muy amable y considerada. Se creía enamorada de mí, aunque nunca me pareció que en realidad me amara. Yo era más bien una chuchería que exhibía en público.

—¿La conocías antes de entrar a su servicio?

Jonathan carraspeó.

—Sí. Era... eh... era buena amiga de la familia del primer prometido de Cornelia. La *marchesa* y mi madrastra trabaron amistad. Se hicieron muy buenas amigas, de hecho. Ella era mucho mayor que yo, y según se contaba había tenido la desgracia de perder a todos los hijos que había llevado en su vientre. Así que, cuando me ofreció ese puesto como forma de saldar mis deudas, supuse que lo hacía por generosidad, por compasión hacia mi familia. Pronto descubrí que solo se trataba de lascivia. Aun así, era una mujer inteligente, extremadamente solicitada y aclamada por la aristocracia veneciana debido a su contribución a las artes.

—¿Era bonita?

Jonathan la miró con sorpresa y vio que se sonrojaba. ¿Estaría celosa?

—No le tenía ningún apego, ni siquiera después de convertirme en su amante. Era como una tarea más que tenía que cumplir.

Ella apartó la mirada.

—Entonces, era bonita.

Él se encogió de hombros.

—Sí.

Victoria se apoyó en un codo y se lo quedó mirando.

—No entiendo cómo su círculo social podía tolerar no solo que tuviera un amante, sino que además se jactara de ello. En Londres, habrían asaltado su casa, habrían sacado a rastras a su marido y les habrían dado una buena tunda a los dos.

Jonathan se rio y se inclinó hacia ella.

—No te sobreexcites, necesitas descansar —tocó su cara con una mano y su hombro con la otra y la empujó suavemente hacia la almohada. Luego se echó hacia atrás para poner algo de distancia entre ellos—. Venecia no es Londres, como descubrirás muy pronto. Allí nadie tiene por costumbre censurar a sus vecinos. Y aunque tener un *cicisbeo* ya no es una práctica muy extendida, hubo un tiempo en que todas las señoras respetables de Venecia tenían uno y no se atrevían a salir de casa sin él. Se lo llevaban a todas partes. Hasta a misa.

—¿A misa? —ella soltó un bufido—. No lo dices en serio.

—De veras.

—¿Quieres decir que las venecianas casadas no solo tenían amantes, sino que los exhibían en la iglesia? ¿Ante los ojos de Dios? Me niego a creerlo.

—La idea que se tiene en Londres de lo que es un *cicisbeo* difiere mucho de la realidad. Un verdadero *cicisbeo* no tiene por qué ser un amante, en absoluto. Por eso acepté el puesto. Es un empleo respetable en el que un hombre honorable sirve a una mujer casada y defiende su honra en público cuando su marido no está presente para hacerlo. Yo debía ser su carabina cuando estaba en público y su sirviente cuando estaba en casa, y ocuparme de tareas parecidas a las de un lacayo o una doncella.

—¿Una doncella? —repitió Victoria con perplejidad—. ¿Eras una doncella?

Él se aclaró la garganta y se removió sobre la cama.

—Prefiero no llamarlo así, dado que no soy una mujer, pero sí, algunos de mis deberes eran parecidos a los de una doncella.

—Entonces, ¿la vestías y la desvestías?

—Sí.

—¿A diario?

—A diario. Pero eso era una minucia comparado con el resto de mis responsabilidades. Me aseguraba de que los sirvientes hicieran su trabajo, la ayudaba en todo lo que necesitaba y la acompañaba a todas partes. Era al mismo tiempo su sirviente y su guardián.

—Santo cielo, eras más su marido que el propio marqués.

Jonathan se encogió de hombros.

—Así fue como con el tiempo nos hicimos amigos. Llegué a darme cuenta de que no era tan cruel e implacable como su marido.

—¿Cómo podía tolerar tal cosa su marido? ¿Es que no estaba celoso?

—Estoy seguro de que a veces sí lo estaba, pero tenía una colección de amantes con la que entretenerse. Su forma de pensar no era racional, ni tampoco tradicional. Su matrimonio fue desde el principio una alianza de poder, nada más. El *marchese* vivía como se le antojaba y lo mismo podía decirse de la *marchesa*. En cierto modo, eran socios.

—Socios —masculló ella—. Más bien violadores.

Él suspiró.

—Ya basta —apretó suavemente su brazo—. Estoy deseando enseñarte Venecia. Pasearemos todo el día en góndola y comeremos mejillones y bacalao hasta reventar. Cornelia se pondrá contentísima cuando sepa que estamos casados. No le he mandado recado porque quiero que sea una sorpresa. Siempre ha creído que acabaríamos juntos. Y tenía razón.

Victoria alisó de nuevo la colcha, con la mirada fija en su propia mano.

—Pase lo que pase, Remington, mi vida estará siempre aquí, con mi padre. Espero que lo entiendas.

A Jonathan le dio un vuelco el estómago, pero procuró sofocar su sentimiento de decepción.

—No puedes pasarte la vida en compañía de un moribundo. ¿Qué piensas hacer con tu vida cuando fallezca tu padre? ¿Lo has pensado? Me necesitas. Necesitas que te cuide y eso pienso hacer. Pero será en Venecia, no aquí.

Victoria lo miró con enojo.

—No creas que porque ahora seas mi marido vas a decirme lo que tengo que hacer. Deja de fingir que ya te he entregado mi corazón, porque no lo he hecho.

Él desvió la mirada, dolido. Supuso que aquello era solo el principio de lo que lo esperaba.

—Perdóname por ansiar tu corazón —se levantó, metió la mano en su bolsillo y sacó el regalo de boda que había envuelto en un paño de encaje. Lo puso sobre el borde de la cama—. Este es mi regalo de boda para ti. Te pido disculpas por no haberlo envuelto mejor, pero no ha habido tiempo —rodeó la cama, se acercó a la puerta y la abrió.

—Remington —lo llamó ella, incorporándose. Flint también se sentó y lo miró.

Jonathan se detuvo y dio media vuelta.
—¿Qué?
—Perdóname —dijo suavemente—. No pretendía ser tan cruel. Por favor, no te enfades conmigo.
—No estoy enfadado. Estoy desilusionado. Tú eres mucho más que ese cascarón vacío que te has condenado a ser. Creo que, si te conociera ahora, ni siquiera me molestaría. Ahora... descansa. Volveré cuando sea la hora de partir —salió, cerró la puerta y exhaló un profundo suspiro.

¿Por qué tenía la horrible sensación de que solo iba a disponer de un mes a su lado?

Dadas las circunstancias, necesitaban familiarizarse el uno con el otro, conocerse de nuevo desde el principio y reconstruirse a sí mismos. Necesitaban ser amigos, antes que nada, o su relación no saldría adelante. Victoria tenía demasiadas dudas, y el orgullo la reconcomía. Hasta que accediera a entregarse a él, se negaría a pedirle nada. Ni una sola caricia, ni mucho menos un beso.

Flint rodeó a Victoria, se tumbó junto a sus piernas y cerró los ojos. ¡Ah, ser un perro...! ¡Qué deliciosa sería la vida si solo consistiera en comer, dormir y tener alguna aventura ocasional, sin ataduras!

Victoria se acercó al objeto rectangular que Remington había dejado sobre la cama, alargó el brazo y lo atrajo hacia sí. Desdobló con cuidado el paño de encaje y parpadeó al ver un libro. Y no cualquier libro, sino las *Aventuras y desventuras de la célebre Moll Flanders*, de Daniel Defoe.

Sus ojos se llenaron de lágrimas.

Era el único libro de Defoe que no había leído, ni siquiera después de tantos años. Una vez, había perseguido a Grayson durante dos meses intentando que se lo prestara, pero su primo se había negado alegando su contenido escandaloso. Remington, sin embargo, se había acordado. Se acordaba de cómo había sido antaño, mientras que ella lo había olvidado por completo. ¿Cómo era posible?

Una lágrima rodó por su mejilla. Se la enjugó con las yemas de los dedos. A los diecisiete años había ansiado viajar por el mundo y ver todas las ciudades sobre las que leía en los libros que la señora Lambert amontonaba ante ella. Ciudades como Madrid, Varsovia, San Petersburgo, Ciudad del Cabo, París, Nueva York y... Venecia. Venecia por encima de todas las demás, pues había anhelado visitar la llanura y ver todos los árboles en los que Remington había grabado su nombre, y había sentido el ardiente deseo de pasar el día en una góndola, viendo pasar la ciudad a su lado.

A los diecisiete años había ansiado cumplir dieciocho para poder ser la esposa de Remington y la madre de sus hijos, que tendrían los ojos azules de su padre. Más que cualquier otra cosa en el mundo, había deseado rodearse de la felicidad de volver a tener una familia. Su propia familia. La clase de familia que había tenido antes de que las tragedias se cebaran una tras otra en su vida.

Recogió el libro que le había regalado Remington, lo apretó amorosamente contra su pecho y se recostó en la almohada. Su vida iba alejándose paulatinamente de la juventud, ¿y qué había hecho con ella hasta ahora?

Nada. Absolutamente nada. Era la primera vez que se sentía desilusionada consigo misma como ser humano. Y sabía que, si seguía por ese camino, si continuaba alejando de sí a los demás, incluido Remington, acabaría por destruir lo poco que quedaba de su verdadero yo.

Escándalo 12

Algunas mujeres se contentan con no dar forma a su carácter. Lamentablemente, son dichas mujeres las que antes ven hacerse añicos su templanza y su fortaleza. De ahí que sean incapaces de conducirse tal y como la sociedad espera de ellas, razón por la cual una dama jamás ha de descuidar la formación de su carácter.

Cómo evitar un escándalo
Anónimo

Dieciocho días después, por la noche
En un vaporcito privado, rumbo a Venecia

¿Tenía que hacer aquel viaje dos veces? ¡Santo cielo, no! Prefería quedarse en Venecia el resto de su vida.

Victoria caminó tambaleándose junto a Remington, que la ayudó a llegar a la cama del camarote. Los faroles de cristal oscilaban y chirriaban al moverse, proyectando sobre el suelo de madera una luz dorada que cambiaba constantemente bajo sus botas de viaje. Desasiéndose de las manos de Remington, se dejó caer en el colchón desigual, tragó los trocitos de sabroso jengibre que aún tenía en la boca y aguardó a que remitieran las náuseas.

Aunque estaba inmóvil, seguía dándole vueltas la cabeza.

Pasarse vomitando cada hora de su travesía por mar no había sido la gran aventura que había imaginado, pero al menos Remington no se estaba aprovechando de su estado de postración. Por alguna razón, no había hecho ni un solo intento de tocarla como no fuera para darle alguna palmadita amistosa o para sostenerle la mano.

Lo cierto era que prefería que su relación siguiera siendo sencilla y distante. Así podía concentrarse en conocerlo mejor, en lugar de pensar en lo que esperaba de ella como mujer. Aunque ahora era mucho más serio que antaño, poseía una atractiva madurez y una determinación que resultaban muy estimulantes.

El barco se sacudió de nuevo y las náuseas volvieron a apoderarse de su estómago. Cerró los ojos con fuerza y se agarró a la colcha de la cama, intentando contenerlas.

–Menuda marinera habría sido yo –rezongó–. Me habrían atado a la borda para que no pusiera perdido el barco.

Remington se sentó a su lado y le frotó los hombros cariñosamente.

–La primera travesía es siempre la peor. ¿Necesitas más jengibre antes de que suba a cubierta a tomar un poco el aire?

–Tierra, necesito tierra.

Él se rio.

–Llegamos a Venecia mañana por la mañana.

–Creo que voy a besar cada piedra que vea de pura alegría –abrió los ojos y se volvió hacia él. Escudriñó su cara en sombras a la luz tenue de los faroles. Tenía profundas ojeras que parecían labradas en sus pómulos y en su tez morena. Y aunque ni su tono de voz ni sus modales reflejaban preocupación, estaba cada vez más demacrado. Como si sufriera algún dolor físico.

Victoria tragó saliva al pensarlo.

–¿Te encuentras... mal?

–Aparte de preocuparme constantemente por ti, estoy muy bien, gracias. ¿Por qué?

Ella arrugó el entrecejo.

–Esas ojeras hacen que parezcas enfermo.

Remington soltó un bufido.

–No estoy enfermo, te lo aseguro.

–¿Es... cansancio, entonces? –pestañeó, intentando recordar cuándo lo había visto dormir por última vez. Pestañeó de nuevo. ¿Por qué no recordaba haberlo visto dormir a su lado?–. Siempre llevo mucho rato dormida cuando vienes a la cama, y sin embargo siempre te levantas mucho antes que yo. ¿Cuándo duermes?

Él se encogió de hombros.

–Duermo a tu lado cada noche.

–¿Sí?

–Sí.

–¿Cuándo?

Se encogió de hombros otra vez.

–A ratos.

–No será mucho tiempo. Todavía no te he visto ni vestirte, ni desvestirte, y nuestro camarote no es grande precisamente.

–No sabía que te interesara ver cómo me visto o me desvisto. ¿Te interesa?

Victoria dejó escapar un gruñido y le dio una palmada en broma.

—No te pases de la raya. Solo estoy expresando mi preocupación. Estás un poco demacrado. Pareces agotado. ¿Es que no duermes?

Remington se señaló a sí mismo.

—¿Estás expresando preocupación por mí? —bajó la barbilla—. ¿Debo caer de rodillas y dar gracias al Señor por que al fin hayas sentido una pizca de compasión por el capitán Ojos Azules?

—¿Te has mirado al espejo?

—Todas las mañanas cuando me afeito.

—¿Y no te preocupa lo que ves?

Él sonrió y aquel hoyuelo adorable apareció en su mejilla.

—Me quieres, reconócelo. Nunca has dejado de quererme.

Ella lo miró con enojo.

—Estás evitando mis preguntas. ¿Duermes o no?

Su sonrisa se borró. Se removió sobre la cama.

—Reconozco que estoy inquieto. Todavía estoy acostumbrándome a mi nueva vida. Y antes, cuando servía en la casa de la *marchesa*, tenía tantas cosas que hacer que nunca podía dormir a pierna suelta.

—O sea, que no duermes.

—Sí, pero solo dos o tres horas seguidas.

¿Cómo era posible que no hubiera notado que dormía tan poco? En su afán por distanciarse de él, se había convertido en una bruja egoísta que solo pensaba en sí misma. Santo cielo, aquello no podía continuar.

—Ven —dio unas palmaditas a su lado, sobre la cama—. Yo me aseguraré de que duermas. Túmbate a mi lado.

Él sacudió la cabeza.

—Lo único que me hace falta es un poco de aire fresco.

—Necesitas dormir. Vamos, túmbate.

—No puedo dormir así. Primero necesito salir a tomar el aire.

Victoria suspiró.

—Entonces ve a tomar el aire y regresa enseguida. No voy a permitir que esto siga así.

—Te preocupas innecesariamente.

—Alguien tiene que hacerlo —le clavó un dedo en las costillas—. Quince minutos en cubierta, ni uno más, o iré a buscarte y te vomitaré encima. Ya sabes que soy muy capaz.

Remington soltó una carcajada.

—Sí, bella. ¿Seguro que no quieres nada antes de que me vaya?

Aunque se sentía mucho mejor gracias al jengibre, se tumbó en la cama teatralmente y dijo con voz quejumbrosa:

—¡Tierra! ¡Dulce tierra!

—Pronto la tendrás. Mañana por la mañana, te lo prometo —se quedó callado un momento—. Tu preocupación es enternecedora.

Se inclinó y le dio un beso en la mejilla. Tenía los labios sorprendentemente frescos y su piel emanaba un olor a vino y a aire fresco. Besó de nuevo la mejilla de Victoria, solo que esta vez pasó la mano por su falda desde la rodilla a la cintura, y viceversa.

Ella tomó aliento, trémula. Su corazón latía con violencia casi insoportable. Recordó de pronto una época de la que se sentía incapaz de escapar. Después de tantos años, todavía era capaz de rememorar cómo la lengua húmeda y caliente de Remington se había enlazado con la suya en medio de la oscuridad, mientras estaba al pie de la escalera de su casa de Bath. A sus veintidós años, aquel era el único beso que había conocido.

¿Sería igual?
¿Podía serlo?

Ignoraba si era por el aire salobre o por el balanceo del barco, o por su propia debilidad, pero ansiaba desesperadamente que la besara en los labios. Se inclinó hacia él y Jonathan levantó la cabeza. Sonrió y le dio unas palmaditas en la cadera.

–Debería irme.

–No –murmuró ella, atrayéndolo hacia sí–. Quédate.

–Solo estaré fuera un rato.

–Bésame. En los labios. Como aquella noche. ¿Quieres?

Él tensó la mandíbula visiblemente y contempló su rostro.

–No.

Victoria lo miró con incredulidad.

–¿No? ¿Es que...? ¿Es que huelo mal? ¿O es porque tengo mal color?

Jonathan se inclinó hacia ella y posó la mano sobre su mejilla.

–No hueles mal y, aunque tienes mal color, no se trata de eso.

Victoria lo miró fijamente.

–Entonces ¿de qué se trata? ¿No te estoy tratando bien? He intentado ser más amable contigo. De veras.

Pasó el pulgar por sus labios y siguió el movimiento del dedo con la mirada.

–Me estás tratando maravillosamente, comparado con cómo me trataste en Londres, y te lo agradezco. Pero no me basta con eso. Como bien sabes, soy un tonto sentimental y reconozco que la última vez que estos labios tocaron otros, tenía diecinueve años. Es el único beso que he deseado conocer.

Victoria contuvo la respiración.

–¿Quieres decir... que no has besado a nadie desde que me besaste esa noche? ¿Ni siquiera a tu *marchesa*?

Él ladeó la cabeza para verla mejor y unos mechones de pelo cayeron sobre su frente.

–Ni a ella, ni a nadie. Aunque me convertí en su amante, la obligué a respetar una sola norma que ella aceptó de buen grado. Que mi boca nunca tocara la suya. Eso hacía que nuestras relaciones físicas fueran... interesantes, pero era el único modo en que podía respetarme a mí mismo. Quería que fueras la única que hubiera tenido esa parte de mí.

Ella tragó saliva con el corazón en la garganta. ¿Había querido reservarse para ella? Era...

–Remington... –musitó–. ¿Permites que te diga que es lo más romántico que he oído nunca?

–Puedes decirlo si es lo que sientes, pero reconozco que acostarme con una mujer mientras deseaba y añoraba a otra no tenía nada de romántico –suspiró–. Ahora, si me disculpas, debo ir a tomar el aire.

–No, no, no puedes –luchó por sentarse, pero se sintió mareada otra vez y recordó que no dominaba del todo su cuerpo. Se tumbó de nuevo y lo agarró del brazo–. Remington...

–Jonathan –dijo él.

–Jonathan...

–¿Sí? ¿Qué ocurre?

Deslizó la mano hacia la solapa de su levita y tiró de él hacia sí. Ansiaba que se quedara.

–No puedes decirme esas cosas y luego dejarme sola con mis pensamientos en este camarote.

Él apartó suavemente los dedos de su solapa.

—Me temo que el mar te está haciendo perder el juicio.

Tal vez fuera así. No podía explicarlo, pero era como si sus palabras hubieran revivido una pequeña parte de su ser que había estado enterrada todos esos años.

—Quiero que me beses. Por favor.

Él la miró con fijeza.

—¿Quieres que te bese?

—Sí.

—¿Ahora?

—Sí, ahora.

Jonathan sonrió, visiblemente satisfecho.

—Aunque me siento inmensamente halagado, lamento decirte que no puedo hacerlo.

—¿Vas a rechazarme otra vez?

—Sí.

—¿Vas a negarme un beso?

—Sí.

—Creo que, en efecto, he arrojado mi cerebro por la borda de este barco y no te acabo de entender. ¿No eres tú quien hizo que nos diéramos placer en un carruaje mientras circulábamos por Londres? ¿A qué viene esto? ¿Es que quieres castigarme por cómo te he tratado?

—Un hombre como es debido no castiga a la mujer a la que ama. Bajo ningún concepto —se inclinó y puso ambas manos en el cabecero, sobre ella.

Victoria contuvo la respiración y miró fijamente su boca.

—Te aseguro que, al rechazarme, me estás castigando.

—No. Al rechazarte, me estoy asegurando de que ninguno de los dos sufra —respiró hondo y la miró con fijeza—. No voy a permitir que mancilles el recuerdo de nuestro beso y que luego te alejes de mí. Cuando me beses, Victoria, será porque hayas decidido pasar el resto de tu vida conmigo. No me conformaré con menos. Te aseguro que no tocarte está siendo... un auténtico suplicio. Desde que nos casamos no ansío otra cosa que... –cambió de postura, pasó una de sus musculosas piernas por encima de ella y se deslizó sobre su cuerpo, frotando su miembro erecto contra ella–. Esto –posó las manos sobre sus pechos y los acarició por encima del vestido–. Y esto.

Victoria dejó escapar un gemido de sorpresa y deslizó las manos por su pecho, hasta su cintura. Tiró de su camisa y metió las manos bajo ella para tocar su piel tersa y cálida. Jonathan contuvo el aliento y cambió nuevamente de postura. Posando las manos sobre sus hombros, la miró fijamente, como si intentara traspasar su alma.

–No –dijo con voz ronca.

Le dio un vuelco el corazón.

–¿No?

–No voy a besarte ni a acostarme contigo hasta que seas mía. Cuando seas mía, como antes, te besaré y tú me besarás a mí.

Se apartó de ella y se levantó lentamente. Volvió a remeterse la camisa, se aclaró la garganta y se enderezó el chaleco.

–Volveré dentro de quince minutos –abrió la puerta del camarote, salió y cerró a su espalda.

Victoria levantó una mano, temblorosa, y luego la dejó caer sobre el colchón. Jonathan no iba a permitir que se besaran hasta que declarara que era suya.

Aquel hombre no era de este mundo.

Aunque no debería haberla sorprendido. Aquel ultimátum era propio de un hombre que creía en anillos mágicos. Maldito fuera él y maldita fuera ella.

¿Se estaba equivocando, quizá, al negarle la oportunidad de curar lo poco que quedara de su alma? ¿Era posible que se hubiera equivocado desde el principio respecto a él, a la vida y el amor?

Sí. Sí, era muy posible. Y Remington, su querido Remington, empezaba a iluminar de nuevo esos rincones oscuros de su vida, como había hecho antes, cuando ella tenía diecisiete años.

Jonathan no había subido a cubierta. Qué demonios, ni siquiera se había alejado de la puerta del camarote. Seguía apoyado contra la pared del estrecho pasillo del barco, frente a la puerta cerrada que lo separaba de Victoria. Las tablas crujían bajo sus botas y las lámparas de queroseno que colgaban del bajo techo oscilaban, esparciendo una luz escasa y movediza.

Estaba loco por negarle lo que más deseaba, pero se negaba a besarla o a consumar su matrimonio hasta que sintiera que aquello significaba algo para ella. Sentía que Victoria iba enterneciéndose poco a poco, pero no le bastaba con eso, y no quería conformarse con menos. Sobre todo, después de la vida que había llevado todos esos años. No iba a acostarse con Victoria solo para descubrir que no había conseguido nada con ello, salvo lo mismo que le habían ofrecido los Casacalenda: dinero al precio de su hombría y su orgullo.

Aun así, lo conmovía saber que su Victoria estaba preocupada por él. Había reparado en que no dormía mucho, a pesar de que había intentado ocultárselo. Todavía no había logrado desprenderse del horario al que se había acostumbrado mientras servía como *cicisbeo*. Aquella vida todavía pesaba sobre él en muchos sentidos, y era consciente de que su influencia tardaría mucho tiempo en disiparse por completo, pero lo último que quería era cargar a Victoria con sus problemas.

Como aún le quedaban diez minutos que gastar, se sacó del bolsillo el librito de Victoria, Cómo evitar un escándalo. Había prometido leerlo no solo por respeto al conde, que le había dado la oportunidad de ser el marido de su hija, sino también en honor a ella.

Buscó la página en la que había dejado la lectura y sonrió. Era un libro muy inteligente, ingenioso y hasta divertido. Resumía a la perfección lo que todo hombre deseaba en una esposa. Una mujer cariñosa, atenta y sumisa, pero también inteligente. Sabía que Victoria era esto último, pero ¿cariñosa, atenta y sumisa? En fin... aún tenía dos semanas.

Arrugó el entrecejo y leyó: *Permitir que un hombre te bese o te toque en cualquier momento durante el noviazgo, incluso justo antes de la fecha de la boda, es permitir demasiado. A fin de cuentas, el deber de una dama es procurar a un hombre una razón válida para recorrer el camino hacia el altar. Una razón de peso por la que sonreír en el día de su boda.*

Cerró de golpe el libro al oír un chirrido y levantó la mirada.

Victoria apareció en la puerta.

–¿Qué estás leyendo? –miró el libro entornando los párpados–. ¿Ese es mi libro de etiqueta? –preguntó sorprendida.

Jonathan se lo guardó en el bolsillo y se enderezó la levita, azorado. Ya era bastante humillante haber tenido que confesar que había hecho de fulana y de «doncella».

No quería que además pensara que sentía debilidad por los libros de etiqueta para mujeres.

—¿Por qué rayos iba a estar leyendo un libro de etiqueta? Es un libro de poesía, nada más —carraspeó—. Bueno... ¿Ya han pasado quince minutos?

Victoria lo miró fijamente.

—No. ¿Has salido a tomar el aire?

Negó con la cabeza.

—No.

—¿Piensas hacerlo?

Se apartó de la pared.

—No.

Ella señaló hacia la cama del camarote y se apoyó contra la puerta abierta.

—Entonces, a descansar.

Jonathan habría preferido hacerle el amor en cubierta, contra el mástil, mientras el mar rugía a su alrededor. Pero no iba a decírselo, claro.

Pasó a su lado, consciente de que lo estaba observando atentamente, y se acercó a la cama. Se sentó y se quitó las botas. Las lanzó a un rincón y a continuación se quitó la levita de lana, la dobló cuidadosamente para que el libro que llevaba en el bolsillo no se cayera y la dejó en el suelo, a su lado.

Mientras se desabrochaba el chaleco, Victoria se detuvo ante él y le dio la espalda. Una larga fila de botones recorría su vestido de viaje.

—¿Me ayudas? Prefiero no dormir con el vestido puesto.

Jonathan se paró con las manos en el último botón de su chaleco. No era un santo. Se levantó.

—Permíteme que vaya al otro camarote a buscar a la doncella.

Victoria se volvió y se arrimó a él hasta rozar sus pantalones con las faldas y taparle los pies.

–Anne se encuentra tan mal como yo. Necesita descansar. Podemos desvestirnos el uno al otro sin sentirnos violentos, ¿no?

Jonathan se había quedado sin palabras. Ella sonrió y acercó las manos a su chaleco. Desabrochó el último botón.

–Ya está.

Metió las manos debajo, le quitó el chaleco de los hombros y lo dejó caer sobre la cama.

–Ha sido bastante sencillo. Aunque también una novedad para mí, te lo aseguro. Nunca había desvestido a un hombre. Seguramente te alegrará saberlo.

A Jonathan se le aceleró el pulso cuando ella acercó los dedos a su corbata y deshizo el nudo. Lo miró a los ojos y sonrió de nuevo. Jonathan miró sus labios carnosos y comenzó a respirar agitadamente. ¡Cuánto deseaba devorar aquellos labios, devorar todo su cuerpo! Pero no quería conformarse con menos de lo que merecía. Jamás volvería a ser la marioneta de una mujer. Ni siquiera de Victoria.

Agarró sus manos.

–No. Ya basta.

Ella se detuvo.

–Te estoy desnudando con la mayor discreción de que soy capaz y te pido que tú hagas lo mismo –vaciló y apartó lentamente las manos sin dejar de mirarlo–. No quiero que te sientas incómodo. Solo quería ser amable.

¿Quién podía resistirse a lo poco que le ofrecía? Aquella era su Victoria. Su bella y cándida Victoria.

Jonathan bajó las manos, levantó el mentón y se inclinó hacia ella.

—Adelante.
Ella bajó la mirada y vaciló.
—Continúa —insistió él—. Desnúdame y yo te desnudaré a ti. Podemos comportarnos civilizadamente, ¿no es cierto?
Victoria se mordió el labio y asintió con una inclinación de cabeza. Levantó las manos y le quitó la corbata. La dobló y se inclinó un momento para dejarla a un lado. Después se colocó de nuevo ante él y arrugó el entrecejo. Se inclinó para mirar su cuello desnudo. Acercó una mano y agarró suavemente el colgante de plata que llevaba Jonathan, sacando la cadena de plata de debajo de la camisa. Lo miró entornando los párpados.
—¿Qué es esto? Parece un león alado.
Él miró el colgante, intentando no pensar en el calor de su cuerpo y en que se hallaba a medio desvestir delante de ella.
—Es san Marcos, el santo patrón de Venecia. O san Marco, como dicen los venecianos. Cornelia me lo compró cuando llegamos allí. Toda la ciudad está adornada con leones. Estatuas, puertas, rejas, hasta góndolas. Todo en honor de san Marco.
Ella tocó el colgante, haciendo mecerse la cadena sobre su cuello.
—Es precioso. Y te favorece.
Jonathan sonrió al ver cómo contemplaba el colgante. Recogió la cadena, se la quitó y se la puso a Victoria alrededor del cuello, dejando caer el colgante entre sus pechos.
—Ahora es tuyo.
Ella puso la mano sobre el colgante.
—No, yo... Es tuyo. Te lo regaló Cornelia.
—Y yo te lo estoy regalando a ti. A mi esposa. Estoy

en mi derecho. Ahora date la vuelta. Has acabado de desvestirme. Si me quitas una sola prenda más, más vale que te hagas a la idea de que vas a quedarte en Venecia para siempre.

Victoria vaciló.

—Date la vuelta —repitió él.

Ella se mordió el labio y se volvió lentamente, mostrándole la larga hilera de botones de su espalda.

¡Que Dios se apiadara de él! Le dieron ganas de arrancarle el vestido de los hombros, de bajárselo por las caderas y los muslos, de tomarla en sus brazos y llevarla desnuda a la cama. Deseaba hacerle el amor aprovechando cada balanceo del barco y demostrarle lo que le hacía sentir cada vez que la miraba.

Ella miró hacia atrás, expectante, y un largo rizo se desprendió de su moño. Jonathan se arrimó, exhaló un suspiro para intentar dominarse y comenzó a desabrocharle el vestido empezando por el cuello. Rozó con los dedos su camisa. El calor de su piel hizo que sus dedos se trastabillaran. Dejó al descubierto un corsé azul claro y, bajo él, una camisa de color marfil. Muy lentamente, le bajó las largas mangas por los hombros y desnudó sus brazos esbeltos y gráciles.

Todos los músculos de su cuerpo se tensaron. Aunque procuró dominar su deseo, estaba ya tan excitado que apenas podía respirar. Movió la mandíbula. Incapaz de resistirse, deslizó sensualmente las palmas de las manos sobre la piel desnuda de sus hombros, rozando los gruesos tirantes de su camisa.

Victoria se quedó inmóvil al sentir su contacto, y él comprendió que, si quería, dejaría que acariciara mucho más que sus hombros.

La deseó más aún.

Deslizó las manos por sus brazos y las posó sobre el corsé, ansioso por grabar en su memoria el tamaño de su cintura, el tacto suave del raso y la aspereza del encaje contra su piel.

Victoria se volvió hacia él. Jonathan bajó la mirada hacia sus pechos redondeados, que el corsé empujaba hacia arriba. Su colgante descansaba entre ellos.

Si no dejaba de tocarla inmediatamente, ya no podría parar. Apartó las manos y dio un paso atrás. Chocó contra la cama. Victoria también retrocedió.

–Tienes mucho más dominio de ti mismo que yo.

–Pero mi cuerpo va a sufrir toda la noche, no como el tuyo.

Ella lo recorrió con la mirada y fijó los ojos en la bragueta de sus pantalones. Jonathan posó automáticamente una mano sobre su erección, incómodo al recordar que la *marchesa* tenía por costumbre mirar fijamente su bragueta para indicarle que deseaba que se quitara los pantalones.

Victoria levantó la vista como si notara su inquietud y se aclaró la garganta.

–Eh... perdóname. No quería mirar. Bueno, sí, pero... –arrugó la nariz–. Supongo que debería sentirme halagada por saber que surto ese efecto sobre ti.

Jonathan se sacó la camisa de los pantalones para tapar su erección. ¡Qué poco sospechaba ella cuánto la deseaba en realidad! Esas primeras veces, cuando había tenido que actuar siguiendo órdenes, como un perro, solo había logrado excitarse lo suficiente para gozar y hacer gozar a la *marchesa* mediante el truco de imaginarse a Victoria desnuda bajo él. Imaginársela retorciéndose de placer, jadeando y gimiendo, le había hecho salir airoso, casi milagrosamente, de aquella situación.

Victoria se alejó y se quitó el vestido. Jonathan vio menearse su trasero bajo la fina camisa.

Se volvió hacia la cama, atónito, y respiró hondo. Habría deseado no ver aquello. Bastante le costaba ya fingir que podía soportar no tocarla, no besarla ni acostarse con ella.

Apartó la cama bruscamente intentando ocupar sus manos y su mente, pero comprendió que esa noche no pegaría ojo.

Escándalo 13

Dicen que en la risa se manifiesta el refinamiento y que una dama ha de cultivar la suya. Quien esto escribe ha conocido, sin embargo, a muchas mujeres de buena cuna cuya risa debería dejarse en su estado natural y que son, por lo demás, perfectas. Así pues, háganme caso: lo que importa es que el humor sea sincero y oportuno. Porque sin humor, una no es más que una cara.

Cómo evitar un escándalo
Anónimo

Después de dejar su vestido sobre el baúl para que Anne se ocupara de él por la mañana, Victoria cobró conciencia de que solamente llevaba una camisa y un corsé. Rodeó la cama y se metió en ella. Notó el desasosiego de Remington por cómo se pasó la mano por el pelo cuando la vio meter las piernas bajo la sábana y la colcha.

Por el bien de Remington, y por el suyo propio, se tumbó lo más cerca posible del borde. Hasta se puso de lado para animarlo a meterse en la cama.

El collar que le había regalado se deslizó por su cuello y la cadena de plata quedó amontonada sobre el colchón. Tocó el colgante. Tenía la sensación de que las humillaciones a las que se había visto sometido Remington estando al servicio de la *marchesa* lo habían afectado profundamente. El modo en que se había apresurado a cubrir su erección era una señal de cuánto había sufrido.

Aunque no deseaba sentir lástima por él, no podía evitar compadecerlo. Porque lo que le había ocurrido no era distinto de una violación. En aquella época era un muchacho de apenas diecinueve años que se había visto obligado a aceptar lo que consideraba más conveniente para su familia.

Victoria parpadeó para contener las lágrimas.

El crujido de los tablones del suelo y un ruido como de arrastrar de baúles le hicieron comprender que Remington estaba reorganizando sus pertenencias. Sofocó una sonrisa, consciente de que seguramente solo lo estaba haciendo para posponer el momento de acostarse.

Después de que los tablones del suelo crujieran un par de veces más, el colchón se movió y Remington se sentó al borde de la cama, al otro lado. Victoria apretó los labios y procuró no volverse hacia él. Pero al cambiar él de postura, su cuerpo se ladeó. Remington se movió hacia ella y se detuvo. Exhaló un suspiro. Estiró el brazo y agarró la mano que Victoria tenía apoyada en el colchón. La atrajo hacia sí y Victoria se volvió y quedó tendida boca arriba. Tragó saliva cuando los dedos largos y cálidos de Remington se entrelazaron con los suyos y el calor de su piel se mezcló con el suyo. Cerró los ojos, disfrutando de su contacto. En ese momento nada más importaba. Se sentía... en paz.

Remington soltó su mano, cambió de postura y con

la otra mano la agarró de la cadera y la atrajo hacia sí. La rodeó con el brazo y murmuró junto a la curva de su hombro:

–Buenas noches.

A pesar de que estaba completamente vestido, con camisa y pantalones, Victoria tuvo la sensación de que estaba desnudo. Le parecía estar ahogándose, pegada a su cuerpo duro y cálido. Intentó apartarse del calor creciente de su cuerpo, que olía a jabón, pero Remington la atrajo de nuevo hacia sí. Algo duro se clavó en su trasero.

–Perdona a mi amigo –susurró él, divertido–. Pero no consigo que se marche.

Victoria puso unos ojos como platos. Como si no bastara con que su miembro erecto se estuviera clavando en sus nalgas, Remington comenzó a trazar con los dedos la curva de su cuello, adelante y atrás, adelante y atrás, con caricias suaves y juguetonas.

Se le aceleró el corazón. Era insoportable.

–Remington...

–Jonathan.

¿Por qué se le olvidaba siempre?

–Jonathan...

–¿*Sì, mia cara*?

¡Santo cielo, oírle hablar italiano era como chupar un azucarillo!

–Creo que voy a desmayarme.

–¿Por qué? ¿Qué te molesta ahora?

–¿Aparte de tu... amigo? No dejas de tocarme y es injusto, teniendo en cuenta que no piensas darme ni siquiera un beso.

Él se rio. Apartó la mano de su cuello y la deslizó por su cintura.

—Duerme en el suelo si te molestan mis caricias —frotó la barbilla contra ella—. O en cubierta.

Victoria soltó una risita y le apartó las manos.

—Creo que esta noche no vamos a pegar ojo.

Remington se apoyó en el codo y se inclinó hacia ella.

—Tú ganas. Acaba con tus sufrimientos y bésame. Adelante.

A Victoria le dio un vuelco el corazón al oír su ofrecimiento inesperado. Se volvió hacia él, tumbándose por completo de espaldas, y lo miró. Pero notó por su sonrisa satisfecha y por el brillo travieso de sus ojos que no iba a dar su brazo a torcer.

Lo miró con los ojos entrecerrados.

—En realidad no me estabas ofreciendo un beso, ¿verdad?

Sonrió.

—No, pero te gustaría, ¿verdad?

Victoria se rio.

—Bobo.

Remington le dio unos golpecitos en la nariz con un dedo.

—Duérmete.

Ella se contuvo para no morderle el dedo.

—No soy yo quien necesita dormir.

Él se arrimó más a ella.

—¿Qué te parece si te cuento un cuento?

Ella puso los ojos en blanco.

—No soy una niña que necesite que le cuenten un cuento para dormir y preferiría que procuraras descansar. Vamos, a dormir.

Remington se tumbó de espaldas, cruzó sus largas piernas y se quedó mirando el techo de madera.

–Érase una vez, hace mucho, mucho tiempo, un noble llamado Bartholomew, dueño de una inmensa fortuna y de enormes privilegios –hizo una pausa–. ¿Sigo o ya estás aburrida?

Victoria sonrió y se quedó mirando el techo, a su lado.

–Si te escucho, ¿prometes dormirte luego?

–Haré lo que pueda.

–Quiero que me lo prometas, porque los dos sabemos que eres un hombre de palabra.

–En esto tienes razón. Me dormiré, te lo prometo.

–Bien. Entonces, continúa.

Se aclaró la garganta.

–Ese hombre tan rico y privilegiado no se parecía a ningún otro que viviera en aquel reino. Bartholomew contemplaba la vida como si fuera un rompecabezas que podía resolver con toda facilidad, y tenía un talento inigualable para tallar y pulir piedras preciosas. Tal era su talento que, a los diecisiete años, la familia real comenzó a hacerle encargos. Huelga decir que aprendió a servirse de su habilidad en provecho propio. Talló y pulió un rubí exquisito y lo engarzó en un precioso anillo de oro. Después colocó el anillo en una cajita forrada de terciopelo y se la envió a una bella aristócrata que llevaba años rechazando a todos los hombres del reino. Su regalo iba acompañado de una misiva que advertía de que el anillo tenía poderes mágicos que la harían amarlo contra su voluntad. Ella cayó bajo su hechizo. Se conocieron, se enamoraron y se casaron, lo cual demostró que el anillo tenía, en efecto, algún poder mágico.

Victoria lo miró y vio su perfil, serio y solemne como el de una estatua. Quizá le estuviera desvelando la historia del anillo de rubí de su madre.

—¿Es una historia verdadera?

Los ojos azules de Remington se clavaron en los suyos.

—Sí.

Victoria volvió a fijar los ojos en el techo.

—Usaste los mismos métodos que tu padre para conquistarme.

—A los diecinueve años no tenía métodos propios.

—Eso es cierto. Entonces, ¿qué ocurrió? Continúa.

—Mucho después de que se casaran, y para su inmensa felicidad, les nació un hijo robusto y hermosísimo.

Victoria se rio.

—¿Hermosísimo? No adorne en exceso la historia, mi querido señor.

—Te ruego que no interrumpas al narrador.

Se rio de nuevo.

—Perdóname, pero ¿te referías a ti mismo o es que tienes un hermano al que aún no conozco?

—Voy a ignorar ese revés contra mi honor y a continuar con mi historia. Pasaron los años y a ese niño robusto y hermosísimo, es decir, yo, se le metió en la cabeza la idea de embarcarse en grandes aventuras. Hasta tal punto que siempre andaba escapándose de casa y metiéndose en líos por las cosas más absurdas, como disparar a todas las manzanas de todos los árboles con su pistola. Árboles que no eran propiedad de su padre. También le gustaba disparar a los peces de los estanques en vez de usar un anzuelo. Era increíblemente difícil acertarles, por cierto, y tardó semanas en lograrlo.

—Deberían haberte requisado la pistola.

Remington soltó una carcajada.

—Lo hicieron. Seis pistolas, nada menos. Incluso advirtieron al guardabosque que perdería su empleo si volvía a procurarme cualquier cosa que usara pólvora. Así que me aficioné a los cuchillos sin que mi padre lo supiera. Eran más fáciles de esconder y no hacían ruido. Luego, un día, clavé mi puñal en el techo del despacho de mi padre y no pude recuperarlo. Le pedí a Dios que mi padre no se diera cuenta.

Victoria se echó a reír al imaginarse al pequeño Remington mirando angustiado el mango del cuchillo clavado en el techo. Remington también se rio.

—Mi padre tardó menos de una hora en darse cuenta. Tras propinarme una buena azotaina, me hizo sentarme en una silla y me dijo: «En un mundo como el nuestro, hijo, hay tres docenas de sinvergüenzas por cada hombre honrado. Proponte ser algo más que lo que puede ser todo el mundo. Que ese sea tu reto. Requiere mucha más habilidad hacer lo correcto en el momento oportuno que apuntar con un arma a un pez en movimiento».

—Un hombre muy sabio, tu padre.

—Sí, lo era. Sus palabras me parecieron muy notables y desde entonces las llevo en el corazón. Con mayor motivo aún cuando mi madre sucumbió a unas fiebres poco después de aquello. Los médicos no parecían comprender qué le ocurría. Solo sabían que se estaba muriendo. Consciente de ello, se quitó el anillo del dedo y al dármelo me pidió que viviera como un caballero y que buscara la misma clase de amor que ella había compartido con mi padre. Insistió en que nunca me conformara con menos y en que eso era lo único que podía hacerla feliz. Llevé ese anillo conmigo a todas partes desde los doce años, esperando conocer a mi chica y preguntándome cómo sería.

Victoria siguió mirando el techo, pero una ternura

dolorosa se apoderó de ella al comprender que era y había sido siempre esa chica. Sencillamente, había olvidado cómo serlo.

—Después de morir mi madre, me enviaron a Eton contra mi voluntad. Allí conocí a más bribones que caballeros, lo cual solo me hizo constatar que mi padre tenía razón y me decidió a perfeccionar mi carácter. Para asombro mío, menos de un año después, mi padre se casó con una viuda. No me hizo ninguna gracia. Sentí que había traicionado la memoria de mi madre. Odiaba a su nueva esposa, que era de una frivolidad insoportable, pero le tomé mucho cariño a su hija Cornelia, que era solo un año mayor que yo. La verdad era que estaba deseando que llegaran las vacaciones solo para poder pasar una temporada con ella. Siempre discutíamos sobre cuál de los dos era más romántico, si ella o yo. Siempre ganaba ella. Luego, un día, estando en Eton, me topé con siete chicos que estaban dando una paliza a un muchacho indefenso al que conocía del comedor. Me metí en la refriega y me enfrenté a ellos lo mejor que pude. Y aunque ninguno de los dos pudo andar sin hacer una mueca de dolor durante una semana, nos hicimos muy amigos. Ese muchacho era Grayson.

Victoria no pudo evitar sonreír.

—Debiste dejar que siguieran zurrándole.

Remington frotó una rodilla contra su pierna.

—Lo defenderé hasta el final. Conmigo siempre ha sido un buen amigo. Cuando lo mandaste a Venecia, intentó pagar a los Casacalenda para que rescindieran mi contrato. Pero, tal y como yo había predicho, el *marchese* lo despidió advirtiéndole de que no volviera a aparecer por Venecia. Porque no se trataba de dinero, sino de poder. Grayson estaba indignado. Mandó incontables cartas a todos los funcionarios del gobierno austriaco que tenían algún poder en Venecia. Le dijeron que acudiera a su rey o, mejor aún, a la Basílica, puesto que el delito parecía ser de esos que solo la Iglesia era capaz de resolver. Por fin se vio obligado a aceptar lo que yo ya había aceptado.

Victoria sacudió la cabeza, horrorizada. Se volvió y se apoyó en un codo para verlo mejor.

—¿Por qué no dejaste que me lo contara?

Remington posó la mano sobre su cara.

—En parte por vergüenza. Me habían arrebatado mi hombría por culpa de mi propia estupidez al hacer negocios con quien no debía. Además, sabía que te embarcarías a escondidas y que irías en mi busca, y me resultaba insoportable pensar que te vieras expuesta a peligros por mi causa.

—Aun así debiste decírmelo —susurró ella, muy seria.

—Ahora lamento no haberlo hecho, pero eso no puede cambiarse, ¿verdad? —apartó la mano de su cara y la deslizó por su brazo.

Victoria se estremeció. Oculta bajo la colcha, la mano de Remington siguió deslizándose por su cintura. Su pulgar comenzó a moverse en círculos, sensualmente, buscando un lugar justo por debajo del corsé. Ella contuvo la respiración. Sintió que el latido de su corazón le atronaba los oídos. Notó el deseo y las expectativas de Remington en aquella caricia y se sintió abrumada. ¿Estaba lista para ser la mujer que él merecía? ¿Sabría estar a la altura de su amor? ¿De su pasión? Temía decepcionarlo.

—Deberías dormir.

Él apartó la mano y asintió con un gesto.

—Sí. Buenas noches.

—Buenas noches —se acomodó en la almohada, junto a él, y miró hacia las bujías, cuya luz, cada vez más débil, iba dejando avanzar las sombras.

Aparte de los crujidos de la madera y el embate del mar contra los costados del barco, no se oyó nada durante largo rato.

Había demasiado silencio.

—Qué silencioso está todo —dijo de pronto Remington como si le leyera el pensamiento—. Hasta con el rugido del mar.

Victoria sonrió.

—¿Me está pidiendo usted una nana, milord?

—¿Te estás ofreciendo a cantármela?

—No.

—¿Por qué? Nunca te he oído cantar.

—Si canto, no volverás a pegar ojo.

Él se rio.

—Lo tendré en cuenta. Recítame algo, entonces.

—¿Qué te gustará que recitara?

—Cualquier cosa. Pero nada triste.

—Eso elimina todos los poemas que conozco.

—Vamos, algún poema alegre tienes que conocer.

—No, ninguno. Mi padre prefería la poesía con la que podía identificarse. Tristeza, muerte, desesperación... —hizo una pausa al recordar el libro que había visto leer a Remington. Un libro que, estaba segura, no contenía poemas. Había reconocido el volumen nada más verlo, pero ignoraba por qué lo negaba él y cómo había llegado a sus manos—. ¿Qué hay de ese libro de poesía que estabas leyendo antes? Quizás haya algún buen poema que pueda leerte.

Él se quedó callado un momento.

—Victoria...

—¿Sí? —preguntó en tono cándido.
—No era un libro de poesía.
—¿No?
—No. Era, en efecto, tu libro de etiqueta.
—Entiendo. El que has negado tener.
—Sí.
—¿Y de veras lo estabas leyendo?
—Sí.
—¿Por qué?
—Bueno... No es porque me atraigan esos temas, sino porque... era tuyo. Y tiene mi nombre escrito por todas partes. Me gusta mirarlo y saber que en algún momento sostuviste ese libro con un amor que ahora intento recuperar.

Muy propio de él, recordarle las horas incontables que había pasado pensando en él y manchándose las manos de tinta.

—¿Y de dónde lo has sacado? Recuerdo claramente que lo tiré.

—Tu padre lo confiscó y me lo ha regalado. Hasta ha escrito una dedicatoria en la que habla de tu madre. ¿Quieres leerla?

Victoria tragó saliva y sacudió la cabeza.

—No, ahora no —en ese momento no quería pensar en la muerte, ni en sus padres. Solo en aquello. En Remington.

Él suspiró.

—Victoria, ¿cómo esperas que duerma cuando el tono de tu voz me da ganas de suicidarme?

—Perdona. Me he despistado pensando en otra cosa —entornó los párpados un momento y buscó en su memoria algo que recitar—. Conozco una rima, si quieres oírla.

—Adelante. Me encantaría.
—Pero te advierto que es un poco vulgar.
Jonathan se quedó callado un momento.
—¿Y dónde has aprendido tú algo vulgar?
Ella refrenó una sonrisa al notar su preocupación.
—Grayson la cantaba siempre cuando iba a verme e insistía en que seguiría cantándola hasta que me casara. Y, efectivamente, ha cumplido su palabra. La cantaba todo el rato y a mí me molestaba tanto que al final acabé fijándome en la letra. Después, empecé a fastidiarle yo recitándosela. Mi padre se ponía furioso. No solo con Grayson, también conmigo. Es muy grosera.

Remington recolocó la almohada bajo su cabeza.
—Esto tengo que oírlo. Adelante, recítala.
Ella hundió la cabeza en la almohada y levantó la barbilla.
—«Yo, una tierna doncella, he tenido pretendientes por docenas. Un mercero peripuesto fue el primero, mas no me interesó su pacotilla. Lo mío, mío es y me lo quedo, y hagan otras lo que quieran con sus viandas».

Remington se rio.
—Grayson nunca me ha recitado esa.
—Porque tú le caes mejor que yo.
—No estoy de acuerdo, pero continúa.
—«Un cortesano bienoliente un beso me dio. Prometióme la luna por que fuera suya, mas no le creí, pues es bien cierto que esos prometen sin ton ni son. Un doctor en leyes vino del tribunal y quiso comprar mi mano con su jornal. Excelente fue su alegato mas de nada sirvió, pues calabazas di también al pelagatos».

—¿Estás segura de que fue Grayson quien te la enseñó? Porque esa doncella se parece mucho a ti, rechazando a pretendientes a diestro y siniestro.

Victoria le dio un golpe en el brazo con el dorso de la mano.

—Se supone que tienes que estar durmiendo. ¿Por dónde iba? —respiró hondo—. «Llegó luego un muchacho muy galán, de oficio chupatintas de justicia. Se sacó de la manga un mandamiento, mas al punto lo largué con viento fresco. Un usurero fue el siguiente, le sobraba el dinero al muy trapero, mas decidí vivir sin su flagelo. Me ofreció alhajas, oro para dar y tomar, mas mi albedrío no quise hipotecar.»

—¡Qué barbaridad, qué indecencia! Ya basta, he oído suficiente.

—¡Calla! Tú no eres una doncella. Ahora, permíteme acabar. «Un gallardo teniente fue quien a continuación vino a asaltar mi polisón. Mucho empeño puso en el envite, mas hice acopio de valor y en un periquete escapé de su enorme ariete.»

—Pienso darle una paliza a Grayson por enseñarte esa basura.

Ella se rio.

—Deja de interrumpirme de una vez. «Un gentil sastre, vara en mano, quiso tomarme la medida muy ufano. Me habló de cierta raja más allá de mi rodilla, mas no me pareció muy grueso el paño...»

Remington se atragantó.

—Esto no va a ayudarme a dormir. En absoluto.

Ella sonrió, traviesa.

—Tú querías que te lo recitara.

—Y lamento habértelo pedido. ¿Has acabado?

—No, qué va. «Cien más podría contar que vinieron a ofrecerme sus halagos, convencidos de lo fácil del empeño. Mas aunque moza no me deje engañar. Pues lo mío, mío es y me lo guardo hasta que me case, digan los hombres lo que quieran, que yo así me quedo»–se detuvo, y de pronto se dio cuenta de que Remington tenía razón: aquella parecía ella.

Él titubeó.

–¿Ya está?

–Sí. ¿Quieres que te recite otra cosa?

–Eh... no.

–¿Vas a dormirte?

–Sí.

–Bien.

Remington tomó aire y exhaló un suspiro.

–Buenas noches, Victoria.

–Buenas noches, Remington.

Se arrimó a ella.

–Confiaba en que a estas alturas me llamaras Jonathan. Remington es como me llama todo el mundo, y tú no eres todo el mundo.

A ella le aleteó el corazón.

–Buenas noches, querido Jonathan.

Él se recostó de nuevo en la almohada y dejó escapar un suspiro.

–Me encanta cómo bajas la voz cuando dices mi nombre.

Santo cielo, ¿dejaría alguna vez de aletearle el corazón como una mariposa atrapada en el mar? Pensó seriamente en agarrar su cara y besarlo, pero sabía que seguramente se enfadaría con ella.

–Buenas noches –dijo.

–Buenas noches.

El silencio los acunó. Pasado un rato, las luces se apagaron y solo quedó el crujido de la madera, el balanceo del barco y el ruido incesante del agua al estrellarse contra el casco. En medio de la oscuridad, oyó la respiración de Jonathan y se consoló sabiendo que estaba a su lado.

Largo rato después, su respiración se hizo lenta y regular. Victoria no supo cuánto tiempo estuvo despierta a oscuras. Pudo ser una hora, o dos, o tres. Pero al final ella también sucumbió a aquella quietud.

Escándalo 14

A una dama que demuestra un entusiasmo excesivo por todo y por todos se la suele acusar de haber pasado demasiado tiempo en el cuarto de los niños. Poner de manifiesto las propias emociones es todo un arte. Mientras que algunos se inclinan por que una dama las sofoque por completo, quien esto escribe prefiere que solo las exhiba en la medida justa para que los demás sepan lo que piensa y siente, sin que parezca que se crio entre ardillas. Si una dama busca el refinamiento a la hora de comunicar sus pensamientos y emociones, estos se convertirán en su mayor atractivo.

Cómo evitar un escándalo
Anónimo

Venecia, Italia, primera hora de la mañana

Victoria bajó paso a paso por la pasarela del barco y pisó el estrecho muelle de piedra. El aire fresco de la mañana rozó su cara y agitó las cintas de seda de su sombrero plisado. Agarró con más fuerza su bolsito de cuentas y respiró hondo para saborear aquel instante. El aire estaba impregnado del aroma acre del mar, mezclado con un penetrante olor a pescado y con una inesperada dulzura que le recordó el olor de los melones.

Aunque el suelo parecía mecerse bajo sus pies después de pasar tanto tiempo encerrada en el barco, un vigor renovado se apoderó de ella. Se sentía como si, al despertar, se hubiera hallado por sorpresa en medio de una pintura renacentista llena de cielos infinitos, salpicados de cúmulos de nubes en los que podían dormitar los ángeles. Y al pie de un cielo tan ilustre rielaba un mar verde e inmenso, en el que se reflejaba la luz cegadora del sol que asomaba entre las nubes.

En medio de toda aquella belleza, cerniéndose sobre ella y a su alrededor, a derecha e izquierda y hasta donde alcanzaba su vista, había majestuosas fachadas de piedra y ladrillo, palacios desgastados por el paso de los siglos y edificios apiñados. Un gran puente de piedra blanca, el Puente de Rialto; Jonathan se lo había señalado poco antes desde cubierta, unía ambos lados de la ciudad formando un arco soberbio.

En algunas ventanas apuntadas se veían jardineras repletas de flores y balcones de hierro forjado, y a lo lejos dos ancianas damas venecianas ataviadas con suntuosos vestidos traídos de Francia charlaban tranquilamente apoyadas en la baranda de una terraza que miraba al Gran Canal. Sus abanicos a juego, de color rosa claro, se agitaban de vez en cuando. Pasaron volando varias palomas grises que viraron hacia los tejados herrumbrosos antes de perderse por completo de vista.

Si existía la magia, tenía que ser en un lugar como aquel. Pero lo más asombroso de Venecia eran los edificios que surgían del agua como nenúfares en un estanque. Todos ellos, le había explicado Remington, se sostenían precariamente sobre un sinfín de pilares clavados en el barro, bajo el agua.

Remington se detuvo junto a ella. El ala curva de su sombrero dejaba en sombras sus ojos azules cuando la miró. Le tendió el brazo y su levita gris de mañana se tensó sobre su brazo musculoso.

–Bienvenida a *Venezia, signorina*.

A ella le dio un vuelco el estómago. Estaba de verdad allí. En Venecia. Con Remington. Sonrió y posó la mano sobre su brazo para que la llevara por el estrecho camino de piedra, junto al agua verde y turbia que lamía el borde del muelle.

–Primero tenemos que buscar una góndola. Si no, no llegaremos a ninguna parte. Ya he dispuesto que nos envíen los baúles. Ven –señaló un grupo de estrechas barcas negras cuyos extremos se curvaban bruscamente hacia arriba como las babuchas de un sultán. En las proas había grabados dos remos de extrañas formas y en medio de cada barca se alzaba un pequeño camarote cerrado de color negro, con las ventanas cubiertas con cortinas.

Victoria arrugó el entrecejo mientras se acercaban.

–¿Eso es una góndola?

–Sí.

–Parece más bien la barca fúnebre de un sultán.

Remington se rio y soltó su brazo cuando se detuvieron ante un joven de cabello oscuro que se alzaba sobre ellos desde lo alto de la popa de una góndola.

–¡*Signore* Remington! –exclamó el joven, levantando un brazo musculoso–. Londres no bueno, ¿eh? *Venezia* mejor.

Remington se echó a reír y se tocó el ala del sombrero.

—Sì, Antonio. *Venezia* es mejor, pero he traído algo de lo que *Venezia* nunca podrá presumir —se volvió hacia Victoria, levantó su mano enguantada y la hizo acercarse al joven—. Victoria, este es Antonio. Uno de los muchísimos gondoleros a los que he conocido con el paso de los años. Aunque él dirá que no, sabe aún más de idiomas que de mujeres. Antonio, *mia moglie*, *signorina* Victoria.

—¿*Moglie*? —repitió, mirándola de arriba abajo como si estuviera completamente desnuda. Saltó al bordillo de piedra y la góndola se balanceó sobre el agua. Profirió un largo silbido—. *Tutti i ragazzi vogliono incontrare una ragazza come lei.*

Victoria levantó las cejas. Hasta el hombre más descarado se habría refrenado un poco más. De pronto se descubrió lamentando que la señora Lambert no se hubiera empeñado en que aprendiera italiano, en vez de francés.

Miró a Remington.

—Supongo que me has presentado como tu mujer y que le ha parecido bien.

Él sonrió y le apretó la mano.

—Opina que todo hombre sueña con conocer a una mujer como tú. Pero eso lo sé desde hace años.

Ella se puso colorada al volverse hacia el gondolero, que le sonrió enseñando unos dientes muy blancos.

—*Grazie, signore* —era todo el italiano que sabía.

Antonio se quitó la gorra y dejó al descubierto unos largos rizos negros que habrían sido la envidia de cualquier mujer. Hizo una profunda reverencia. Remington soltó la mano de Victoria y siguió hablando con él en italiano en tono alegre y despreocupado. Antonio levantó los ojos al cielo, sacudió la cabeza y contestó con un torrente de palabras mientras volvía a ponerse la gorra. Les indicó que subieran a la góndola.

Victoria metió la mano en su bolsito para sacar dinero. Remington se inclinó hacia ella y posó la mano sobre la suya.

−Antonio insiste en que montes gratis los primeros días. Confía en que quedes lo bastante satisfecha como para que sigas utilizando sus servicios mientras estés en Venecia.

Lo miró con sorpresa mientras él se acercaba a la góndola. Se volvió hacia Antonio y le sonrió con timidez. Antonio movió las cejas oscuras y sonrió. Remington se volvió hacia él y lo miró con enfado.

−Intenta no pasarte de la raya con mi esposa o puede que te cuelgue del campanario de una iglesia.

Victoria le dio un golpe en el hombro.

−Va a dejarnos montar gratis. Déjalo. Se lo ha ganado.

Remington la miró fijamente.

−No quiero que te sientas incómoda. Aquí los hombres son muy directos, y tú no estás acostumbrada a eso.

−Ya lo he notado. Tiene su encanto −se acercó a la góndola, nerviosa, y miró a Remington−. ¿Puedo?

−Claro −abrió las cortinas de color marfil y la ayudó galantemente a entrar en la pequeña cabina.

Victoria se dejó caer en un mullido cojín. Se alisó las faldas y mientras miraba a su alrededor notó el balanceo de la góndola y aun así se sintió extrañamente segura y más cómoda que en un carruaje.

Remington se acomodó a su lado, descorrió la cortina y la ató a un lado. Se quitó el sombrero, lo dejó junto a sus pies y, para sorpresa de Victoria, la rodeó con un brazo y la atrajo hacia sí.

—Estaremos más cómodos así —murmuró.

Ella sofocó una sonrisa y se acurrucó contra su cuerpo cálido y fuerte. No se imaginaba paseando por Hyde Park abrazada por su marido. Sería el escándalo de la temporada. Tenía que reconocer que ya empezaba a gustarle Venecia. Era como si por fin se hubiera librado de todas las convenciones.

La góndola enfiló el Gran Canal. El viento fresco se colaba por entre las cortinas descorridas y agitaba los cordones de seda con flecos que las sujetaban.

Cuando comenzaron a moverse entre las incontables góndolas que atestaban el canal, Victoria se sintió como si flotara entre la tierra y el cielo. Miró las ventanas apuntadas y encaladas junto a las que pasaban y contempló el agua verde y densa, en cuyas ondas se reflejaban distorsionados los edificios.

Antonio gritó algo en italiano cuando doblaron la esquina de un edificio y entraron en una zona de canales más estrechos. Los edificios parecieron cercarlos. Victoria se fijó en cómo lamía el agua las piedras y en cómo su movimiento dejaba entrever líquenes y algas verdes y ennegrecidos. Varias puertas de madera con gradas de piedra se alzaban junto al agua, casi al alcance de su mano. Pensar que uno podía salir de su casa y meterse directamente en el agua resultaba tan extraño como encantador.

Entre la belleza de los edificios, el agua, la góndola y el calor de Remington, que la envolvía, sintió una tenue llama de felicidad. Una felicidad verdadera que hacía años que no sentía. Todo parecía tan... perfecto.

Finalmente, la góndola viró hacia las gradas de piedra de un edificio alto y estrecho, con la fachada de ladrillo, y se detuvo. Victoria se incorporó y vio una puerta pintada de rojo con una gran aldaba de hierro en forma de león. Remington se quitó el sombrero, subió a las gradas y le tendió la mano.

—Veremos más esta noche. Primero quiero que hagamos una visita a Cornelia.

Victoria se emocionó al saber que por fin iba a conocer a su hermanastra. Agarró su mano, se recogió las faldas y salió de la góndola.

—¡Vuelve cuando la luna esté en su punto más alto, Antonio! —gritó Remington.

—¡*Sì, signore*! —respondió el gondolero antes de alejarse por el canal.

Victoria miró a su alrededor. Estaban entre el agua turbia y el edificio, sin más sitio al que dirigirse que la puerta roja cerrada que tenían ante ellos. Miró a Remington.

—Espero que Cornelia esté en casa o tendremos que seguir a nado.

Remington se acercó a la puerta y tocó con la aldaba.

—Es temprano. Seguro que están en casa.

Victoria se colocó, nerviosa, a su lado y se alisó las faldas.

—¿Y si no le gusto?

—Entonces tendré que buscarme otra esposa.

Ella le dio un golpe en el brazo en el instante en que se abría la puerta. Un hombre delgado y de cabello gris, con el rostro envejecido por el sol, los miró por la rendija. Sus ojos oscuros se agrandaron cuando vio a Remington.

—¡*Signore*!

—Marcello —Remington se llevó un dedo a los labios—. Avisa a Cornelia y a Giovanni de que bajen enseguida, pero no les digas nada. Solo que he llegado y que es muy urgente.

El hombre asintió con la cabeza, llevándose un dedo a los labios. Abrió la puerta de par en par y les indicó que entraran.

Remington la condujo a un pasillo espacioso que se abría a dos enormes salas de altísimo techo. Se cerró la puerta y el portal quedó a oscuras. El aire quedó impregnado de un perfume a mar y a vino. Varias velas encendidas alumbraban suavemente las paredes del pasillo, cubiertas de brocado de seda de color miel.

El mayordomo le tendió las manos.

—¿*Signorina*?

Victoria se volvió.

—Ah, *grazie* —desató las cintas de gasa de su sombrero, se lo quitó y se lo dio al sirviente. Se desabrochó la manteleta de terciopelo, se quitó los guantes y se los dio también, junto con el bolsito. Marcello recogió además el sombrero y los guantes de Remington. Lo dejó todo sobre una mesa y subió trabajosamente por la escalera.

Victoria estuvo observando la escalera mientras jugueteaba con los dedos, nerviosa. Siempre había querido conocer a Cornelia, pero habría preferido que estuviera advertida de su visita. Remington se acercó a ella y la estrechó entre sus brazos.

—Le vas a encantar.

Asintió, azorada. Tenía un nudo en la garganta. Se sentía como si estuviera a punto de exhibirse.

—¡Jonathan! —exclamó una voz de mujer—. ¿Cómo es que has vuelto tan pronto? Pensaba que...

Victoria levantó los ojos y vio a una mujer rolliza en lo alto de la escalera. Su cabello castaño, largo y suelto, enmarcaba un rostro de porcelana redondo y muy bonito. Cornelia se ciñó el cinturón rojo de su bata de seda dorada. Los miró parpadeando, inquisitivamente, y arrugó el entrecejo.

—No digas nada —susurró Remington al oído de Victoria desde atrás, y la apretó entre sus brazos.

Victoria sintió que se derretía. Le encantaba verlo tan emocionado ante la idea de presentársela a Cornelia. Levantó las manos y apretó sus brazos para darle a entender que no diría nada.

Cornelia bajó la escalera. Sus pantuflas tachonadas con perlas asomaban por debajo de la bata con cada paso apresurado. Se detuvo ante ellos y los miró atónita.

—¿Esta es...?

—Sí —contestó Remington—. Esta es Victoria. La flamante lady Remington. Nos casamos en Londres.

Cornelia dejó escapar un grito agudo, comenzó a batir palmas y a dar saltitos de alegría.

—¡Ay, esto es maravilloso! ¡Absolutamente maravilloso! ¡Ah, Jonathan! ¿Por qué no escribiste para avisarnos? Deberías... —se quedó parada y se ciñó la bata a la altura del cuello—. ¡Madre mía, pero si ni siquiera estoy vestida para darle la bienvenida!

Remington soltó a Victoria y comenzó a tirar de ella hacia la puerta.

—Supongo que deberíamos irnos. Ven, Victoria. Nos buscaremos un hotel.

Victoria se rio y se apresuró tras él, siguiéndole la corriente.

—¡Jonathan! —exclamó su hermana—. Eso no tiene ni pizca de gracia. No permitiré que vayáis a un hotel. Os quedaréis aquí, con Giovanni y conmigo. *Oddio*. Habéis llegado en pleno ajetreo. El cumpleaños de Giovanni es la semana que viene y, aunque el muy bobo se ha resistido hasta el final, voy a celebrar un baile de máscaras en su honor. Habrá que buscaros un disfraz y visitar enseguida a un mascarero. Solo que... –se detuvo, abrió los brazos hacia Victoria y sonrió–. Pero ya basta de parloteos. Quiero que seamos como hermanas, querida Victoria. Me lo merezco, después de haber soportado tantos años las pataletas de Jonathan.

Victoria se acercó rápidamente. Tenía la extraña sensación de conocer ya a Cornelia. La abrazó y murmuró junto a su hombro:

–Tu hermano me ha hablado mucho de ti.

–Conque sí, ¿eh? –se apartó y escudriñó su cara–. Es realmente preciosa, Jonathan. *Corpo di baco*. Los gondoleros de Venecia van a quedarse boquiabiertos.

Victoria se rio, nerviosa.

–Venid –dijo Cornelia, agitando una mano–. Mientras esperamos a mi marido, os enseñaré el salón de baile. Acabo de redecorarlo y pienso inaugurarlo muy pronto. A Giovanni le parece muy pomposo, pero él no tiene ni pizca de gusto –la agarró de la mano y cruzó el arco que había a su derecha. Soltó a Victoria y señaló el gran salón con un profundo suspiro.

–¿Qué os parece? ¿Verdad que ha quedado muy elegante?

Victoria paseó la mirada por el gran salón rectangular. A un lado, las grandes ventanas de un lado daban al canal, y al fondo se abrían a un pequeño patio adoquinado. ¡Santo cielo, el salón ocupaba todo el ancho de la casa!

Abrió los ojos de par en par mientras giraba lentamente sobre sí misma. El salón estaba amueblado con sencillez, con una colección de sillas tapizadas y de relojes franceses. Las paredes, pintadas de un verde suave y pálido, estaban decoradas con docenas de grandes espejos dorados y candeleros que no sólo agrandaban la estancia, sino que multiplicaban la luz que entraba por las ventanas.

—Es precioso —susurró Victoria—. Increíble. Sobre todo con la vista sobre el canal y el patio.

Cornelia meneó una mano.

—Sí, a mí también me lo parece —exhaló un suspiro—. Voy a ver por qué tarda tanto Giovanni. El pobre llegaría tarde hasta a su propio entierro —dio media vuelta y salió del salón apresuradamente, con la bata flotando a su alrededor.

Se hizo el silencio.

Victoria recorrió de nuevo el salón de baile con la mirada, melancólicamente, y se preguntó cómo sería poseer una casa como aquella. Una casa propia que pudiera utilizar para enriquecer no solo su propia vida, sino también las vidas de otros mediante la música y el baile. Se encaminó hacia la entrada.

Remington se recostó en el arco y puso las manos a la espalda. Observó el salón y luego a ella mientras se acercaba.

—¿Qué te ha parecido mi hermana?

—Es todo lo que esperaba y más —se recostó en el arco, frente a él, sonrió y se recolocó las faldas.

Él siguió mirándola un momento. Luego preguntó en voz baja:

—¿Y qué te parece Venecia?

Victoria comprendió que le estaba preguntando si se veía viviendo allí. Respiró hondo, temblorosa.

—Es verdaderamente cautivadora.

—Podría ser nuestro hogar. Podríamos criar a nuestros hijos aquí.

Hijos.

Se quedaron callados.

—¡Remington! —gritó una voz retumbante desde lo alto de la escalera—. ¡*Congratulazioni*! Ya eres un hombre, un hombre de verdad.

Sorprendida, Victoria se apartó del arco y se volvió hacia la escalera. Un caballero de aspecto distinguido, con el cabello abundante y canoso, iba bajando las escaleras. Alrededor de su cuello colgaba suelta una corbata de seda roja, y su camisa abierta dejaba ver la curva de su cuello y el vello negro de su pecho. Por suerte, todo lo demás lo llevaba bien abrochado. Remington posó una mano sobre la cintura de Victoria.

—Victoria, este es el barón...

—No, no, no. Somos *famiglia*. Insisto en que me llame Giovanni —levantó una mano y se detuvo al pie de la escalera. Sonrió y miró a Victoria. Luego se apoyó en la barandilla de hierro y se subió el cuello de la camisa—. Espero que no tengáis planes, porque salta a la vista que *mia* Cornelia piensa acaparar vuestro tiempo os guste o no. Ya os ha añadido a la lista de invitados para la fiesta que va a celebrar en honor de mi ancianidad —se rodeó el cuello con la corbata y se la anudó. El anillo de zafiro de su dedo brillaba cada vez que movía la mano.

Victoria sonrió, fascinada por la situación. Giovanni era tan campechano y encantador... Daba la impresión de que nada podía quitarle su buen humor.

—Y yo me alegro muchísimo de que lo haya hecho —dijo Victoria—, porque nunca he asistido a un baile de disfraces.

—¿Nunca? —Giovanni se alisó la corbata, cruzó los brazos y chasqueó la lengua—. Ojalá los austriacos reinstauraran el carnaval. Eso sí que es un baile de disfraces.

–¿No hay carnaval? ¿Desde cuándo?

Los ojos de Giovanni se agrandaron cuando contestó:

–Desde que el maldito Napoleón pasó por aquí, desde entonces –meneó una mano–. ¡*Merda*! ¿Es que los británicos no informan de nada a su pueblo?

–¡Giovanni! –lo reprendió Cornelia desde lo alto de la escalera–. Todos sabemos lo que opinas de Napoleón, pero, por favor, intenta no comportarte como él. ¡Soltar improperios delante de nuestra flamante cuñada! ¿Cómo se te ocurre?

Su marido la miró dócilmente.

–Debes perdonarme, soy un bruto. Todavía me están domesticando.

Victoria sonrió.

–No hay por qué disculparse.

Cornelia bajó majestuosamente y se detuvo junto a ellos.

–Esta semana tienes que dejarme un día entero libre para que lo pase con Victoria. ¡Hay tantas cosas que quiero enseñarle! Cosas que sé que Jonathan no le enseñará, porque no le gusta ir de tiendas. Jonathan y tú podéis cuidar de los niños si la institutriz no da abasto con ellos.

Giovanni soltó un bufido y meneó un dedo señalando a su mujer.

–No, no, no. Yo me iré a dar una vuelta por la ciudad con Remington mientras vosotras cuidáis de nuestros preciosos bambinos. Así es como se hacen las cosas. Vosotros, los ingleses, queréis hacerlo todo al revés, como siempre. ¿Es que tengo que enseñártelo todo?

Cornelia soltó otro bufido y le apartó la mano.

–Disculpa, Napoleón, pero Jonathan y tú ya habéis visto Venecia. Quiero enseñarle la ciudad a Victoria antes de que Jonathan se la lleve a tierra firme y no volvamos a verlos.

Giovanni bajó la mano y suspiró.

—Mi Cornelia siempre consigue lo que quiere.

Ella se inclinó y frotó la punta de la nariz contra su mejilla.

—No lo olvides nunca.

Giovanni comenzó a refunfuñar.

Eran adorables.

Victoria se inclinó hacia ellos, maravillada.

—Creo que tenéis tres hijos, ¿no es así? ¿Cuándo podré conocerlos?

—Ahora mismo —Cornelia la agarró del brazo y tiró de ella—. Y sí, tenemos tres: Jonathan, Marta y Aniela. Ven, vamos. Están en el cuarto de los niños. Ya deberían haberse levantado.

Subió a toda prisa la escalera y Victoria solo tuvo un momento para mirar atrás, a Remington. Él sonrió, se hizo bocina con las manos y gritó:

—Olvidé decirte que mi hermana es agotadora y que jamás acepta un no por respuesta.

Ella soltó una risilla. Tropezó con el último escalón mientras Cornelia tiraba de ella. Se recogió las faldas y echó a andar rápidamente por el pasillo detrás de su cuñada. Casi había olvidado lo maravilloso que era tener una familia. Una verdadera familia. Hacía muchísimo tiempo que no formaba parte de una.

Escándalo 15

La reputación de una dama solo se deshace si ella permite que se deshaga. Por tanto, ha de proteger su nombre y su virtud con su propia vida, porque a veces no basta con acatar todas las normas. A veces, una dama descubre que hay hombres sin escrúpulos que no solo buscan quebrantar las normas, sino también el espíritu de aquellas mujeres que procuran respetarlas.

Cómo evitar un escándalo
Anónimo

Cinco días después
Venecia, primera hora de la tarde

Los tres adorables hijos de Cornelia, con sus caritas regordetas, sus ojos oscuros y juguetones, sus mejillas sonrosadas y su pelo rizado cuyo tono iba del castaño al negro, obsesionaron a Victoria durante días. Ver las carantoñas que les hacía Remington, cómo se esforzaba por hacerles reír y las palabras cariñosas que les dedicaba, hizo que deseara tener hijos con un ardor que nunca había creído posible.

Pero, naturalmente, ello implicaría quedarse para siempre con Remington. Y aunque habían compartido la cama esas últimas cinco noches, se habían limitado a hablar hasta quedar agotados.

Cada día que pasaba estaba más convencida de que era inevitable. Lo suyo. Todo aquello. Cada día que pasaba, la alegría y la belleza que la rodeaban la hacía darse cuenta de que la vida podía ser perfecta. Solo había que luchar para hacerla perfecta. Y ella había decidido que, cuando llegara la noche, cuando se tumbara en la cama junto a Remington, le sorprendería entregándose a él por completo. Entregándole su corazón y todo lo demás.

–La próxima tienda es divina –comentó Cornelia, dándole unos golpecitos en la rodilla con su mano enguantada–. En Londres no hay nada parecido.

Victoria sonrió. Estaba deseando ver lo que Cornelia tenía planeado. Ya habían pasado casi todo el día yendo de graderío en graderío a través de Venecia, haciendo detenerse a su gondolero cada vez que algo les interesaba e inspeccionando un sinfín de tiendas en busca de abalorios de cristal, guantes, sombreros con cintas y encaje, pantuflas y flores. En realidad apenas quedaba sitio en la góndola para otro paquete.

La góndola se paró junto a unas gradas estrechas junto a las que solo había atracada otra barca. Ante ellas se alzaba una puerta negra con una aldaba de bronce en forma de delfín. Junto a ella había una larga fila de ventanas cubiertas con paneles de cristal más allá de los cuales, sobre gruesos paños de terciopelo rojo, se exhibían máscaras de porcelana coloreada.

—Ven —Cornelia se recogió las faldas del vestido rosa claro y salió sin esfuerzo de la cabina de la góndola.

Victoria, en cambio, aún no se había acostumbrado a entrar y salir de las barcas. Se recogió las faldas y procuró salir con elegancia, pero tropezó, como siempre. Aquello empezaba a ser de risa.

Entraron en una enorme y oscura tienda que parecía extenderse kilómetros y kilómetros. Un olor denso y almizcleño impregnaba el aire cálido. Del vasto techo artesonado colgaban aquí y allá grandes faroles de cristal amarillo que iluminaban suavemente decenas de pasillos. Altas estanterías de madera ocupaban por completo las paredes, formando una especie de laberinto semejante a una fortaleza. En los estantes se veían máscaras de todos los tamaños, colores y expresiones faciales. Victoria ignoraba que pudiera haber tantas.

Cornelia indicó con un ademán los incontables pasillos que formaban las estanterías.

—Cuando se prohibió el carnaval, los mascareros tuvieron que reunir sus mercancías. De ahí que haya tantas máscaras. Aunque los bailes de disfraces siguen siendo muy populares, por desgracia esta tienda siempre está vacía. Ahora quiero que escojas máscaras para Jonathan y para ti. Mi hermano nunca acepta nada de Giovanni y de mí, pero me va a oír si no acepta un par de regalos de boda.

Victoria dejó escapar un suspiro de placer y observó las estanterías repletas de máscaras.

—Aquí tiene que haber miles de máscaras. ¿Cómo voy a elegir?

Cornelia se acercó a ella y le dijo en voz baja:

—El fin de una máscara no es ocultar tu identidad, sino hacerla brillar. Elige la que creas que mejor refleja tu personalidad. Pero elige con cuidado. Los demás te juzgarán basándose en la máscara que lleves —le dio un codazo y guiñó un ojo—. Tómate tu tiempo. Tenemos dos horas, como mínimo. Yo también voy a echar un vistazo. Hay algunas máscaras al fondo que tengo ganas de comprar desde hace tiempo. Ven a buscarme cuando te aburras. Y si no me encuentras, y te aseguro que puede ocurrir, grita un par de veces por los pasillos y dirígete al fondo del todo. Los venecianos gritan constantemente y a nadie le extraña. Ahora, adelante —se despidió de ella agitando la mano y desapareció por uno de los pasillos, perdiéndose entre el laberinto de estanterías.

Victoria sonrió y se encaminó hacia la izquierda por el pasillo más largo. Como tenían tiempo de sobra, miraría todos los pasillos y todas las estanterías. Seguramente tardaría dos horas, como poco. O quizás incluso tres o cuatro.

Paseó la mirada por las primeras estanterías. Caras de porcelana inmóviles reían, lloraban, sonreían o reían con una mueca de desdén, pero por increíble que pareciera, ninguna de ellas reía, lloraba o sonreía de la misma manera. Había máscaras que representaban el sol, la luna, flores o animales... La variedad era infinita.

Avanzó despacio por el largo pasillo, dobló una esquina para tomar otro y se sintió como una hormiga caminando por un bosque. Pasado un rato se detuvo y se quedó mirando una máscara que parecía fuera de lugar entre los vivos colores de la porcelana y las plumas.

Era ovalada, de terciopelo negro e inexpresiva. Suave, con la nariz afilada y sin boca. Solo tenía los agujeros para los ojos. No supo por qué la atrajo tanto, quizá porque era muy sencilla en comparación con las demás y porque le recordó cómo se había sentido a menudo en compañía de otras personas. Seria y fuera de lugar.

Sacó la máscara de la estantería. Ladeó la cabeza y la tocó con cuidado. Era muy suave, pero en absoluto frágil. Estaba hecha de cuero recubierto de terciopelo negro. Era muy elegante y muy simple, y sin embargo... ¿Cómo se sujetaba? No tenía cintas, ni un cordel. Arrugó el entrecejo y al darle la vuelta vio una pequeña pieza de madera sujeta a su parte de atrás.

Oyó un crujido tras ella y una voz grave anunció:

—*Eccellentissimi prima scelta.*

Le dio un vuelco el corazón. Al darse la vuelta, vio en el pasillo, tras ella, a un hombre maduro, muy ancho de hombros. Unos ojos ambarinos y atractivos se clavaron en ella. Su chaleco de color alabastro y su blanquísima camisa, adornada con una corbata de encaje plateado, destacaban escandalosamente debido a que no llevaba levita. Los pantalones de rayas grises se ceñían a sus muslos fornidos y por la parte de abajo se abotonaban bajo unas bruñidas botas de piel. Su extraña apariencia permitía intuir que era el propietario de la tienda.

Sonrió con encanto juvenil y con la mano desnuda se apartó los largos mechones de su cabello grisáceo, aclarado por el sol. Con la otra mano se puso sobre la cara una máscara de cuervo roja y dorada adornada con plumas. Después de mirarla un momento a través de los grandes agujeros para los ojos, apartó la máscara y la dejó con cuidado en una estantería. Su sonrisa se borró cuando dirigió una mirada fogosa a sus pechos y la deslizó de nuevo hacia su cara sin intentar ocultar su admiración por ella y por su recién adquirido vestido de muselina de la India.

—*Non farti passare per un santo.*

Victoria se sonrojó a pesar de que intentó aparentar indiferencia. Ignoraba qué había dicho el desconocido, pero su tono de voz había sonado demasiado erótico para su gusto.

—Eh... Disculpe, no entiendo —levantó tranquilamente la máscara de terciopelo negro que sostenía con la esperanza de distraerlo—. ¿Es usted el encargado de la tienda? ¿Habla inglés? ¿Podría decirme cómo se sujeta esta máscara a la cara?

Él levantó las oscuras cejas.

—¿Británica? —preguntó con fuerte acento veneciano.

—Sí, soy británica.

El desconocido se acercó y escudriñó su cara. Victoria sintió un aroma a cigarros y a cuero.

—¿Está de visita o vive aquí?

Ella tragó saliva, incómoda por sus preguntas y por cómo seguía mirándola, como si estuviera examinando una botella de coñac que pensara beberse.

—Sus preguntas son sumamente indiscretas, *signore*. Le ruego que se refrene.

—Ah, entiendo.

—Gracias.

Él asintió y se acercó. El angosto pasillo pareció estrecharse aún más con su presencia.

—Quítese el sombrero y abra la boca.

Victoria retrocedió.

—¿Cómo dice? —preguntó, agarrando con fuerza la máscara.

El hombre siguió acercándose. Las ventanas que había a su espalda iluminaban fantasmagóricamente su cabello castaño dorado y canoso y oscurecían el espacio que los rodeaba.

—Quítese el sombrero y abra la boca. La ayudaré con

la máscara. El pomo se mete en la boca y se sujeta con los dientes.

¡Ah! ¿Para eso era aquella pieza de madera? Soltó una risa exasperada, mirando la máscara.

—Ya veo. Entendido, gracias. Perdone, pero he pensado por un momento... —hizo una mueca al darse cuenta de lo que indecente que habría sido decirle aquello a un hombre al que no conocía de nada.

—Me halaga usted —el dueño de la tienda señaló las cintas de su sombrero y sonrió—. Quítese el sombrero. La ayudaré.

—No, gracias, no es necesario...

—No se puede comprar una máscara si no es de la talla de quien va a llevarla. Vamos, quítese el sombrero.

Victoria retrocedió un poco más. ¿Por qué insistía tanto? ¿Temía acaso que no comprara ninguna máscara?

—Le agradezco su ayuda, señor, pero no es preciso. Pienso comprarla, se lo aseguro. Me hace gracia esa piececita de madera.

Él frunció el entrecejo. Cruzó los brazos y sus anchos hombros tensaron la camisa blanca y el chaleco.

—No está pensada para hacer gracia. Antiguamente, las *morettas* solían ponérselas las mujeres cuando visitaban un convento. La máscara les impedía hablar. ¿Es eso lo que busca? ¿Una máscara que no refleje emoción alguna?

Ella profirió una risa forzada. ¡Qué deprimente y qué apropiado que hubiera elegido precisamente aquella máscara! Tendría que buscar otra. Dudaba que a Jonathan le gustara que se pusiera la clase de máscara de la que, metafóricamente, había intentado despojarla. Una máscara que estaba harta de llevar.

—Le agradezco que me haya aclarado la historia de

este tipo de máscaras. Supongo que, siendo así, tendré que buscar otra. Una que refleje más alegría. Ahora, si me disculpa, *signore*...

Él le impidió alejarse interponiéndose en su camino.

—Es usted muy bonita —dijo ladeando la cabeza—. ¿Cómo se llama? ¿Vive con la señora con la que ha llegado? ¿Es su amiga o pertenece a su familia?

Victoria lo miró con perplejidad. ¿Había estado vigilándola? Se le aceleró el corazón al intentar sortearlo.

—Soy una mujer casada, *signore*, y por tanto le pido respetuosamente que...

La agarró del brazo y tiró de ella con violencia. Mirándola fijamente a los ojos, la sujetó con fuerza, clavándole los dedos en la piel por encima de la manga del vestido. Se inclinó hacia ella y susurró:

—Me aseguraré de que su marido no se entere nunca. Venga conmigo. Prometo devolverla a su lado antes de que se haga de noche.

Victoria abrió los ojos de par en par. ¿Quién se creía aquel cretino que era? Se desasió bruscamente, arrojó la máscara hacia una de las estanterías y lo miró con indignación.

—Se da usted demasiados aires, señor. Le sugiero que se marche antes de que llame a las autoridades —dio media vuelta, se recogió las faldas y echó a andar apresuradamente por el pasillo en dirección contraria—. ¡Cornelia! —gritó.

No pensaba quedarse en la tienda mientras él estuviera allí. Mientras pasaba junto a las estanterías, fue asomándose a los pasillos en busca de Cornelia, pero no vio ni a un solo cliente, y mucho menos a su cuñada. El caballero caminaba tranquilamente a lo largo del pasillo paralelo, mirándola con fijeza a través de los huecos entre las estanterías. Su semblante hosco pareció tensarse cuando se metió la mano en el bolsillo interior como si buscara algo.

Victoria se asustó tanto que tenía dificultades para respirar. Corrió frenética hacia el fondo del pasillo en penumbra, intentando dejarlo atrás, pero él torció a la derecha y la agarró. Chilló cuando la apretó contra una estantería. Sirviéndose de su cuerpo fornido para sujetarla, le arrancó el sombrero, agarró su cara y le metió un pañuelo arrugado en la boca con sus gruesos dedos. Victoria sintió una arcada e intentó escupir, pero él le apretó la boca con fuerza.

Gritó de nuevo, pero su grito sonó sofocado por el pañuelo y la mano del hombre. Las lágrimas la cegaron cuando comenzó a forcejear violentamente. Golpeó las estanterías a su espalda con los codos y un intenso dolor recorrió sus brazos.

Él la aplastó contra la estantería y agarró una máscara de porcelana de color marfil de una estantería cercana.

–Esta le queda mejor –susurró.

Apartó la mano de su boca, le puso la fría máscara sobre la cara y apretó, empujando el pañuelo hacia el fondo de su boca. Victoria comenzó a sacudir la cabeza con los ojos desorbitados, pero él ya le había atado las cintas detrás de la cabeza, clavándole la cinta en el cuero cabelludo. Lo empujó intentando moverlo, pero no pudo.

¡Estaba completamente loco! ¿Pensaba violarla contra una estantería? ¿En un rincón de una tienda?

Se apretó más contra ella y clavó su miembro erecto contra su cintura encorsetada. Se desató la corbata de encaje, le bajó las manos y la obligó a ponerlas a la espalda. Las máscaras que había tras ella cayeron al suelo con estrépito. Él la miró a los ojos y sonrió. Tiró de sus manos y se las ató por las muñecas con la corbata.

Victoria dejó escapar un sollozo ahogado y procuró controlar su respiración para no desvanecerse. Solo podía respirar por la nariz, que tenía aplastada contra el interior de la máscara de porcelana, cada vez más húmeda debido a las lágrimas que corrían por sus mejillas y al sudor que empapaba toda su cara.

Él la agarró por la cintura y tiró de ella hacia otro pasillo, en un rincón escondido de la tienda. Victoria intentó alejarse, tropezó y se le enredaron las piernas en las faldas, y él la empujó contra una estantería y volvió a apretarla con su enorme cuerpo, impidiéndola moverse. Inclinó la cabeza y besó suavemente su cuello desnudo.

–*Lascia che per sempre inizi stansera* –murmuró con espantosa calma.

Levantó sus faldas y metió una mano bajo ella, subiéndole la camisa. Una mano grande y caliente se deslizó por su muslo. Las lágrimas le impedían ver por las aberturas de la máscara. Intentó gritar de nuevo y empujarlo, pero él la apretó aún más fuerte, aplastándola contra las estanterías. No podía moverse.

¿Dónde estaba Cornelia? ¿Dónde estaba todo el mundo?

¿Por qué...?

Él comenzó a acariciar su muslo juguetonamente.

–Lo necesitas –murmuró.

Victoria sintió que se ahogaba. Notó el sabor acre de la bilis en la garganta. Las estanterías parecieron desdibujarse a su alrededor.

Él la contempló con frialdad. Resollaba, pegado a

ella, como si estuviera refrenándose. Se inclinó hacia ella y deslizó la punta de la lengua por su garganta.

–Noto que desafías a todos los hombres que te desean –dijo junto a su oído con voz ronca–. ¿Por qué?

Victoria dejó escapar un sollozo ahogado. Sus palabras parecieron traspasarle el alma. Fue como si la despojara de mucho más que de su dignidad. Estaba intentando hundir las manos en su espíritu. Incapaz de respirar, sintió que se le nublaba la vista.

–Hueles a lavanda –murmuró él. La mano que tocaba su muslo se retiró y dejó caer sus faldas.

Alargó el brazo por detrás de su cabeza, desató la máscara y la arrojó a la estantería, a su lado. Pasando las manos por su cintura, desató también la corbata con que le había sujetado las muñecas y se la colgó alrededor del cuello.

Sonrió, le sacó suavemente el pañuelo de la boca, retrocedió y se lo guardó en el bolsillo.

–Acabaremos esto en otra ocasión.

Victoria sofocó un gemido de espanto mientras tragaba aire y se dejó caer contra la estantería, apartándose de él. Quiso huir, gritar y golpearlo, hacerlo pedazos por lo que acababa de hacerle, pero por algún motivo su cuerpo y su lengua no respondían. Solo podía temblar.

–¿Victoria? –la llamó Cornelia tras ellos.

Dejó escapar un sollozo, aliviada por no estar ya a solas con él.

El hombre se volvió para mirar a Cornelia. Su voz grave resonó en medio del vibrante silencio:

–*Baronessa*, me estaba preguntando cuándo se reuniría con nosotros. He de decirle que viene usted muy bien acompañada. Deseo visitar a su *fidanzata* mañana por la noche a las ocho. Tengo entendido que tiene marido. Asegúrese de que él no esté en casa cuando me reciba. Y no es una petición –pasó junto a ellas y desapareció por uno de los pasillos, hacia el interior de la tienda.

Cornelia se quedó boquiabierta un instante, mirándolo alejarse. Después se volvió hacia ella.

–¡Victoria! ¿Qué ha pasado? ¿Y tu sombrero? –corrió hacia ella–. ¡Ay, Dios! ¿Qué te ha hecho? ¿Te ha hecho daño? Te estaba buscando, pero... ¿No me has oído llamarte?

–No –respiró hondo varias veces, trémula, y se apartó de la estantería llevándose una mano al estómago. El corazón seguía latiéndole desbocado–. ¿Quién es? –preguntó, jadeante–. Quiero saber su nombre. ¡Quiero saber el nombre de ese asqueroso canalla! ¡Quiero que lo cuelguen! ¡Quiero verlo en la horca!

Cornelia la miró con estupor. El paquete que sostenía cayó al suelo ruidosamente.

–¿Qué te ha hecho? Santo cielo, ¿no habrá...?

Victoria procuró dejar de temblar y señaló rígidamente hacia el lugar por el que había desaparecido el desconocido.

–Ese... ese salvaje me ha manoseado como si estuviera en su derecho. ¡Es indignante! ¡Que una mujer de mi posición tenga que...!

Cornelia la rodeó con sus brazos y la apretó contra sí.

–Tenemos que decírselo a Jonathan enseguida. Él lo resolverá. Él resolverá este malentendido. Ya lo verás.

Victoria le apartó los brazos y retrocedió hacia las estanterías.

–¿Este malentendido? ¿Qué malentendido? –gritó–. ¡Ese... tendero me ha tratado como a una vulgar ramera!

–¡Shh! Tenemos que irnos. Ven, ¡deprisa! –Cornelia la agarró del brazo y tiró de ella por los pasillos.

Doblaron una esquina y de pronto se encontraron de nuevo a la entrada de la tienda. Cornelia abrió la puerta, empujó a Victoria hacia su góndola y cerró de un portazo a su espalda. Victoria montó a duras penas en la góndola y se dejó caer en el asiento.

–No le he dado pie. ¡No le he dado pie!

Cornelia se sentó a su lado, la miró fijamente y dijo en voz baja:

–Te creo. De veras. Pero ese... no era el tendero. Era el *marchese* de Casacalenda. Jonathan ha estado a su servicio todos estos años, ¿no te lo ha dicho?

A Victoria estuvo a punto de salírsele el corazón del pecho. Sofocó un gemido y sacudió la cabeza mientras intentaba no vomitar. ¡Santo Dios!

–Jonathan lo resolverá –insistió Cornelia–. El *marchese* y él siempre han estado en buenos términos. A pesar de su reputación, te aseguro que ha sido muy bueno con nosotros. Siempre. Le debemos todo lo que tenemos.

Victoria se movió hacia ella sintiendo una opresión en la garganta.

–Ese hombre... –dijo, y tuvo que hacer un esfuerzo para no gritar– nunca ha hecho nada digno de alabanza. Aunque puede que creas que os salvó a tu madre y a ti de las deudas, lo cierto es que destruyó a Jonathan. Ese hombre obligó a tu hermano a convertirse en el querido de su esposa. Lo que me ha pasado en esa tienda no es nada comparado con lo que le ocurrió a mi pobre Jonathan. Y si dudas de lo que digo, pregunta a tu hermano. Porque yo... yo... –se le quebró la voz. Llena de perplejidad, se tapó la boca con una mano temblorosa. Entre todas las tiendas que había en Venecia, entre todas las mujeres que había en la ciudad, ¿por qué a ella? ¿Por qué?

¿Por qué el destino tenía que ser siempre tan cruel con Jonathan y con ella? ¿Por qué?

Cornelia la estrechó entre sus brazos y profirió un sollozo angustiado.

—No... no entiendo —dijo—. Jonathan nunca me lo dijo. ¿Por qué no me lo dijo? Nosotros nos lo contamos todo.

Victoria tragó saliva al darse cuenta de que, en su ofuscación, había traicionado la promesa que le había hecho a Jonathan.

—Perdóname, Cornelia. No debería... no debería habértelo dicho. Por favor, no le digas a Jonathan que te lo he contado. No quería que lo supieras. La verdad es que quería dejar de servir en esa casa, pero el *marchese* amenazó con mataros a tu madre y a ti, y Jonathan prefirió protegeros prestándose a su juego. He sentido que había algo repulsivo en ese hombre mucho antes de que me tocara.

Cornelia se echó a llorar.

—Yo se lo permití. Se lo permití... Mi madre se empeñó en que era la única solución. Y Jonathan... mi pobrecito Jonathan decía que lo trataban muy bien y que... —siguió sollozando, temblorosa, todavía abrazada a Victoria—. Jonathan quiere demasiado a todo el mundo. Y yo lo soporto. Lo odio. De verdad. Porque siempre acaba sufriendo. Y no se lo merece. No se lo merece.

Victoria la abrazó con fuerza mientras las lágrimas rodaban por su rostro. Jonathan, en efecto, siempre había amado demasiado. A todo el mundo, incluso a ella.

Y ella siempre lo había querido, pero se había negado a reconocerlo, convencida de que de ese modo se evitaría sufrir de nuevo. Al final, sin embargo, solo había conseguido que sufrieran ambos.

—Yo me encargaré de que Jonathan no vuelva a sufrir, Cornelia —le susurró con voz ronca—. Te lo prometo. Lo procuraré con todas mis fuerzas.

No dijeron nada más mientras la ciudad pasaba flotando a su lado, desdibujada, de vuelta a casa.

Escándalo 16

Cuando una dama se convierte en esposa, no queda en modo alguno exenta de las normas del escándalo. Sencillamente, dichas normas se reorganizan para reflejar las expectativas marcadas por su marido. A veces, esas expectativas exceden a las de la propia sociedad. Ello puede resultar muy molesto y extremadamente conflictivo.

Cómo evitar un escándalo
Anónimo

–¡Giovanni! –gritó Cornelia, histérica, desde el corredor de entrada a la casa–. ¿Dónde estás? ¡Giovanni! ¡Tengo que hablar contigo enseguida! ¡Por amor de Dios, Giovanni!

Jonathan se quedó paralizado, dejó caer sus cartas sobre la mesa lacada, se levantó y lanzó una mirada a Giovanni, que también dejó los naipes y se puso en pie. Cruzaron corriendo el salón. ¡Ay, Dios! ¡Dios! ¿Qué había...?

–¿Cornelia? –gritó Jonathan mientras corría por el pasillo. Entró en el vestíbulo en el momento en que Cornelia y Victoria se separaban después de haberse abrazado.

Giovanni pasó a su lado y se detuvo bruscamente.

—¿*Ti sei fatto male*? —preguntó.

Cornelia no le hizo caso. Se volvió hacia Jonathan. Tenía la cara arrebolada y los ojos enrojecidos e hinchados. Le tembló el labio cuando miró con ira a su hermano.

—¿Cómo pudiste? ¿Cómo pudiste?

Jonathan contuvo la respiración y escudriñó su rostro. Nunca había visto a su hermana tan enfadada.

—¿Qué? ¿Qué he hecho?

—¡No se puede amar a otro si uno no se ama a sí mismo! —le gritó Cornelia con voz desgarrada—. ¡Habría preferido la muerte antes de que accedieras a eso! ¿Es que no sientes ningún respeto por ti mismo? ¿Ninguno? —le propinó de pronto una fuerte bofetada que le hizo volver la cabeza.

Él se quedó petrificado.

—¡Cornelia! —Victoria se acercó corriendo y la apartó de un empujón—. Tu hermano no se merece tanto desdén. Ni de ti, ni de nadie. Déjalo en paz. ¡Déjalo! —se dejó caer contra él, le rodeó la cintura con los brazos y se apretó contra su cuerpo.

Jonathan abrió los ojos desorbitadamente al comprender que su hermana sabía la verdad acerca de él y la *marchesa*. Sabía que había sido un amante pagado. Lo poco que quedaba de su honra, de su orgullo y su buen nombre había... desaparecido. Lo único que le quedaba se había esfumado. Por culpa de Victoria. De la mujer en la que creía que podía confiar. La mujer a la que creía que podía amar, a pesar de que se negaba a corresponder a su cariño.

Rechinando los dientes, le apartó los brazos de su cintura y la agarró por los hombros.

—¿Se lo has dicho? ¿Después de que te pidiera expresamente que no lo hicieras? ¿Por qué se lo has dicho? ¿Por qué?

Victoria levantó la mirada. Ella también tenía los ojos hinchados y enrojecidos.

—No te enfades, por favor. Por favor. Perdóname. No quería decírselo. Ha sido...

—¡No tenías derecho! —gritó, zarandeándola. Clavó los dedos en sus hombros en un esfuerzo por refrenar su ira—. ¡Era prerrogativa mía, Victoria! ¡Mía! ¡No tuya! ¿Acaso no me he humillado suficiente ante ti? ¿Es eso? ¿Ahora también quieres despojarme de lo poco que queda de mi honor degradándome ante mi familia?

Los ojos de Victoria se llenaron de lágrimas y un sollozo escapó de su garganta.

—Jonathan, por favor, perdóname, yo...

—¡Remington! —Giovanni lo apartó y lo obligó a soltarla—. Le estás haciendo daño. ¡Ya basta! ¡Basta!

Jonathan dio media vuelta y se pasó las manos temblorosas por el pelo, incapaz de mirar a Victoria o a su hermana. A partir de ese momento, sería para siempre un cualquiera sin ningún valor. Incluso para su propia hermana. Jamás podría perdonárselo a Victoria.

Cornelia ahogó un sollozo.

—Giovanni, tienes que hacer algo. El *marchese* de Casacalenda va a venir a por Victoria. Vendrá mañana por la noche. ¿Qué vamos a hacer? ¿Harán algo las autoridades, teniendo en cuenta su poder? ¡Tienen que hacer algo! No pueden permitir que aterrorice así a una mujer.

Jonathan se volvió hacia ellas bruscamente. Sintió las

piernas y los brazos entumecidos mientras intentaba, frenético, entender lo que había ocurrido.

–¿Qué quieres decir? ¿Qué ha pasado?

–El *marchese* –Victoria lo miró a los ojos, angustiada–. Estaba en la tienda. Yo... no le di pie. No le di pie alguno. No creo que supiera quién era yo. Pensé que era el encargado de la tienda. Luego me hizo una oferta. Cuando me negué e intenté huir, me agarró, me ató y... –apretó los labios, sacudió la cabeza y desvió la mirada.

Jonathan sintió que las venas de su cuello se hinchaban. Un dolor abrasador invadió su cuerpo y su mente, y un odio que no había sentido en toda su vida se apoderó de él. Jamás había pensado en matar a otra persona. Hasta ese instante.

Se quitó violentamente la levita de los hombros para librarse del calor que se agitaba dentro de él y la arrojó al suelo.

–Morirá por esto –dijo con voz ahogada y ronca. Miró a Giovanni–. Voy a necesitar tu mejor pistola, una docena de balas y pólvora.

Victoria lo miró con los ojos desencajados.

–¿Qué piensas hacer? ¿Matarlo?

–Sí.

–¿Estás loco? –le gritó–. ¡Puede que merezca morir, pero no voy a permitir que te cuelguen por esto!

Jonathan sabía que era mejor no mirarla. Si no, perdería por completo la cordura. Sabía que el único responsable de haberla expuesto a aquel peligro era él. De entre todas las mujeres que había en Venecia, ¡el *marchese* de Casacalenda tenía que elegir precisamente a su Victoria!

–Procuraré matar a ese canalla respetando la ley –dijo

con la mayor frialdad de que fue capaz–. En un duelo. Giovanni, te estoy pidiendo que seas mi testigo y mi segundo, en caso de que no pueda acabar.

Cornelia dejó escapar un gemido.

–¡Giovanni! No. Dile que no. No puedes permitirlo. ¡Podrían mataros a los dos! Hacer de testigo, y más aún de segundo, es como empuñar la pistola. ¡Tú lo sabes! A tu propio tío lo mataron haciendo de segundo en un duelo.

Victoria asió a Jonathan del brazo y tiró de él.

–Jonathan, Jonathan, no, por favor. Por favor. Te lo suplico. Si alguna vez me has querido, por favor, no hagas esto. Hay otros modos de hacer que ese hombre pague por lo que ha hecho.

Sus palabras y su tono de angustia deberían haberlo empujado a reconsiderar su postura. Pero nada le haría cambiar de idea, cuando la honra de la única mujer a la que había amado se había visto amenazado por el mismo hombre que lo había despojado de su honor.

–No hay otro modo. Pienso batirme en duelo con él.

Giovanni lo miró intensamente.

–Tengo tres hijos y una esposa en los que pensar.

Jonathan se acercó a él y le dijo en voz baja:

–Si un hombre que te humilló de la peor manera posible y que al mismo tiempo utilizó a tu propia familia contra ti volviera a hacerte daño intentando convertir a tu esposa en una cualquiera, ¿qué harías? ¿Acudir a las autoridades, que tú y yo sabemos que no harán nada? ¿O proteger a tu esposa de un hombre que no se rendirá hasta que esté muerto?

Giovanni se pasó la mano por la cara y masculló:

–Lo mataría.

Jonathan asintió con un gesto.

–En efecto.

Su cuñado lo miró fijamente.

–Si quieres seguir adelante, Remington, debes ceñirte al código de honor o los tribunales de Venecia te procesarán. Has de dar al *marchese* la oportunidad de redimirse. Si no lo hace, seré de buena gana tu segundo y testificaré ante los tribunales si resulta muerto.

–¡Giovanni! –exclamó Cornelia–. No, no lo permitiré. ¡Nada de eso! ¿Cómo puedes...?

–¡Ya basta! –vociferó su marido con un brusco ademán–. Todos sabemos de lo que es capaz el *marchese*. Estará mejor muerto. Y que el diablo se lleve su alma.

Jonathan puso una mano sobre su hombro y se lo apretó.

–*Grazie*. Necesito hablar con mi esposa. A solas, por favor.

–Claro. Sí, desde luego –Giovanni pasó a su lado, agarró a Cornelia del brazo y la condujo rápidamente hacia las escaleras–. Ven. Vamos a ver a nuestros hijos, *cara*. Deja a Remington con su mujer.

Cornelia le dio un golpe en el brazo mientras tiraba de ella escalera arriba.

–¡No! No pienso marcharme hasta que esto se resuelva como tiene que resolverse. ¿Cómo puedes permitirlo? ¡Es mi hermano, Giovanni!

–¡Y yo soy tu marido! –rugió él–. Por eso vas a hacer lo que yo te diga y a dejarlos en paz. ¡Vamos!

Aunque Cornelia siguió protestando con vehemencia, unos instantes después se perdieron de vista y el barullo de sus voces acabó por apagarse.

Jonathan se volvió hacia Victoria y procuró mantener la calma, pero le temblaron las manos. Ansiaba tomarla en sus brazos, apretarla contra sí y decirle cuánto la amaba y cuánto sentía haberla llevado a Venecia, pero temía perder la compostura si lo hacía.

—¿Qué te ha hecho? —murmuró—. ¿Te... penetró?

Ella parpadeó para contener las lágrimas y negó con la cabeza. Cerró los ojos y pasados unos instantes susurró:

—No, pero podría haberlo hecho. Me ató, me levantó las faldas y me tocó los muslos contra mi voluntad. Nunca he pasado tanto... tanto miedo. Nunca me había sentido tan humillada.

Jonathan respiró hondo, estupefacto. Aquel canalla se había atrevido a manosear a su Victoria.

—Lo retaré en duelo —dijo con furia—. Y lo mataré. Que de eso no quede ninguna duda. No puede tocarte y seguir viviendo.

Victoria abrió los ojos y sacudió lentamente la cabeza. Tiró de las cintas de su sombrero, lo arrojó a un lado y se acercó a él.

—Jonathan, por favor, no lo hagas. Deja que las autoridades se encarguen de esto.

—Las autoridades no harán nada. Nunca hacen nada. Casacalenda les llena los bolsillos, de ese modo siempre queda impune. Las autoridades nunca le han pedido cuentas, ni siquiera cuando han desaparecido criadas de su casa y las familias han exigido respuestas. No han hecho nada. Nada.

—No voy a permitir que destruyas tu vida por esto, Jonathan. ¿Me entiendes? No voy a permitirlo.

Él entornó los ojos.

—No me conoces si crees que voy a permitir que alguien te ultraje de esa manera sin vengarme.

Victoria lo miró, suplicante.

—Jonathan... Tú me importas más que mi virtud y mi honor.

Él sintió que la habitación se desdibujaba a su alrededor.

—¡Ese cerdo no puede seguir viviendo después de lo que te ha hecho! —rugió.

Victoria se sobresaltó, asombrada.

¡Por Dios! La estaba asustando, y pronunciando ante ellas palabras que no debía oír. Tragó saliva e intentó recuperar la compostura.

—Perdóname —dijo por fin con voz cansada—. Dejando a un lado que piensa volver a por ti, nunca volverás a ser la misma. Esto te atormentará y nos atormentará a ambos. Ya me mantienes a distancia y... —apartó la mirada y sintió el escozor de las lágrimas—. Todavía no te he tocado, todavía no te he hecho mía.

Victoria se acercó.

—Soy tuya, Jonathan. Lo soy y siempre lo seré.

Lo agarró del chaleco y tiró de él con sorprendente fuerza. Jonathan se quedó inmóvil. Victoria le hizo bajar la cabeza y se apoderó de su boca.

El corazón de Jonathan se desbocó cuando sus labios se abrieron al unísono y ella deslizó la lengua en su boca antes siquiera de que pudiera reaccionar. Sintió que se derretía y dejó escapar un gruñido que resonó a su alrededor. En ese momento nada existía, salvo el movimiento de su lengua. El calor de su boca aterciopelada lo embargó por completo.

Victoria lo quería.

Lo deseaba... y sabía lo que significaba aquel beso.

Se estaba comprometiendo con él.

Para siempre.

Jonathan la besó salvajemente, deslizó los brazos alrededor de su cuerpo y la apretó contra sí para que sintiera su amor, su deseo, su aliento. La deseaba con desesperación. Un turbulento torrente de sensaciones se apoderó de su mente y su cuerpo. Dejó escapar otro gemido y Victoria devoró su boca, impidiéndole pensar y respirar, agarró con fuerza su pelo y tiró de él como si le exigiera que le entregara algo más que un beso.

Jonathan bajó las manos hasta sus faldas de muselina y las recorrió con las manos. Victoria lo estaba besando. Lo estaba besando de verdad.

Agarró con ferocidad un puñado de tela en cada mano, le levantó un poco las faldas por encima de los tobillos y la llevó hacia el salón de baile, detrás de ellos. Dejó de besarla cuando cruzaron la entrada del salón y se alejó rápidamente hacia las puertas abiertas. Las cerró, respirando agitadamente. El ruido retumbó en el espacioso salón desierto.

Se acercó a ella con decisión, la asió por la cintura y la condujo hacia la pared más próxima. Victoria no dejó de mirarlo.

—Me has besado —dijo Jonathan.

—Sí. Lo que significa que ahora estás obligado a cuidar de que sea feliz el resto de tu vida. Y te aseguro que no me harás feliz si mueres.

—Sé manejar una pistola desde que tenía seis años y no he fallado un solo disparo desde los nueve —la apretó contra la pared con las caderas y le levantó la barbilla para ver mejor su cara sonrojada—. No voy a morir. Morirá él.

—No puedes predecir lo que va a ocurrir.

Él pasó un dedo por su barbilla.

—¿Me quieres, Victoria?

Ella parpadeó rápidamente.

—Si no te quisiera, ¿crees que me importaría que te batieras en duelo?

Jonathan bajó la cabeza y acercó los labios a los de ella hasta que sus alientos se mezclaron.

—No me des a entender lo que sientes por mí. Dímelo. Quiero oírte decirlo. Lo necesito.

—Te quiero —susurró ella.

—Dilo como si te saliera del alma.

—Te quiero, Jonathan —afirmó con más fuerza—. Te quiero, te quiero, te quiero.

Él tensó la mandíbula y apretó su miembro erecto contra ella.

—¿Cuánto me quieres?

Victoria contuvo la respiración.

—Demasiado.

—Demasiado no me basta.

—¿Y tú? ¿Me quieres a mí? —musitó.

Jonathan besó su frente con ternura y deseó ardientemente poder borrar todo lo que le había hecho.

—Siempre te he querido. Siempre. Ya lo sabes.

Besó de nuevo su frente, apartando los mechones de cabello rubio. Hundió los dedos entre sus rizos y fue quitándole las horquillas una por una y dejándolas caer al suelo. La espesa cabellera se deslizó pesadamente sobre sus brazos y se desparramó por los hombros de Victoria, hasta su cintura. Como le había dicho en broma hacía años, ahora parecía verdaderamente una sirena.

—Dios mío, moriría por ti.

Ella lo empujó.

—No quiero que mueras por mí. Quiero que vivas por mí. Ya ha habido suficientes muertes en mi vida.

—No hablemos más de eso. Te prometo que con el tiempo conseguiré que olvides lo que ha pasado. Te acariciaré hasta hacerte mía por completo. Borraré el recuerdo de sus manos.

Ella entornó los párpados y lo atrajo hacia sí con determinación.

—No necesito que lo borres a cambio de tu vida. No puedes batirte en duelo con él. Vamos a marcharnos de Venecia. Esta misma noche.

—No pienso pasar esto por alto. Ni tampoco huir.

El semblante de Victoria se crispó.

—No estarías huyendo. Estarías reconociendo que nosotros somos más importantes que ese duelo. Se trata de que respetes tu vida, Jonathan, en vez de dejarte llevar ciegamente por la cólera. No todas las emociones son buenas, ni siempre se puede confiar en ellas. Hasta los mejores hombres pueden pervertirse. Olvídate de lo que sientes por una vez y no cedas a un acto salvaje indigno de ti.

—Victoria...

—Que nada vuelva a interponerse entre nosotros, ni ahora, ni nunca. Ahora, poséeme. Consuma este matrimonio. Hazlo, enseguida.

Jonathan intentó refrenar su deseo.

—No. Ahora no. Lo haremos esta noche. En la cama. Como te mereces.

—Sé lo que me merezco. Y bien, Jonathan Pierce Thatcher, vizconde de Remington, ¿desea usted hacerme suya a mí, lady Victoria Jane Thatcher, para que de ese modo nos amemos más aún?

Él tragó saliva.

—Claro que sí.

—Pues no me hagas suplicarte lo que nos corresponde por derecho. Lo que siempre nos ha correspondido. ¿Acaso no hemos esperado ya suficiente? ¿No nos merecemos este momento? Me estoy entregando a ti por completo, Jonathan, y te pido que te entregues por completo a mí.

¡Que el cielo se apiadara de él! Aquello no podía ser verdad. La apoyó suavemente contra la pared, le levantó la barbilla y bajó la cabeza. Se apoderó de su boca y, haciéndole abrir los labios, le introdujo la lengua al tiempo que deslizaba las manos por su cuerpo. Hundió los dedos en la tela de su vestido en un intento desesperado de refrenar su deseo de arrancárselo y penetrarla salvajemente. Lo que Victoria necesitaba de él era ternura. No más lujuria desatada.

Ella pasó las manos por su chaleco, hasta llegar a sus pantalones. Jonathan se movió para dejarle sitio y siguió besándola apasionadamente. Victoria deslizó una mano hasta su trasero mientras con la otra frotaba suavemente su erección. Jonathan se frotó contra ella, poseído por una oleada de sensaciones placenteras.

Victoria abrió la mano y frotó la punta de su verga a través de la tela de los pantalones. Jonathan dejó escapar un gemido. Ignoraba si Victoria sabía lo que estaba haciendo, pero era increíble. Interrumpiendo su beso, la apretó con más firmeza contra la pared y se puso de rodillas ante ella. Se desabrochó los pantalones, se apartó el calzoncillo y sacó su gruesa verga, cuya punta ya estaba húmeda. Agarró el bajo de sus faldas y se metió bajo ellas.

—¡Jonathan!

—Shh. Serán mis labios y mis manos las que recuerdes para siempre —aunque él no veía nada, sintió su suave calor y el olor a lavanda de su piel. Le hizo separar las piernas y besó la cara interna de su muslo, rozando una de sus ligas de encaje. Se movió hacia su calor y pasó la lengua por el abultamiento de su sexo. Luego comenzó a chuparlo.

Ella comenzó a mover rítmicamente las caderas, gimiendo, y Jonathan comprendió que, si al día siguiente moría en el duelo, moriría sabiendo que al fin había hecho suya a la única mujer a la que había amado.

Mientras la lengua ardiente de Jonathan lamía los pliegues húmedos de su sexo, Victoria se dejó caer contra la pared y apoyó las palmas en ella en un intento desesperado de sostenerse en pie. Jadeó, intentando respirar, cuando sus manos la sujetaron con firmeza. Jonathan le estaba recordando que aquellas caricias eran deliciosas. No sórdidas. Ni salvajes. Denotaban amor. El más puro y verdadero amor.

Sintió que se le aflojaban las rodillas, que no podía mantenerse en pie. Con un gemido, se deslizó por la pared y Jonathan se detuvo. Salió de debajo de sus faldas en el instante en que ella se sentaba en el suelo. Con el pelo revuelto, se tumbó de espaldas arrastrándola consigo. El largo cabello de Victoria pareció envolverlos por completo.

Jonathan la levantó y la hizo sentarse justo por debajo de su verga desnuda y erecta. Ella se echó el pelo hacia atrás para que no le molestara. Sosteniéndole la mirada, Jonathan le levantó despacio las faldas para dejar al descubierto su sexo.

–Pronto estarás embarazada –le susurró–. Yo me encargaré de ello. Dime, ¿cuántos hijos quieres tener? ¿Lo sabes ya?

A ella se le aceleró el corazón. Era consciente de lo que estaba a punto de ocurrir y de que, en efecto, podía quedar encinta. Tener un hijo de Jonathan.

Se incorporó ligeramente para dejarle entrar.

–Cuatro –susurró–. Prométeme cuatro.

–Cuatro, prometido –deslizó la mano entre los dos para guiar su verga. Luego se detuvo y la miró a los ojos.

Viendo que dudaba, Victoria se dejó caer sobre su grueso miembro. Ahogó un gemido y se puso rígida al sentir un dolor inesperado y abrasador. Jonathan soltó un gemido acongojado y la agarró por la cintura, hundiéndose más en ella.

—Dios mío, esto no puede ser verdad.

Pero era verdad. Todo ello.

Victoria respiró hondo, intentando controlar la oleada de sensaciones que la invadió, tan dolorosa como placentera.

—¿Se supone que tiene que doler?

—Has ido demasiado rápido —contestó él con voz entrecortada—. Hazlo despacio al principio. Por el bien de los dos, o no aguantaré y te quedarás a medias. Ahora muévete. Despacio. Y cuando ya estés lista, más deprisa.

Victoria apoyó las manos sobre su pecho y comenzó a moverse lentamente sobre su verga. La creciente humedad que envolvía sus pliegues no solo hizo tolerable el dolor, sino que comenzó a procurarle un intenso placer. Cada vez que se movía, se sentía más y más osada y permitía que su miembro rígido la penetrara más y más profundamente. El placer comenzó a hacerse urgente, y empezó a perder la capacidad de refrenarse.

Jonathan comenzó a moverse bajo ella y la agarró con firmeza de la cintura.

—Mírame, Victoria —dijo—. Quiero que me mires.

Sus ojos se encontraron.

Se hundió en ella una y otra vez, cada acometida más urgente y más violenta que la anterior. Su mandíbula se tensó y sus ojos azules no se apartaron ni un instante de los de ella.

—Di que me quieres —insistió—. Dilo.

—Te quiero —dijo con voz ahogada mientras se movía sobre él, consciente de que estaba a punto de alcanzar la dicha que tan ansiosamente buscaba.

—Dilo otra vez.

—Te quiero —repitió, y su voz resonó en el salón de baile.

Sin dejar de sostenerle la mirada, siguió contoneándose sobre él y saliendo al encuentro de sus acometidas, cada vez más impetuosas. Quería demostrarle que lo necesitaba demasiado como para arriesgarse a hacer algo que los separara de nuevo. Se frotó una y otra vez contra su verga y sus gemidos se mezclaron con los gruñidos sofocados de Jonathan mientras su cuerpo temblaba, empujado hacia un placer que nunca antes había experimentado.

—Mírame —jadeó él, penetrándola cada vez más aprisa—. No cierres los ojos. No dejes de mirarme, ni siquiera cuando levantes el vuelo.

Los ojos de Victoria se agrandaron y un placer arrollador se apoderó por fin de su cuerpo, haciéndola gritar. Intentó mantener la cabeza erguida y hacer lo que él le había pedido. Se retorció sobre él mientras gozaba, sin apartar la mirada de sus ojos rebosantes de amor. Nunca volvería a ser la misma. Y juró no volver a esconderse de sus propias emociones, ni de él.

La mente de Jonathan quedó en blanco cuando el sexo húmedo de Victoria oprimió su miembro. Ella gritó y se meció sobre él, acalorada, pero siguió mirándolo a los ojos.

Consciente de que había alcanzado el clímax, dejó escapar un gruñido atormentado y la tumbó rápidamente de espaldas. Apoyó las manos junto a sus hombros y comenzó a moverse sobre ella cada vez más aprisa, mirándola de nuevo a los ojos. Su respiración se hizo cada vez más agitada. Comenzó a darle vueltas la cabeza.

–Victoria... Dios, Victoria... Esto es mejor de lo que había soñado.

Su cuerpo se sacudió por entero, poseído por una oleada de placer desconocido, y ahogó un gemido al derramar su simiente dentro del vientre de Victoria.

Cuando su corazón se calmó por fin, besó su frente tersa, su nariz y sus labios y se apartó suavemente, tendiéndose a su lado sobre el suelo. Cerró los ojos un momento, agotado, y se preguntó qué demonios acababa de ocurrirle. Se sentía como si su alma se hubiera purificado.

Por fin había hecho el amor. No había fornicado. Había hecho el amor.

Ella suspiró melancólicamente.

–Jonathan...

Aturdido todavía, se volvió hacia ella y la estrechó contra su pecho. Frotó la nariz contra su pelo y su olor a jabón y lavanda calmó sus agitados pensamientos. Levantó la cabeza y le sonrió, incapaz de expresar lo que aquel instante significaba para él. Victoria era suya por fin. Toda suya. Y nada ni nadie volvería a arrebatársela.

Pasado un rato, ella le susurró:

–No quiero que te batas en duelo. Quiero mis cuatro hijos. Y quiero que tengan un padre.

Jonathan sintió una opresión en el pecho. Se sentó, se subió los pantalones y se los abrochó.

–No hay nada más que decir –se levantó, le tendió la mano y la ayudó a ponerse en pie. Luego besó sus manos–. Mañana, cuando llegue el *marchese*, te retirarás. No quiero que vuelva a verte nunca. Haré lo que sea necesario para protegerte y proteger tu honor. Si me contradices en esto, haré que atranquen la puerta de tu habitación, ¿entendido?

Victoria lo miró, perpleja, y apartó bruscamente las manos de las suyas.

—¿Vas a morir y esperas que lo acepte?

—Espero que respetes mi decisión. Como hombre.

—¿Mientras tú me faltas al respeto como mujer?

—Ya basta. No quiero que hablemos más de esto.

—Muy bien —agarró la cadena de plata que llevaba alrededor del cuello y se la sacó. Asió la mano de Jonathan y se la puso en la palma—. Toma esto —se quitó el anillo de rubí y lo puso sobre el colgante—. Y esto.

Él respiró hondo.

—¿Qué pretendes decirme? ¿Que después de haberme poseído por entero piensas deshacerte de mí? ¿Por qué? ¿Por defender tu honor, como es mi deber como marido y mi derecho como hombre?

Victoria lo miró fijamente.

—Si te bates en duelo, no estaré esperándote, vivas o mueras. Y lo único que tendrás para recordarme si sobrevives serán los objetos que tienes en la mano. Porque así es como me estás tratando, Jonathan. Como si fuera una posesión tuya sobre la que otro hombre ha puesto sus manos.

La furia se apoderó de él.

—Siempre he seguido el dictado de mi corazón, Victoria. Siempre. No puedes pedirle a este corazón que deje de latir por lo que considera justo.

Los ojos de Victoria se llenaron de lágrimas y un gemido escapó de sus labios. Dio un paso hacia él, agarró su mano y le abrió los dedos. Tomó el anillo, dejó caer el colgante al suelo, se dirigió a la ventana que daba al canal y la abrió.

Jonathan saltó hacia ella con el corazón desbocado.
—¿Qué diablos vas a hacer?
—Liberar tu alma —Victoria lanzó el anillo al agua turbia.

Él ahogó un grito y sintió el impulso de lanzarse al suelo para no volver a levantarse. El anillo de su madre. El legado de su familia. Sus sueños, sus esperanzas y todo lo que representaba. Había desaparecido. Y todo por...

De pronto le embargó la rabia, casi impidiéndole respirar.

—¡Maldita seas! —gritó, acercándose a ella—. ¿Por qué siempre intentas sacarme de quicio? ¿Por qué?

Victoria se volvió. Las lágrimas le corrían por la cara.

—¡Maldito seas tú! Deja por un momento de pensar que yo soy la causa de todos tus problemas. Considera la posibilidad de que tal vez te estés destruyendo por no saber dominarte. Te lo advierto, Remington. Estás a punto de perder mucho más que ese estúpido anillo. Haz lo que debas en nombre de lo que tú defines como amor y honor. Pero que conste que yo haré lo que deba en nombre de lo que yo defino como amor y honor. Si te opones a mí en esto, te dejaré. Te dejaré. Y aunque sobrevivas, no volveré contigo. Jamás —lo miró con rabia, pasó a su lado, abrió las puertas violentamente y desapareció.

—¡Sabes perfectamente que iré detrás de ti! —gritó él—. ¡Como he hecho siempre! ¡Qué demonios, llevamos jugando a este juego desde que nos conocimos! ¡Tú corres y yo acelero! ¿Crees que puedes dejarme atrás, Victoria? ¿Eso es lo que crees? ¡Pues inténtalo!

Al no oír respuesta, dio un salvaje puñetazo al aire.

Deseó tener algo que golpear. Todo se estaba derrumbando. ¡Todo! Y todo por...

Iba a acribillar a balazos al *marchese* por haber destruido lo poco que quedaba de su vida. Sí, iba a acribillarlo a balazos.

Escándalo 17

El concepto del honor que tiene una dama difiere enormemente del que tiene un caballero, lo cual no solo genera un sinfín de malentendidos, sino también gran cantidad de escándalos.

Cómo evitar un escándalo
Anónimo

La tarde siguiente. Diecinueve y veintitrés horas

Jonathan nunca había pasado un día más largo y angustioso. Ni Cornelia ni Victoria querían hablar con él. Ni siquiera se daban por enteradas cuando entraba en una habitación. Le daban ganas de tirarse de los pelos.

Giovanni se paseaba a lo largo del salón con las manos a la espalda. El ruido de sus botas de montar resonaba en el mármol de la estancia.

—Quizá no venga.

Jonathan se sentó en la silla más próxima y se removió sobre el cojín, echándose hacia atrás. Intentaba parecer cómodo, pero no lo estaba en absoluto.

—Vendrá. Siempre llega media hora tarde a todas partes. No le gusta esperar. Por eso procura que sean los demás los que esperan. Es marca de la casa.

Giovanni se pasó una mano por la cara.

—Piénsate bien lo que vas a hacer. El honor no significa nada si estás muerto.

Jonathan apoyó las manos en los brazos de la silla y clavó los dedos en la madera labrada.

—Todavía no lo estoy.

Su cuñado suspiró y meneó la cabeza. De pronto se detuvo y dio una palmada.

—Ya lo tengo.

Jonathan lo miró con curiosidad.

—¿Qué tienes?

Giovanni lo señaló.

—Las autoridades no harán nada, pero los Seis sí.

—¿Los Seis? —Jonathan frunció las cejas—. ¿Qué diablos es eso?

Giovanni se acercó.

—Qué, no. Quién. Seis hombres especializados en detener duelos. Se unieron mucho antes de que tú llegaras a Venecia y han llevado ante la justicia a muchos hombres poderosos, no solo aquí, sino en toda Europa. Sé cómo avisarles.

Jonathan lo miró con perplejidad. De pronto tenía un nudo en la garganta. Giovanni se aproximó.

—Si les informamos del duelo, enviarán a sus hombres para que prendan al *marchese* a la hora convenida y no demostrarán piedad. Pero también te prenderán a ti, Remington. Porque siempre prenden a las dos partes, lo que significa que Victoria y tú tendréis que abandonar Venecia esta misma noche, antes de que se entere su contacto.

Jonathan no estaba dispuesto a transigir. Sacudió la cabeza.

−No. Ya permití que ese cerdo me intimidara y perdí cinco años de mi vida. No estoy dispuesto a...

Sonó la campana de la puerta. Jonathan se puso rígido. El mayordomo había recibido instrucciones de acompañar al *marchese* al salón, dejándole creer que se reuniría allí con Victoria.

Giovanni lo miró a los ojos mientras un silencio sobrecogedor se apoderaba de la casa. Jonathan se recostó en la silla.

−En cuanto llegue, te marchas.

Giovanni parpadeó varias veces y la tensión se reflejó en su rostro.

−Les he prometido a Cornelia y a Victoria que me quedaría a tu lado.

Jonathan lo miró con enfado.

−No quiero que te involucres en esto más aún, ni lo necesito.

−Pase lo que pase, debes ceñirte al código de honor.

−Lo haré. A fin de cuentas, soy un hombre de honor.

−Si lo golpeas por cualquier motivo antes de que se acuerde el duelo, te procesarán como agresor si resultara muerto. No puedes tocarlo, ¿entendido? Bajo ningún concepto.

−Sí.

Fuera, en el pasillo, sonaron pasos enérgicos. El *marchese*.

Jonathan se levantó, flexionó las manos enguantadas y se volvió tranquilamente hacia las puertas cerradas del salón. Las puertas se abrieron de pronto y chocaron contra las paredes, haciendo temblar los grandes retratos y espejos dorados que colgaban por todo el salón. Las llamas de las velas temblaron, proyectando sombras desfiguradas sobre el artesonado.

Una figura embozada apareció en la puerta. Parecía el Príncipe Negro saliendo del infierno envuelto en raso y terciopelo negros. Una máscara de terciopelo negro ocultaba su cara, a excepción de sus penetrantes ojos de color ámbar y su mandíbula cuadrada y afeitada. El *marchese* era conocido por visitar a sus amantes siempre enmascarado, aunque nunca llevaba dos veces la misma máscara.

—Déjanos, Giovanni —dijo Jonathan enérgicamente.

Su cuñado permaneció a su lado.

—Remington...

—Giovanni —repitió—. Me atendré al código de honor, pero solo si te marchas. Así que te sugiero que te vayas.

—*Scopa* —pasó a su lado dándole un empujón con el hombro y se acercó a la figura embozada que seguía en la puerta.

El *marchese* se apartó, haciendo ondear su manto, e inclinó la cabeza cuando Giovanni pasó a su lado.

Cuando su cuñado se hubo marchado, Jonathan clavó en el *marchese* una larga e impertérrita mirada.

—Está usted a punto de arrepentirse de haber nacido. ¿Cómo se atreve a venir aquí con intención de hacer suya a mi esposa?

Los ojos penetrantes del *marchese* le sostuvieron la mirada por entre las rendijas de la máscara. Entró lentamente en el salón y dejó escapar una risa hosca.

—Esto es muy... ¿cómo dicen los británicos? Muy violento. Perdóneme, Remington. Ignoraba que fuera suya. ¿Me permite decirle que tiene muy buen gusto? ¿Es la inglesa con la que lo ayudó mi mujer?

Jonathan entornó los párpados e hizo un esfuerzo por

refrenarse. Separó los pies y comenzó a quitarse metódicamente un guante.

—El código de honor exige que le conceda la oportunidad de arrepentirse. Así pues, arrepiéntase. Póngase de rodillas, víbora, y suplique piedad. Y quizá, solo quizá, me refrenaré para no matarlo.

El *marchese* siguió adentrándose en el salón. Sus botas resonaron sobre el suelo de mármol.

—Yo nunca suplico por nada.

—Pues ahora va a hacerlo.

—Tómese mi interés por su esposa como un inmenso cumplido. Jamás me molesto con mujeres casadas, usted lo sabe. Detesto las complicaciones. Los maridos son tan... territoriales. Tan irracionales... Como demuestra su actitud, Remington.

Intentando contener su ira, Jonathan levantó el guante y lo agitó a modo de advertencia.

—Tan pronto caiga este guante —dijo entre dientes—, puede darse por muerto. Mañana, al amanecer.

El *marchese* se detuvo, visiblemente sorprendido. Su sorpresa fue efímera, sin embargo. Se acercó a Jonathan con paso enérgico y se detuvo ante él. Era casi tan alto como Jonathan. Casi.

—Lo ayudé a usted y a su familia cuando no tenían nada ¿y así es como me lo agradece? ¿Con su orgullo de gallito? Diez mil liras no es una minucia. Y además compartí a mi linda esposa con usted, ¿no es cierto? A pesar de su reticencia inicial, disfrutó usted enormemente de su *figa*. Lo oía gemir y gruñir cuando la montaba con admirable brío casi todas las noches. A decir verdad, a menudo olvidaba que era mi esposa y casi pensaba que era la suya.

Jonathan se esforzó por no reaccionar, pero los músculos de su brazo se pusieron rígidos por la tensión contenida. Ansiaba descargar un golpe contra el *marchese*, pero si lo tocaba el tribunal lo condenaría por haber provocado el duelo. Y no pensaba dejarse ahorcar por culpa de aquel cerdo.

El *marchese* levantó la barbilla y chasqueó la lengua.

—Al final, no se trata de su esposa, ¿verdad? Se trata de nosotros dos y de su orgullo herido. Podría haberle desgarrado el vientre a su esposa con mi *cazzo* y esto seguiría siendo por nosotros dos y por su orgullo herido.

Jonathan contuvo la respiración y arrojó violentamente el guante al suelo.

—¡A muerte! Solamente así me daré por satisfecho. ¡A muerte!

El *marchese* suspiró y se quitó la máscara. Su cabello rojizo y gris quedó de punta. Levantó la máscara de terciopelo y la arrojó a los pies de Jonathan.

—Está claro que desea morir.

Él soltó un bufido.

—No soy yo quien va a morir. Tan pronto exhale su último aliento, yo mismo entregaré su cadáver a las familias a las que ha ultrajado y dejaré que sean ellas quienes decidan si merece que lo entierren.

El *marchese* lo miró entornando los ojos.

—Se ha vuelto muy audaz desde que dejó de servirme.

—Siempre lo he sido —replicó Jonathan—. Pero antes tenía que morderme la lengua por razones que usted conoce muy bien. Ahora ya no tiene ningún poder sobre mí. Ni lo tendrá sobre mi esposa.

Casacalenda lo observó detenidamente.

—¿A muerte? ¿Eso quiere?

—Quiero verlo muerto.

El *marchese* asintió con la cabeza.

—Muy bien. ¿Pistola o florete?
—Pistola. Las llevaré yo. Echaremos a suertes quién dispara primero. Las pistolas se cargarán justo antes de cada disparo y las cargará mi segundo. Únicamente mi segundo.
—Muy bien. ¿Cuándo y dónde?
—Mañana, a las seis de la mañana. En la llanura, junto al primer soto de moreras de la carretera principal –los árboles en los que había grabado el nombre de Victoria cinco años atrás, cuando ella aún era suya sin necesidad de ultimátums y él era todavía un joven orgulloso, honorable e inocente.
—Su temeridad me asombra.
—Márchese. Váyase antes de que le haga tragar hasta la última gota de su propia sangre. No tenemos nada más que hablar hasta mañana a las seis.
—Si ni se presenta, daré por sentado que su esposa me pertenece. *Buona serata* –inclinó la cabeza una vez, giró sobre sus talones y se marchó como si acabaran de concluir una conversación amigable.

Jonathan exhaló un áspero suspiro. Notaba una opresión en la garganta y le costaba respirar. A pesar de que el *marchese* se enfrentaba a la muerte, no parecía acobardado en absoluto. Y si ni la propia muerte podía acobardar a un hombre, ¿qué podía hacerlo? Nada.

¡Nada!

Apartó la máscara de terciopelo de un puntapié, se acercó a la mesa más cercana y agarró un jarrón grande. Rechinando los dientes, se volvió y lo estrelló contra la pared. El jarrón se hizo añicos con estruendo. Jonathan se giró, agarró otro jarrón y luego otro, y otro, y fue estrellándolos uno a uno contra el suelo, contra las paredes y las puertas.

–¡Remington! –gritó Giovanni tras él–. ¡Ya basta! ¡Ya basta!

Se quedó paralizado, sosteniendo en alto una figurilla de porcelana. Respiraba agitadamente. Maldición. Estaba destrozando la casa de su hermana. Y no solo su casa; también su vida. Y la de Giovanni. Y la de Victoria. ¡Diablos! Había arrancado a Victoria del lado de su padre por egoísmo, por su necesidad de demostrar que aún podía hacerla suya. Y los había expuesto a ambos al peligro.

Se dejó caer en el suelo y se quedó allí, en completo silencio, dejando que la figurilla resbalara de su mano. Si se batía en duelo, Victoria lo abandonaría. Pero si no lo hacía, estaría traicionándose a sí mismo y dando la espalda a todas sus convicciones.

–¿Jonathan? –la voz suave de Cornelia le hizo levantar la vista.

Tragó saliva.

–Perdóname. Lo pagaré todo, te lo prometo.

–No me preocupan los objetos que pueden reemplazarse. Me preocupas tú –se acercó a él. Llevaba entre las manos una sombrerera de color rosa claro y marfil. La depositó suavemente junto a él–. Lee la primera carta. Luego decide qué quieres hacer –Cornelia se volvió hacia su marido, le dio la mano y salió del salón tirando de él.

Jonathan se quedó allí sentado largo rato. Después acercó la sombrerera, levantó la tapa y miró dentro. Se quedó de piedra al reconocer las viejas cartas de Victoria. Las que nunca había podido leer.

Dejó a un lado la tapa y posó la mano sobre el montón de pergaminos amarillentos y doblados. El lacre rojo de los sellos estaba resquebrajado. Respiró hondo, tomó la primera carta y la desdobló. La letra se había descolorido levemente.

26 de septiembre de 1825

Remington:

Grayson se niega a informarme de su paradero o de lo que ha sido de usted. Asegura haber jurado guardar silencio. Estoy muy preocupada y les desprecio a ambos por traicionarme de un modo tan cruel. Ha terminado la temporada y no hago otra cosa que mirar libros cuyas palabras no tienen ningún significado para mí. Por las noches lloro, sintiendo que he enterrado a otra persona a la que amaba. ¿Por qué me condena a una vida sin usted? ¿Por qué me impide saber qué ha sido de usted? ¿De veras el orgullo significa más que yo para usted? Solo deseo comprenderlo, no juzgarlo. En el fondo de mi alma sabía que esto iba a ocurrir. Supe desde el instante en que cedí a esta absurda pasión que iba usted a decepcionarme y a hacer añicos lo poco que quedaba de mi corazón. Pensé, sin embargo, que tras haber perdido tantas cosas, estaría más preparada para el dolor que me está obligando a soportar. Pero no lo estoy. No quiero volver a sentir esto nunca más. Al menos escríbame para decirme que está sano y salvo. Temo por usted y por la vida en la que ha caído.
Siempre suya y fiel,
    Victoria

Volvió a doblar la carta, la guardó en la sombrerera junto a las demás y puso la tapa. Llevándose el puño a la boca, cerró los ojos con fuerza mientras las palabras de Victoria resonaban en su alma. Al parecer, iba a volver a defraudarla. Pero al menos esta vez se mantendría fiel a sus principios.

Cuatro y veintiséis de la madrugada

Victoria se recostó contra la puerta cerrada de la alcoba de invitados. Abrió los dedos sobre la madera suave y fresca y tragó saliva. Sentía un nudo en la garganta. Jonathan no había ido a su habitación. Ni a dormir, ni a decirle adiós. Tal vez dos horas después se vieran por última vez. Porque no iba a engañarse pensando que Jonathan sobreviviría al duelo.

Se apartó de la puerta. ¿Cómo era posible que algo tan bello se convirtiera en algo tan sombrío? Se recogió el camisón alrededor de los pies y se acercó al tocador, donde había un pequeño espejo y una jofaina con agua. Miró su reflejo y se horrorizó al ver sus ojos hinchados y rojos y la maraña de rizos rubios de su cabello despeinado.

Se parecía a Victor en su lecho de muerte. A pesar de lo valiente que había sido hasta el final, su hermano había llorado, consciente de que se moría. Había llorado a pesar de creer en Dios. El miedo siempre se las arreglaba para quebrantar hasta la fe más sólida.

Se arregló frenéticamente las horquillas de marfil y se alisó los rizos que se habían desprendido de su moño. Se inclinó sobre la jofaina, hundió las manos temblorosas en el agua fresca y se restregó la cara. Después se secó con la toalla doblada que había junto a la jofaina.

Cerró los ojos con fuerza y exhaló lentamente un suspiro. Si Jonathan no iba a decirle adiós, tendría que ir ella a despedirse. Cruzó la habitación y abrió la puerta. Pero se quedó paralizada al ver a Jonathan ante ella, vestido con traje de viaje y botas de montar.

La miró a los ojos. Estaba demacrado, como si ya se hubiera batido cien veces en duelo por ella. Le tendió una mano enguantada y al abrirla dejó ver su colgante. Se acercó a ella y se lo pasó suavemente por la cabeza.

–Llévalo, pase lo que pase.

Tomó su mano, se la acercó a los labios y la besó con los ojos cerrados largamente. Fue como si le estuviera diciendo adiós.

Victoria lo miró atónita.

–¿Eliges el honor antes que a mí? ¿Que a nuestro matrimonio?

Él le soltó la mano y retrocedió.

–Perdóname por defraudarte siempre, Victoria, pero así soy yo y así he sido siempre. Aunque permitir que las emociones gobernaran mi vida ha sido en muchos sentidos un error, es mejor morir por los propios principios que vivir sin creer en nada en absoluto –dio media vuelta y desapareció. Sus pasos pesados retumbaron en el pasillo hasta que el ruido fue debilitándose poco a poco.

Victoria se quedó allí, con la mirada perdida. Dentro de ella se agitaban tantas emociones que se sentía abotargada. Se tambaleó, se dejó caer en el suelo frío y estuvo largo rato allí sentada, incapaz de llorar. No le quedaban más lágrimas.

Podía pasar el resto de su vida llorando por lo que estaba a punto de ocurrir, o podía convertirse en la clase de mujer que siempre había anhelado ser. La clase de mujer capaz de librar batallas por aquello en lo que creía. Como siempre había hecho Remington.

Se levantó, llena de una repentina energía. No iba a abandonar a su hombre cuando más la necesitaba. Ah, no. Porque pese a lo que pensara Remington, era ella quien debía librar aquel duelo. No él.

Seis y cinco de la mañana, las llanuras

—El *marchese* disparará primero —anunció Giovanni mientras se guardaba de nuevo la moneda en el bolsillo. Se volvió y sacó una pistola de la caja forrada de terciopelo que descansaba sobre la hierba—. Comencemos de una vez.

Jonathan caminó hacia la estaca de madera que marcaba su posición y observó cómo cargaba Giovanni la pistola. Su cuñado se acercó al *marchese* con la pistola apuntando hacia el suelo. Casacalenda esperaba ya junto a su estaca, a quince metros de Jonathan. Su segundo, un italiano joven y fornido, se colocó en silencio a un lado y levantó el pañuelo blanco.

Jonathan respiró hondo para calmarse y se puso de lado, con la cabeza vuelta hacia el *marchese*. Casacalenda tomó la pistola que le ofreció Giovanni y esperó a que cayera el pañuelo. Pero un estruendo de cascos de caballos le hizo detenerse. Se volvió hacia el ruido en el instante en que aparecieron dos figuras montadas en corceles negros. Los caballos se detuvieron bruscamente apenas a unos metros de distancia y los jinetes descabalgaron, descolgaron de sus sillas sendas cuerdas enrolladas y se las colgaron del hombro.

Jonathan se quedó mudo de asombro al ver que Cornelia y Victoria marchaban hacia ellos vestidas con trajes de hombre que les quedaban grandes. Trajes de Giovanni. ¿Qué demonios hacían allí?

Victoria dejó resbalar la cuerda de su brazo y le lanzó un cabo a Cornelia. Su hermana la agarró con facilidad, tensaron la cuerda y corrieron juntas hacia él. Lo rodearon tan deprisa que ni siquiera tuvo tiempo de pensar o de esquivar la cuerda que al instante sujetó sus antebrazos.

—¡Santo cielo! —se tambaleó mientras la cuerda seguía tensándose alrededor de sus brazos y su cintura con cada vuelta que daban corriendo en torno a él. Agarró la cuerda para liberarse, pero se le resbalaba y le quemaba las palmas de las manos—. ¡Victoria! —tiró de las cuerdas y ellas se trastabillaron un momento—. ¡Basta! ¡Ya es suficiente!

Pero siguieron corriendo a su alrededor cada vez más aprisa, apretando las cuerdas alrededor de su cuerpo. Comenzó a escocerle la piel bajo la camisa y el chaleco. Apretando los dientes, intentó desasirse, pero fue en vano. Montó en cólera. El único modo de salir de aquello era abalanzarse sobre ellas con todo el peso de su cuerpo, y no estaba dispuesto a hacerlo, aunque se lo merecieran.

Saltó hacia Victoria y la cuerda se clavó en su costado.

—¡Desátame inmediatamente!

—No. Por fin voy a vivir como tú, Jonathan. Dejándome llevar por mis sentimientos, en lugar de huir de ellos continuamente —retrocedió mientras Cornelia ataba la cuerda con firmeza a la espalda de Jonathan—. Llévatelo de aquí —ordenó, clavando en él sus ojos verdes, que brillaban intensamente.

Jonathan la miró con pasmo cuando la cuerda tiró de él con tal fuerza que le hizo tambalearse. Tiró en la dirección opuesta y Cornelia dejó escapar un gritito y se tambaleó hacia él.

—¡Giovanni! —gritó.

Su marido corrió hacia ellas y se detuvo, mirándolos atónito.

—Giovanni —gruñó Jonathan—, desátame enseguida.

—Giovanni —dijo Cornelia en tono igual de amenazador mientras agarraba con fuerza la cuerda—, si lo ayudas, te juro por el amor que te tengo que me buscaré un amante. Lo juro.

Giovanni soltó una carcajada y levantó las manos.

—Disculpa, Remington, pero mi mujer significa más para mí que tú. Es la primera vez que me amenaza con buscarse un amante. Lo que significa que habla en serio —rodeó a Jonathan y agarró con fuerza el extremo de la cuerda—. Vámonos de aquí.

Jamás le perdonaría a Victoria que hubiera interrumpido el duelo. ¡Jamás! Inclinándose todo lo que pudo, siguió forcejeando, clavó los talones en el suelo e intentó no moverse, pero Giovanni consiguió arrastrarlo de todos modos.

Vio a lo lejos que Victoria se quitaba la ancha levita y la arrojaba al suelo. Se acercó a su estaca y se colocó junto a ella de cara al *marchese*.

Los ojos of Jonathan se desorbitaron. Victoria no iba a interrumpir el duelo. Iba a batirse con el *marchese*. ¡Santo cielo! Se abalanzó hacia delante.

—¿Qué haces? —gritó desde el otro lado del campo—. ¡Victoria!

Ella miró hacia atrás, pero estaba tan lejos que Jonathan no distinguió sus rasgos.

—¡Este duelo es mío, Jonathan! —gritó—. ¡No tuyo! ¡Pase lo que pase, te quiero!

Jonathan se quedó sin respiración. Santo Dios. No. ¡No! Se lanzó de nuevo hacia delante, arrastrando a Giovanni consigo.

–¡Victoria! ¡No! ¡Nooooo!

Giovanni lo agarró y lo lanzó al suelo en dirección contraria, boca abajo para que no viera nada, excepto la larga hierba que los rodeaba.

–¡No! –bramó Jonathan mientras se retorcía violentamente–. ¡Suéltame, Giovanni! ¡Giovanni!

–Siéntate encima de él, Giovanni –dijo Cornelia.

Giovanni se sentó encima de él y Jonathan se quedó sin respiración.

–*Mia* Cornelia, dile a Jonathan que Victoria no va a...

–Jonathan puede elegir –afirmó Cornelia enérgicamente–. Puede anunciar que el duelo ha terminado o puede ver cómo Victoria se bate por él. Es tan sencillo como eso.

Jonathan sintió por un instante que todo se emborronaba a su alrededor. Ya ni siquiera sabía si respiraba. Solo sabía que, si algo le ocurría a su Victoria, se metería una bala en el cráneo. Porque la responsabilidad de su muerte sería solo suya. Él la había desafiado a vivir conforme a sus normas y ahora ella iba a morir por su causa.

Giovanni se inclinó hacia él.

–Voy a desatarte, amigo mío. Pero todavía estoy esperando una respuesta.

Jonathan tragó saliva. Por fin comprendía que el honor y el orgullo no significaban nada sin Victoria.

–Desátame. No voy a pelear. Ahora, ¡desátame!

Victoria miró fijamente al *marchese*, que se erguía

imponente ante ella con su camisa blanca, sus botas negras y sus pantalones de lana gris. Estaba a punto de descubrir qué era de verdad. Un hombre o un animal.

—Estoy aquí para defender mi honor.

El *marchese* bajó la pistola y recorrió su cuerpo con la mirada.

—No voy a batirme en duelo con una mujer.

—¿Y sin embargo no tiene escrúpulos en violarlas? —replicó ella—. O se tiene moral, milord, o no se tiene. Usted elige.

El *marchese* se acercó a ella. Sus largas piernas se movieron con una refinada agilidad que parecía desmentir su brutalidad. Se detuvo ante ella, tan cerca que el olor a cigarros y cuero embargó a Victoria.

—Esta no es batalla para usted —dijo con aspereza.

Victoria cerró los puños para que no le temblaran las manos y se refrenó para no abalanzarse contra él.

—Se equivoca. Usted mancilló mi honor, mi orgullo y mi cuerpo, y por tanto esta batalla es mía.

Casacalenda asintió a medias, tensando la mandíbula afeitada. Vaciló y le tendió la pistola por el mango.

—Tómela. El primer disparo es suyo.

Aunque no sabía nada de pistolas y nunca había sostenido una, no le importó. Lo único que le importaba era que Jonathan estuviera a salvo. Agarró la tersa empuñadura de la pistola. El *marchese* le levantó la mano bruscamente y apoyó el cañón de la pistola contra su pecho.

—Ahora dispare, *cara*.

Le tembló la mano mientras sostenía la pistola. Miró a Casacalenda con la respiración agitada y él le sostuvo la mirada. Solo tenía que deslizar el dedo hasta el gatillo, tirar de él y todo habría acabado. El *marchese* no volvería a ser una amenaza para nadie.

Los ojos ambarinos de Casacalenda parecieron mofarse de ella.

—¿Por qué duda? ¿Sigo siendo demasiado hombre para usted? ¿Incluso después de lo que hice?

Victoria apretó los dientes y deslizó automáticamente el dedo hasta el gatillo. Quería matarlo, por todo lo que les había hecho a ella, a Jonathan y a todos los demás, pero saltaba a la vista que eso era lo que él quería. Quería arrastrarla al infierno con él.

—Ni siquiera es usted digno de odio —dijo con repulsión, bajando la pistola—. Siento lástima por usted. De veras. Porque nunca conocerá la clase de amor que comparto con mi marido. Con mi Jonathan.

La sonrisa del *marchese* se desvaneció.

—Se equivoca. El amor creó al hombre que tiene ante sí —bajó la barbilla—. Ahora denos paz a ambos. Dispare —agarró su mano, apoyó la pistola al borde de su hombro derecho y apretó el gatillo empujando el dedo de Victoria.

Se oyó un estampido, una nubecilla de humo acre llenó el aire y Victoria sintió que su brazo salía despedido hacia atrás. Gritó y se tambaleó, dejando caer la pistola, que aterrizó en la hierba, entre ellos.

—¡Victoria!

Oyó que Jonathan corría por el prado hacia ella.

Casacalenda se tambaleó hacia atrás. La pólvora había ennegrecido el hombro derecho de su camisa y la sangre empapó su camisa en cuestión de segundos.

—¡Bartolomeo! —gritó al joven italiano que se acercó a él precipitadamente—. Nos vamos. El duelo se ha terminado.

Se sacó la camisa por la cabeza y dejó al descubierto la carne desgarrada al borde del hombro. Haciendo una mueca, presionó la camisa contra la herida y miró a los ojos a Victoria.

—Amor, odio, todo es lo mismo, puesto que consume el alma hasta las heces, ¿no es cierto?

Jonathan se interpuso entre ellos y tapó a Victoria con su cuerpo.

—Santo Dios —se volvió hacia ella, agarrándola de los hombros, recorrió frenéticamente su cuerpo con la mirada—. ¿Estás...?

—N-no —balbució ella—. Dios mío, yo no...

—Su esposa tiene una puntería impecable —comentó el *marchese* con sorna—. Si muero, que mi muerte les traiga paz —dio media vuelta y se acercó tambaleándose al joven, que lo condujo hacia el lugar donde aguardaban sus caballos.

Victoria se quedó mirándolo, boquiabierta de asombro. La había obligado a disparar. ¿Por qué? ¿Acaso sentía remordimientos? ¿Podía sentirlos un hombre como él? Dedujo que algunas personas eran tan retorcidas que resultaba imposible entenderlas.

Jonathan la agarró y la estrechó violentamente entre sus brazos.

—Juro que jamás volveré a anteponer el orgullo al amor. Te lo juro. Perdóname. Por Dios, Victoria, di que me perdonas.

Se dejó caer contra él y clavó los dedos en su cálida levita. Nunca más volvería a permitir que algo se interpusiera entre ellos. Nunca más.

—Quiero marcharme de Venecia —susurró—. Quiero volver a casa. Quiero estar con mi padre.

Él se puso rígido y tras un momento de silencio murmuró con voz ronca:

—¿Te irás sin mí?

Las lágrimas nublaron sus ojos cuando se apartó de él. Tomó su cara entre las manos y lo atrajo hacia sí. Beso sus labios una y otra vez.

–Eso nunca –dijo con voz ahogada–. Allá donde vaya irás tú. Porque eres mi marido, Jonathan, y yo soy tu esposa.

Escándalo 18

Toda dama debería leer al menos un poema de George Herbert. Sus palabras revelan una comprensión de la vida muy hermosa, pero también sencilla. Una comprensión que toda dama necesita al enfrentarse a un mundo que lo espera todo de ella y que sin embargo la menosprecia cruelmente por ser mujer. En caso de duda, ha de hacerse caso de las sabias palabras de Herbert: «El mejor espejo es un viejo amigo».

Cómo evitar un escándalo
Anónimo

Cornelia sollozó, intentando contener las lágrimas, y puso la sombrerera que sostenía en brazos de Victoria.
–Toma esto. Ya no es mío y lo he guardado suficiente tiempo.
Victoria miró a Giovanni y a Jonathan, que esperaban junto a la entrada. Miró la sombrerera.
–¿Qué es?
–Las cartas que le escribiste a Jonathan. Te pido disculpas por haberlas leído, pero en muchos sentidos me alegro de haberlo hecho. Así supe que eras digna de mi

hermano –se inclinó hacia ella y le dio un beso en la mejilla–. Giovanni y yo iremos a visitaros a Inglaterra el año que viene con los niños. Mientras tanto, cuida bien de Jonathan y procura que duerma. Lo necesita.

Sujetando la sombrerera bajo un brazo, Victoria abrazó a Cornelia con el otro.

–Descuida, yo me encargo de eso. Pero no puedo evitar preocuparme por dejaros aquí. ¿Y si el *marchese*...?

Giovanni resopló y se acercó a ellas dándose un puñetazo en la palma de la mano.

–No creo que haya represalias. A fin de cuentas, disparó voluntariamente. Ahora, confiemos en que muera desangrado.

Victoria soltó a Cornelia y se volvió hacia Giovanni. Sonrió y le tendió la mano para que se la besara.

Él chasqueó la lengua.

–No me ofendas con tus costumbres inglesas –la agarró de los hombros y la abrazó con fuerza. Luego le dio un sonoro beso en cada mejilla. Dos veces–. Así está mejor.

Victoria sonrió, sacudió la cabeza y dio un paso atrás. Iba a echarles de menos, y habría deseado poder despedirse con un abrazo y un beso de sus preciosos hijos, pero hacía rato que estaban en la cama.

–Victoria –la voz de Jonathan rompió el silencio y Victoria comprendió que el momento de las despedidas había pasado.

Suspiró y se acercó apresuradamente a su marido con la sombrerera bajo el brazo. Mientras se alejaban hacia el Gran Canal en medio del apacible silencio de la noche, los palacios de piedra y mármol que los rodeaban parecieron brillar intensamente a la luz de la luna. El agua rielaba a su alrededor como un sendero tachonado de diamantes.

Jonathan la rodeó con el brazo y la apretó contra sí. Una sensación de paz se apoderó de ella. Una sensación que pensaba que no sentiría nunca. Al fin era feliz.

—Ya no nos hacen falta —abrió la sombrerera y arrojó las cartas al agua.

Jonathan se sobresaltó y la góndola osciló un momento mientras intentaba agarrar las cartas, que enseguida quedaron fuera de su alcance. Volvió a abrazar a Victoria y dejó escapar un suspiro de enojo.

—Ahora nuestros hijos no tendrán pruebas. No tenemos ni anillo, ni cartas. Santo cielo.

—Vaya, no había pensado en eso.

Se volvió en el asiento de la góndola y contempló al claro de luna las cartas esparcidas por el agua.

—¿Las recogemos?

—Están estropeadas —la miró fijamente—. ¿Por qué has hecho eso?

Victoria puso los ojos en blanco con expresión de fastidio, dejó la sombrerera a sus pies y se recostó en sus brazos.

—Quería tirar el pasado. Se suponía que era una metáfora. Ya sabes, como cuando tú me ofreciste ese plato en el jardín.

Jonathan se quedó callado un momento. Luego se echó a reír. Le apretó los hombros y la besó sonoramente en los labios.

—¿Todavía te acuerdas de eso? ¡Qué bobo era!

Ella sonrió.

—Todavía lo eres, Jonathan. Créeme, todavía lo eres.

* * *

Veintitrés días después, por la noche
Londres, Inglaterra

Su padre se estaba muriendo.
Nadie había esperado que lo encontraran así a su regreso, y ella menos que nadie. Estaba postrado en la cama, apenas respiraba y era incapaz de moverse, le habían administrado los últimos sacramentos muchas horas antes de que Jonathan y ella llegaran a Londres, y aun así, gracias a su voluntad de hierro, había esperado. Por ella.

Victoria se quitó el sombrero y lo dejó caer al suelo, junto a la cama de su padre. Flint gimió al pasar a su lado. Se sentó, llorosa, al borde de la cama y contempló a su padre, cuyo pecho subía y bajaba trabajosamente bajo el camisón empapado. Tenía los ojos cerrados y la frente fruncida, como si luchara por encontrar la paz y no pudiera.

Victoria agarró su mano envuelta en gasas, se inclinó hacia él y le susurró al oído:

—Te quiero, papá. Y te prometo que tus nietos sabrán de ti y también te querrán.

Su padre le apretó los dedos lentamente y ella se echó hacia atrás para mirar su rostro. Un rostro cansado, viejo y herido. Un rostro que antaño había pertenecido a uno de los mejores hombres que había conocido.

El conde abrió los ojos de pronto. Se quedó mirándola un momento y sus ojos verdes e inexpresivos parecieron enfocarse paulatinamente. Victoria sonrió entre lágrimas, pero no dijo nada. No hacía falta. Lo único que importaba era que se le había permitido ver sus ojos una última vez.

Él parpadeó rápidamente y arrugó la frente.
—¿Victoria? —preguntó con voz rasposa—. ¿Dónde has estado?

Ella lo miró con pasmo, y con una alegría agridulce que no hubiera creído posible en esos momentos. Dejó escapar un gemido que era a medias un sollozo y a medias una risa. Su padre le había hablado. A ella.

—He estado en Venecia, papá. Fui a visitar a la familia de mi marido.

—¿Tu marido? —murmuró—. ¿Por fin te casaste?

—Sí, con el marido que tú elegiste para mí. Estoy casada, como tú querías. Y soy muy feliz. Muy, muy feliz.

Una sonrisa frunció los labios de su padre.

—Remington. Elegiste a Remington.

Apretó su mano con más fuerza y le temblaron los labios cuando intentó sonreír.

—Sí.

—¿Está aquí? —preguntó su padre.

—Sí —miró a Jonathan, que estaba junto a la cama y se acercó rápidamente.

—Milord —dijo al inclinarse hacia la cama.

El conde lo miró y lo señaló con la mano.

—Ahora es tuya. Tuya. Cuida de ella.

Jonathan asintió, crispando el rostro.

—Lo haré, milord —dijo en voz baja, pero firme—. Lo haré, siempre. Le doy mi palabra.

—Bien —el conde asintió a medias y bajó la mano. Cerró los ojos y apretó la mano de su hija—. Bien. Lo sabía. Todo está como debe. Todo está... —de pronto se puso rígido, su rostro se crispó, lleno de dolor, y su mano apretó con violencia la de Victoria.

—¿Papá? —ella intentó ocultar su angustia.

El conde respiró hondo una vez, dos. Apretó la mandíbula y a continuación quedó completamente inmóvil. Su frente arrugada se alisó y las profundas arrugas de su rostro envejecido parecieron desdibujarse. Sus labios se abrieron ligeramente y sus largos dedos se aflojaron. Su manaza quedó inerme entre las manos de Victoria.

Había dejado de existir. Ya estaba con su madre y con Victor, en el lugar que le correspondía. Había dejado de sufrir.

Victoria sollozó, se llevó su mano a los labios y la besó.

—Que seas feliz, papá —dijo con voz ahogada mientras las lágrimas corrían por sus mejillas—. Que seas feliz y que sepas que yo también lo soy. Gracias a ti. Diles a mamá y a Victor que los quiero y que los echo muchísimo de menos. Díselo, no lo olvides.

Una mano tocó suavemente su hombro.

—Victoria —el tono tierno de Jonathan reflejaba su profunda tristeza.

Ella soltó la mano de su padre, se volvió y, abrazándose a su marido, lloró contra su pecho.

—Ha muerto. No puedo creerlo. Estaba segura de que viviría más tiempo.

Jonathan la estrechó entre sus brazos.

—Lo siento muchísimo —susurró—. Nunca he conocido a un hombre mejor.

Siguieron abrazados en completo silencio.

Aunque Victoria sabía que el mundo había perdido a un gran hombre, a un hombre que había sido su padre y su amigo, la vida seguía teniendo sentido y ofreciendo esperanzas. Porque aquello no era el fin para ella. No. En absoluto.

Era solo el principio.

ÚLTIMOS TÍTULOS PUBLICADOS EN HQN

Solo para él de Susan Mallery

Chicas con suerte de Kayla Perrin

Tirando del anzuelo de Kristan Higgins

La seducción más oscura de Gena Showalter

Un momento en la vida de Sherryl Woods

Prohibida de Nicola Cornick

Sin culpa de Brenda Novak

En sus manos de Megan Hart

Eso que llaman amor de Susan Andersen

Preludio de un escándalo de Delilah Marvelle

Días de verano de Susan Mallery

La promesa de un beso de Sarah McCarty

Los colores del asesino de Heather Graham

Deshonrada de Julia Justiss

Un jardín de verano de Sherryl Woods

Al desnudo de Megan Hart

www.ingramcontent.com/pod-product-compliance
Lightning Source LLC
LaVergne TN
LVHW030341070526
838199LV00067B/6394